文学報 新批评

文丛·第二卷·第1辑

缺"骨"少"血"的中国文学批评

《文学报》编

上海书店出版社
SHANGHAI BOOKSTORE PUBLISHING HOUSE

愿文学報
越办越好。
巴金

希望广大文学爱好者
都读文学报

冰心

出 版 说 明

《文学报·新批评》专刊创刊于2011年6月2日。按照常规，在创刊号卷首应该有个《发刊词》，申明办刊宗旨和内容定位，一是便于作者赐稿，二是便于读者阅读识别。但本刊在首期推出时，却没有《发刊词》，似乎有点不合传统戏剧程式，开场锣鼓未敲，人物便甩着水袖登场了。这并非编辑部大意疏忽，其实，有关可以写在《发刊词》的内容，在它诞生前发布的《征稿启事》中已经反复申明了，那就是现已广为人知的“三提倡、三反对”：“倡导真实、真诚和自由、锐利的诚意批评，反对谩骂式的人身攻击；倡导靶标精准、精到的及物批评，反对不及物的泛泛而论；倡导轻松、幽默、透彻的个性批评，反对故作高深、艰涩难懂的‘学院体’。”后来，编辑部又将之概括为六个字：“真诚、善意、锐利”。

在《文学报·新批评》亮相前，已有很多权威媒体，对当下的文艺批评生态存在的痼疾，给予了严厉的批评。但如何改善“沉沦”的批评生态，却很少有人践行之。因此，《新批评》之所以甫一出现，就引起文学界、知识界的普遍关注，大概就因其将“呼吁”付诸行动，不仅高举批评的旗帜，连续不断地发出批评之声，而且隔周每期用八个版的容量集中刊登批评文字，内容涉及文学名家新作的文本分析以及文化现象、戏剧、影视等，颇有点“逆水行舟”味道。常有人问：《新批评》“新”在何处？或许，这也是其“新”之一吧。

古人云:“誉满天下,谤亦随之。”说《新批评》“誉满天下”,实在有点“王婆卖瓜”了,但“谤亦随之”却是一个客观存在。应该说,这个“谤”包含着复杂的内容,既有善意的“误读”,也有不适应带来的恶意攻击,当然也有《新批评》成长过程中种种不足引发的“争议”。不管是赞誉,还是善意批评抑或攻击,《新批评》皆以宽容、包容的气度,从各种不同的意见中吸收营养,然后整整衣冠,继续出门上路。因为,我们清楚自己从哪里来,又该向何处去。只要不做“亏心事”,是用不着害怕半夜“鬼敲门”的。

《新批评》出版三年多来,编辑部同仁于去年岁首推出了第一卷丛书,完整呈现每一期的内容。之所以如此选择,是为了可以原貌展示《新批评》前行的脚印,正的斜的,美的丑的,都纤毫毕现,不加掩饰;再就是,便于有兴趣研究当代文艺批评史的人,查阅所有的文章。延续这个思路,今年我们推出了文丛第二卷。

《新批评》丛书将一卷一卷连续推出,祈请广大读者垂注并赐教。

《文学报·新批评》编辑部

于乙未岁首

缺“骨”少“血”的中国文学批评

目　录

新批评 第二十六期

2012年7月5日

目　录

新批评 第二十七期

2012年7月19日

目　录

新批评 第二十八期

2012年8月2日

目　录

新批评　第二十九期

2012 年 8 月 16 日

目　录

新批评　第三十期

2012年8月30日

如此狂“抄”，枉获“鲁奖”

——评谭旭东《童年再现与儿童文学重构》

柯棣祖

■ 谭旭东的这部所谓文学评论“专著”，居然是一部七拼八揍的抄袭之作：全书33万字之中竟有70%也即23万字是抄来的！极大部分内容都是通过抄袭、串连他人的文字、观点、材料拼凑出来的，其主要手段是：张三怎么说，李四又怎么说，王五认为，赵六指出，然后作一概括，或抄完了事，所抄对象主要是国外学者。

■ 作为“文学奖与当代文学研究”课题，中国作家协会举办的鲁迅文学奖（以下简称“鲁奖”）自然是课题关注的重点。但当我们深入“鲁奖”的深处，却发现了一些谜团，其中的最大谜团是2010年获“鲁奖”文学理论评论类的一部专著、署名北方工业大学中文系副教授谭旭东著的《童年再现与儿童文学重构——电子媒介时代的童年与儿童文学》（黑龙江少年儿童出版社2009年8月版）存在的严重“滥引”和抄袭问题。如此低劣之作，却为何能荣获“鲁奖”桂冠？

一、重重谜团

这部在获“鲁奖”前，当代文学界、评论界几乎无人知晓的专著，居然能获此大奖，那必然是一部学术分量特别厚重的著作了，这自然引起了我们极大的好奇。但是，当我们满怀期待跑遍国家图书馆，北大、清华图书馆，找遍京城各大书店，竟然均不见此书。这到底是怎么回事？

最终，我们才从出版此书的黑龙江少年儿童出版社那里买到了此书，并从该社了解到：这是一部由作者自费印刷的书——2009年，谭旭东找到这家出版社，缴了一笔钱，该社才给他出了此书。由于印数不多，而且出版社也知道卖不出去，所以由作者自己扛回去自产自销。这就难怪人们在图书馆、书店找不到此书了。万万没有想到，这部自费书居然获了“鲁奖”，这使社里领导兴奋不已，作为成绩四处宣传。

于是，在中国，这部获奖图书只有黑龙江少年儿童出版社与担任“鲁奖”的初评委、终评委与中国作协有关人员看到过。如果这是一部真有厚重学术价值的专著，“英雄不问出处”，自费出版并不是不光彩的事，并能以此而获“鲁奖”，这说明“鲁奖”评委真有眼光，中国作协与出版社真是慧眼识珠，实在可喜可贺。但事实完全不是这样，事实却是：这是一本欺世盗名的作伪与抄袭之书！

二、欺骗的前奏

谭为拔高自己，不但自吹是“目前中国最活跃的新锐批评家”，而且竟敢伪称自己是“中国作家协会儿童文学委员会委员”，“主持和参与多项国家级、省部级人文社科研究项目”。此白纸黑字，见于由谭旭东自撰并提供给黑龙江少年儿童出版社，印在这本书前勒口的“作者简介”之中。

我们查阅了国家社科基金、教育部和北京市社科基金的历年立项项目，均没有一项谭旭东在此书出版的2009年8月以前“主持”的项目，更遑论“多项”了。我们又查证了中国作家协会历届儿童文学委员会的名单，上面也没有谭的名字。这到底是怎么回事？难道是资料有误？为此，我们又特别咨询了中国作家协会创联部、创研部，据他们斩钉截铁的回答：谭旭东根本不是中国作协儿童文学委员会委员。

人们不得不佩服谭旭东欺世盗名的“勇气”和“胆量”了，因为他是要拿着此书去参评中国作家协会“鲁奖”的啊！须知，只要“鲁奖”评奖办公室、初评委、终评委，直至最后审批把关的中国作协书记处中的任何一个人，能从此书的“作者简介”文字中发现作伪，他就立马身败名裂。但正如疯狂年代的口号那样“人有多大胆，地有多大产”，谭旭东居然过关斩将，居然没有被任何一个人发现作伪！

试想，评委连书前勒口短短百来字的“作者简介”也没细看，更遑论细看这部33万字的“专著”了。因而人们完全有理由怀疑这部图书的质量到底如何？

三、惊看著作

真是不看不知道，一看吓一跳，而且被吓得心惊肉跳。谭旭东的这部所谓文学评论“专著”，居然是一部七拼八揍的抄袭之作：全书33万字之中竟有70%也即23万字是抄来的！稍有学术常识的人都知道：学术专著必须符合学术规范，必须是自我劳动，具有学理性与原创性。对于“鲁奖”，自然更应从严要求，因为你评出来的“鲁奖”是为中国文坛树立标杆范式的啊！《鲁迅文学奖评奖条例》明明白白这样写道：“鲁迅文学奖是为推动中国文学事业的繁荣与发展而设立的，是中国具有最高荣誉的文学奖项。”

但获得“最高荣誉”的这部《童年再现与儿童文学重构——电子媒介时

代的童年与儿童文学》专著，极大部分内容都是通过抄袭、串连他人的文字、观点、材料拼凑出来的，其主要手段是：张三怎么说，李四又怎么说，王五认为，赵六指出，然后作一概括，或抄完了事，所抄对象主要是国外学者（这是抄袭者的惯用伎俩）。这里引录此书第10—11页的文字，以见一斑：

"这方面最有代表性的学者是最早进入后工业社会的美国学者约书亚·梅罗维茨和尼尔·波兹曼。梅罗维茨在他的《消失的地域：电子媒介对社会行为的影响》中专题研究了电子媒介引起了从前不同角色的模糊化，他简要地总结了儿童与成人社会角色的最新变化，然后探讨了电视在成人'儿童化'和儿童'成人化'之中所起的影响。他认为，印刷倾向于将儿童与成人隔离开，而电视则倾向于将他们再融合。印刷代码的复杂性使所有年幼的儿童都无法利用印刷进行传播交流。从某种意义上说，印刷建造了一个能在成年人中间进行传播而又不会被儿童偷听到的'地方'。通过书籍，成年人可以自由地讨论那些他们不希望让小孩子知道的东西。另外，由于阅读涉及需要一步步学习的复杂技巧，成年人通过改变各种图书内容写作代码的难度以控制较大儿童所能获取的信息。由于儿童在阅读复杂的成人书籍前必须先阅读简单的儿童书籍，所以印刷就使得不同年龄的儿童被隔离进不同的信息世界。与印刷图书相比，电视没有复杂的符码用以排除年轻的观众或者将观众分成不同的年龄群体。成人的节目可以给儿童展示着他们不能完全理解的信息，儿童的节目可能包含孩子气的内容，但是所有节目播放时所用的基本编码对每一个电视节目来说都是相似的：声音和图像。与印刷媒介不同，电视的形象化形式代表了它所展示的东西。电视画面——与所有其他画面相似——看起来像真实的物体和人物；且电视用人的语言说话。他还认为，儿童的图书世界能隔离出为儿童展示生活的理想图景，而电视新闻和娱乐却可以为小孩子展示成人撒谎、喝酒、欺骗和杀人画面。波兹曼的观点和梅罗维茨的观点有着惊人的相似。在《童年的消逝》中，他就传播媒介对童年的创造与消逝进行了深刻的社会学、传播学分析，他用历史分析和社会分析的方法，探讨了印刷书是如何创造了童年，而电子媒介（电视）又是如何消解了童年。在书中，他指出，电视这种‘一览无余’的媒体‘强行地把整个文化从壁橱里全部搬出来示众’，‘肆无忌惮地揭示一切文化秘密’，‘电视使我们不必区分儿童和成人，因为电视的本性是使智力趋向单一化’。而且他还断言：‘儿童已经基本上从媒体，尤其是电视上消失了。’美国学者戴安娜·克兰在《文化生产：媒体与都市艺术》中，也发现了‘儿童成人化’和‘成人儿童化’的问题，她指出：‘电视给孩子提供的成人交往方式的知识比他们通常从印刷媒介中获得的这方面的知识更老到，从而瓦解了父母支配孩子的权威。这就意味着他们更迅速地被社会化，更不情愿接受父母的意见和权威。今天，就服装、娱乐偏好和语言而言，与过去相比，孩子更多地被当做成人来对待，而成人的行为往往更像孩子。’加拿大学者马歇尔·麦克卢汉在《理解媒介——论人的延伸》中，也专门谈到了电视对于儿童感知的影响。他说：‘电视来临之后，许多东西都行不通了。不仅电影，而且全国性杂志都遭到这一媒介的沉重打击。甚至连环漫画的发行量也锐减下来。电视到来之前，人们非常关注的是孩子为何不会读书。电视出现之后，儿童已经习得了一整套崭新的感知。’他还指出：‘实际上，从家庭和教会到学校和市场等领域，都受到了电视的深刻影响。’美国学者伯格也认为，年幼的儿童的心理还没有达到必须应付模棱两可的事物和微妙的区别的水平，儿童过早地接触具有在道德上模棱两可的东西的文本时，例如当他们看某些电视节目（肥皂剧）时，可能经历心理创伤，这会影响到他们成年后与别人相处的能力。”

够了，我们实在不想再抄了。这种主要通过“焊接技术”生成的文字，委实令人毛骨悚然。

“荣获”“鲁奖”的这部专著，几乎每一页都是“他（她）认为”、“他（她）说”、“他（她）在一篇文章中说”、“他还认为”、“他还说”……这样的表述可谓信手拈来，触目皆是。而谭旭东对他人的观点的评说是“我认为他（她）

说得对”，或者干脆不加任何评说，常常是将四个以上作者的观点串连起来，就形成了自己的文章。

没有自己的观点，全是或者基本上引用/转述别人的观点，如果是一部“资料汇编”，自然无可厚非。但这是一部学术理论“专”著啊！

为使大家一睹庐山真面目，我们花了数天时间，逐字逐句拜读了这部荣获“鲁奖”的“大著”，并将该书抄袭的主要“引文”分布情况列于下表：

全页皆引文	每页80%以上为引文	每页60%以上为引文	每页50%以上为引文
P5—9	P2—P3	P10	P16
P11—14	P24	P15	P18
P27—37	P25—26	P79	P20
P40—46	P48	P147	P21
P50	P51	P149	P64
P51—61	P71	P152	P66
P67	P72		P68
P69	P74		P73
P70	P83		P97—98
P78	P86		P104
P80	P88—89		P111—112
P84—85	P117—118		P114
P92—94	P123—124		P126
P115	P125		P127
P122	P128		P134
P129—130	P174		P137
P136	P178		P139
P138	P182		P145
P144			P151

（续表）

全页皆引文	每页80%以上为引文	每页60%以上为引文	每页50%以上为引文
P153			P154
P164			P165—166
P168			P169
P185			P172—173
			P179—180
			P181

这部"荣获""鲁奖"的理论专著，全书正文共计194页。每页全是引文的共60页，每页引文达到80%以上的共22页，每页引文达到60%以上的共6页，每页引文达到50%以上的共30页。综上，该书每页引文篇幅为50%以上的总共有118页，引文篇幅占全书篇幅的61%。其中，每页全文皆为引文的占全书的31%。于是，便生成了此书令人惊异的景观：总共有60页全页皆是引文，中间只夹杂有"他认为"等"原创性"文字。令人触目惊心的是，第27页到第37页，第51页到第61页，长达数十页，全为引用文字。此外，每页引文篇幅未超过50%的忽略不计。如果算上这些忽略不计的引文，全书实际引用他人的文字达到70%以上，也即全书33万字之中有23万字是抄来的。如此专著焉能体现其"专"？原创性何在？学理性何在？学术规范何在？自我劳动又何在？

四、事关"鲁奖"的声誉

中国作协的相关文件指出："为推动和繁荣当代中国文学创作，中国作协设有鲁迅文学奖、茅盾文学奖、全国优秀儿童文学奖、全国少数民族文学创作'骏马奖'等四项我国具有最高荣誉的文学大奖。其中鲁迅文学奖每两年评选一次；茅盾文学奖每4年评选一次；全国优秀儿童文学奖和全国少数民族文学创作‘骏马奖’每3年评选一次。用以鼓励优秀文学创作，推动社会主义文学事业的繁荣与发展，奖励已经取得相当文学成就的文学新秀。”

作为“文学奖与当代文学研究”课题组，我们自然特别看重中国作协设立的“我国具有最高荣誉的文学大奖”鲁迅文学奖、茅盾文学奖等奖项，对荣获四大奖的作者，崇敬有加，心向往之。但是，当我们看了北方工业大学（位于北京石景山区晋元庄路5号）中文系副教授谭旭东的这部“荣获”“鲁奖”的《童年再现与儿童文学重构——电子媒介时代的童年与儿童文学》，我们实在欲哭无泪——为被用鲁迅先生名字冠名的鲁迅文学奖伤心。

（本文作者系北京联合大学“文学奖与当代文学研究”课题组成员，文责自负）

关于从维熙的“混沌”

李美皆

■ 体验苦难——书写苦难——感谢苦难,这已经成为从维熙那一代作家的行为艺术模式。好像他们的苦难是自愿的,好像他们很担心若无这份苦难,他们的写作将无的放矢,他们的人生将毫无价值。难道苦难是值得追求的人生价值吗?没有这番经历,自然会有别的,人不会生活在真空里,别的经历未必没有书写的价值。因为苦难提供了写作的素材,所以,苦难也被赋予了价值,可是,那些不写作的沉默的大多数呢?你感谢苦难的时候有没有想过他们?

■ 从维熙最无愧色的就是这本书,这是毫无疑问的;二十年的苦难居然无怨无悔,就因为凝成了这本书,它的分量的确够重的,重得应该在我们这个时代砸出一个坑来。书中许多细节令人惊叹:真实比虚构更像虚构!或者说,那些细节本身就是一个个惊叹号。那是作为优秀小说家的从维熙杜撰不出来的。所以,看史实比看小说过瘾。

从维熙的《走向混沌》是被重视不够的一本书。这些年来,有两本书我是一夜读完的,一本是韦君宜的《思痛录》,一本是彭小莲的《他们的岁月》,都属于体积不大,但比重较大的。从维熙的《走向混沌》我不是一夜读完的,而是好几夜,因为不可能一夜读完,它的体积和比重都够可观。在阅读这些书的过程中,我数度疑惑:有这把火在这儿,何至于我们出书时不过豆大一点灯光还被严防死守?

从维熙在尾声中写道:感谢生活。假如没有五七年的反右派运动,我的生活将会是一生平平。那不仅少了人生的曲线,更无法体察中国土地所独有的色泽。当然,我为此而交出的学费是昂贵的——那就是我从24岁到44岁的青春年华。但是反过来想想,如果不交出这笔学费,我就是个后半生开顺风船的角色,会有什么作品问世呢?……我对于自己在社会最底层,上了20年的人生课,无怨无悔!

体验苦难——书写苦难——感谢苦难,这已经成为从维熙那一代作家的行为艺术模式。好像他们的苦难是自愿的,好像他们很担心若无这份苦难,他们的写作将无的放矢,他们的人生将毫无价值。难道苦难是值得追求的人生价值吗?没有这番经历,自然会有别的,人不会生活在真空里,别的经历未必没有书写的价值。因为苦难提供了写作的素材,所以,苦难也被赋予了价值,可是,那些不写作的沉默的大多数呢?你感谢苦难的时候有没有想过他们?这可是整个时代的苦难!受虐的写作收益居然使人感谢受虐,这是不是写作的异化?人的权利比写作重要,写出来的受虐依然是受虐,写作不能改变受虐的性质,写作的超度功能不能如此消极地使用!一旦上了岸,就颇有胸怀地表示无怨无悔,这是一种矫情的大度!难怪彭小莲在《他们的岁月》中毫不客气地用"窝囊"来指斥父辈们的生活!事实上,整个的《走向混沌》就是一本怨书,书写的就是一个大大的"怨"字,如狱中的林昭在帽子上书写大大的"冤"字,只不过,从维熙有怨更有反思,而且他的反思相当透彻相当有勇气。但是,他最后的"无怨无悔",真如好好先生的表态,不要也罢。

忍不住要奉劝这代人一句：别用无怨无悔来把苦难的个人史和当代史变轻了。彭小莲就不会如此书写父辈们的时代，她毫不掩饰那个时代的可诅咒性，她直截了当地说：在那样的年代，人已经被训练成习惯挨打的畜生。

一提从维熙的尾声，就情不自禁地来了一通激烈的批判，真是不好意思。但我提到这个尾声的真正用意并不是批判，而是想说明：从维熙最无愧色的就是这本书，这是毫无疑问的；二十年的苦难居然无怨无悔，就因为凝成了这本书，它的分量的确够重的，重得应该在我们这个时代砸出一个坑来。

书中许多细节令人惊叹：真实比虚构更像虚构！或者说，那些细节本身就是一个个惊叹号。那是作为优秀小说家的从维熙杜撰不出来的。所以，看史实比看小说过瘾。所以，还是让历史自己说话吧。

我尽量使用从维熙的原文，并尽量不做评论。

颈椎病引发的右派连环案

三畲庄劳改农场，谈起彼此的“原罪”，一位刘君讲了一个笑话：

他所在的学校里的一位老师，因为有颈椎病，在鸣放时期看大字报时，因颈椎疼痛头部不得不上下蠕动，因而便有了同情右派言论的罪名。反右领导小组的负责人，动员他交代问题。这位老师是个老实巴交的人，一时之间不知道自己犯了什么错误。反右负责人说：“看攻击党的大字报，你为什么表示赞成？”

这位老师说：“我在鸣放会上，没有发过言。”

“还看你什么发言，你已经用行动表态了。”

这位老师面红耳赤地回忆了老半天，也没能想起自己有什么反动言行。

“你为什么看大字报时，不断点头?”反右负责人说，“人的行为是受思想支配的，你的行动本身，已经证明你也是个右派。”“我的颈椎有病……”这位老师怯懦地解释着。“你不要装老实。你是狼，不是羊。一般右派用言论反党，你用行动反党，说明你更阴险。”那位反右负责人说，“反革命从来善于伪装，不然就没有办成反革命事情的法宝了。该怎么对你下结论呢，你是教师队伍中披着羊皮的狼。”

这位老师只好去医院找那位骨科大夫，请求他给出具一张病历证明。都怨这位老师太不了解世俗之恶，他本来只要病历就行了；而这个不识时务的教书匠，竟然在索求病历时，告诉了他来索求病历是为了证明他不是右派。在当时风声鹤唳、知识分子人人自危的年代，那位医生出于自保（他也是被反右火力侦察的对象之一），竟然泯灭医生的职业天良，拒出证明。

结果，这位老师的命运十分悲惨。批斗会后，他得了精神分裂症，跳护城河自杀了。刘君说，“我只是对另一位平日比较要好的老师，为那位老实巴交的倒霉蛋的命运，说了两句伤心的话，又难过地摇了摇头。其实那个时候反右高潮已经过去了，各个单位正在扫尾。可是和我咬耳朵的那位老师，不知出于什么心理状态，是想入党？还是想当教务主任？直到现在我也没弄明白，他向上反映说我对处理那个傻瓜同事，表示感叹并摇头不止…… 于是我们学校又出了我这么一个‘摇头右派’。”

一个“点头右派”，一个“摇头右派”。这两个右派案例，虽然显得有些荒诞，却有着十分丰富的时代内涵。那个因颈椎病而倒了霉的教师，是时代牺牲品的一种类型，但是一个知识分子，何以会痴呆到那种地步？医生开过的处方，是有存根的。当然不排除那位医生为了自保，而毁掉它的可能，但据刘君说，那位教师并没有与厄运抗争，就进了1957年的“垃圾箱”了……最后他的表态是：我服从反右领导小组的正确决定。

读这本书时，我自己的颈椎病正犯着，经常有些不自觉的点头摇头的动作，冷不丁想起这个情节，脖子会定在那儿不敢动。回过神来，便由衷地感谢：自己所处的时代真好，可以自由地、毫无政治风险地生病！

虽然食品安全没有保障，但生病安全是有保障的，社会毕竟在进步。为我们时代的生病自由，赞一个！

你们有一天，还会成为知识分子的

董维森教导员召开了我们到三畲庄之后的第一次训政大会。他的态度虽然十分温和，但是仍然不失专政与被专政之间的距离。他说：你们来到这儿，已经两天了。我不想在你们下车伊始就胡乱地说上一通。你们都是知识分子，尽管文化层次有很大差异；但总起来说，你们都是文化人。经过我这两天的观察，恕我讲话直率，你们中间的有些人，真让我感到失望。接着，他列举了许多事例，我能记得下来的，有这么两件事：一、董教导员列举了赵岳、徐继和满地找脏东西吃，有失知识分子的自尊自重……刚刚散会之后，被点名的徐继和就追上了董教导员，他是解释他为什么要到处寻食。

他说："教导员，我是大肚汉——我饿。"

董教导员摇摇头："你们的粮食定量，已经够高的了。你们到来之前，场里特别研究了你们的伙食，要让你们吃饱吃好。"

徐继和拍着他自己的肚皮，继续与董教导员纠缠："您看，对我们这些'总感觉吃不饱'的人，能不能多给点定量？"

董维森反诘他说："我也问你一个问题，人的饥饿是不是与吸烟存在着什么必然的内在联系呢？"

"没有关系。""那可就怪了，我昨天隔着窗子，看见你在那堆垃圾旁边，不仅找吃的，你还在捡烟屁股抽，这也是因为肚子空吗？"

"这……""我刚才已经说过了，你们知识分子应当自尊自爱。"董没有再多说什么话，转身离我们而去。

董教导员的潜台词是：你们有一天，还会成为知识分子的；到那天，不要为今天的表现而羞愧！但知识分子已经想不到自己还有明天，即便想到，也顾不得了。

何修俭听见有脚步声，便对同类们说了一句：指导员在扒着篱笆缝儿，偷看我们干活呢！他的意思不外是提醒同类，不要站在那儿给铁锹号脉——快点干活。

此话被董听见了。他……对我们说道："你们是人，又是人中的知识分子。我有什么必要，非要偷偷看你们干活不可——你们中的谁这么讲，本身就是自轻自贱。磨道上的驴子，才要有人看着呢！如果这些话，出自那些流氓、扒窃者之口，我用不着这么认真——你来自石油学院，是有文化有知识的大学生，怎么能这么说话呢！你讲了这话，实际上就是自我堕落！就是自我轻蔑！何修俭，回去好好检查一下思想。这对树立你们的自尊自爱是有的放矢。一场大饥荒，饿丢了许多知识分子的自尊。"

何修俭低下了头。董维森的脸涨得紫红。这是我来三畲庄之后，第一次见到董维森对我们发火。因为这个火发得有思想深度，因而同类们并没因为董的发火，而对董有任何非议；正好相反，董在老右之中威信一直很高（我们平反之后，许多路过北京的外地老右……还特意想去看望董……这在中国的劳改史中，是罕见的）。

知识分子已不再爱惜自己的羽毛、斯文完全扫地的时候，还有人提醒他们注意知识分子的尊严。而且，这个人是知识分子的异类。可见，他是真正尊重知识分子的人。你首先要自尊，别人才能尊重你。董教导员却是在以他的尊重来唤起这些知识分子的自尊。

在人的尊严上，董教导员显然优于知识分子，因为，他所处的位置比知识分子优越，二者是专政与被专政的关系。知识分子并非本质下贱，而是"被下贱"。是谁把他们变成了丑类？

不仅不赋予人尊严，反而把堂堂正正的人变为丑类的时代，毫无疑问是丑陋的。

谁愚弄了我们?

在编织铁丝网的劳动中,我居然开始了编织小说的梦幻。一边作茧自缚,一边梦想蛹化为蛾,这种若同南北两极的对立事物,在我身上出现了惊人的统一,这大概属于中国知识分子所独有的现象。

由于事隔多年,我已难回忆起其中的细节,但故事的主要脉络,直到今天我还记得清楚——它不过是仿照那个年代的文艺模式,构思了一个与我的生活距离十分遥远"客里空"的故事——似乎是有一个名叫彩凤的女娃,在杜鹃声声五月天里的插秧比赛中,战胜许多男娃的故事。我还给它起了个名字:《彩凤打擂》。这就是我在作茧自缚的第一天里的行为记录。不能小看了我这一天的心路历程,它至少说明我身上屈老夫子的印记极深,不切实际的梦想,比一般同类要根深蒂固(今天我在自拷:当时我为什么没有想到表现我们这个落难的群落?)。

文学在那个时代的毁灭不仅在于不能写,更在于写也是白写。所以,我从来不惋惜那个年代没写出什么东西。荒废是注定了的。沈从文都跃跃欲试去写样板戏呢,只恨没机会罢了。

彭柏山的《战争与人民》终于出版了。彭小莲在《他们的岁月》中写道:为了出书,仅仅是为了托人,求人推荐,妈妈手抄了十份——这34万字的长篇,她一字一句地抄了十份。

可是,当书出版之后彭小莲回头去看时,那种感觉用"痛不欲生"仍不足以形容。

尽管王元化为这本书的出版而奔走,可是,他对这本书的否定是毫不含糊的:"唉,你父亲干什么去写那么一本书呢,什么伟大的军事路线。这有什么价值?""你想想,他如果能把自己经历的一生,非常真实的,点点滴滴，详细地写下来。那留到今天，会是一本非常有价值的作品。他在湘鄂西的那段经历，我都不知道。为什么不好好写写这些事情？”

王元化所希望于彭柏山的，与从维熙的“自拷”是一致的。在王元化看来，如果不能真实地去写，那么，宁愿什么都不写，也比写这种东西强。这种清醒的否定对作为女儿的彭小莲是残酷的。

彭小莲：……总之我觉得是一份说不出的窝囊……我始终找不到任何理由来维护父亲的作品。深夜，当我扪心自问的时候，我清醒地知道《战争与人民》无法和他早期的作品比，这是他败笔的形象，竟然为了这本书，爸爸付出了自己的生命。

彭小莲一定有一种被愚弄的感觉，她在别处表达过这种感觉：一说到“革命”，我就会坐立不安，就会有一种不由自主的焦躁。我恨不得能越过这一段历史。我总是觉得，我们被愚弄了。谁愚弄了我们？我说不清楚，对爸爸妈妈来说，是他们自己选择了生活，选择了“革命”，那为什么我会把这一切理解成愚弄？

彭小莲：我甚至都想哭，为什么会走到这一步的？怎么越写越幼稚了？

彭小莲的朋友海诺德劝慰她：在任何专制的统治下，没有人敢面对自己的。但是，不管怎么说，他想写的话，为什么不写呢？能写出来，就是一个胜利。我们美国人的座右铭：活着的全部秘诀，就是去行动。

彭小莲的心终于安静下来，重新去看这部小说：

……我突然看见了一份心态，在字里行间，那一份坦然和安宁的心态。爸爸整个的文字是恬静的。也许，这本书本身将会有多么伟大，对他已经变得不重要了，从句子到句子之间，我读到了他的这份认识。他只是把《战争与人民》作为一个信念，一个活下去的信念，一个为自己活着的借口和理由在写，他写得非常投入，而且是真诚的。

从行动的意义、而非文学的意义上，彭小莲认可了父亲的写作。这不也是文学的救赎功能吗？我也是从彭小莲的认知中，理解了从维熙们那个年代的未遂的写作。

清醒的死是一记响亮的耳光

从维熙写到两个右派勇敢的自杀，“使我们苟且偷安的同类，无以面对勇者”，但最震撼的还是这一个：

他名叫敖乃松，上海人，曾就读于南开大学物理系。此君本是改造中的积极分子，他之所以结束自己的生命，很大程度上是出于他的自悔。据知情人告诉我，敖君昔日曾有过误伤同类的行径——被伤害的不是陌生的同类，而是他同类中的知己。其实，在改造期间，为了争取个人的前途，不顾别人死活的人，在老右中不乏其人。但在前途的梦幻破灭之后，能有敖乃松勇气者，几乎是后无来者——从这个意义上讲，他是屹立在苦难年代的知识分子面前的一座丰碑。

这个悲凉的故事发生在一个秋天。有一天劳改队搬家，同类们看见敖乃松把他的行李装在了搬家的大车上，但是到了新的地方，却发现敖乃松失踪了，以他的表现来说，没有人怀疑他会逃跑，或者出什么背离改造经纶的事情。

过了一两天，队长才下令让他们到一个水塘去打捞敖乃松的尸体。他的死并不是干部首先发现的，有一个场外的老乡来场里割草，发现了溺水而亡的死者。使同类们震惊的是，他是以一种超常的方式来结束自己的生命的——他用一根绳子捆着自己的脚，绳子的另一头拴在了水塘边的一棵树上，然后把他的头浸在了水塘里，直到停止了呼吸。这种死亡手段的选择，需要的不仅是勇气，还要有义无反顾的坚毅。因为当死者感到溺水时的痛苦时，是可以改弦易辙回到生者的世界中来的，他只要两手用力支撑着塘坡，身子缓缓向后移动，就可以自我解脱死亡。可是这位敖乃松，就像他的名字一样，硬是在水波中浸死了自己。

当同类们提着绳索,把他拉上岸来的时候,发现了他十分简短的死亡遗言,大意是让来寻找他的同类,不必下水去捞他,秋天的水太凉,容易得病着凉——只需像拉网一样,把绳子往上一拉,就会把他拉上来云云。同类们正是如此这般把他拉出水塘的,但是看了他的遗言之后,不仅在场的老右目瞪口呆,就连那位姓温的队长,也为之感叹了好一会儿。劳改农场自杀的人并不罕见,敖乃松的死亡方式,可谓空前绝后。……面对死亡他太清醒了,竟然将其当成了一场游戏。当然,深深探源,他也是一个荒唐年代的祭品;可是祭品与祭品相比,显然带有他作为一个人应有的分量。

他选择的死亡游戏,当然首先是对反右和“文革”的抗议,但不容忽略的一点是:他身上有着人类应有的自审良知——他伤害过同类,在无地自容的良知反省中,便有了这场貌似游戏,却又深藏着游戏之外令人折服的精神升华。

这个人死得如此有教养如此游刃有余,简直令我崇拜!我崇拜的人不多,但凡令我崇拜的人,往往不是死得令我崇拜,就是退得令我崇拜。一位深谙股市的朋友对我讲起过:20世纪60年代出生的操盘手有狼性,会赶尽杀绝;80年代出生的操盘手不再是在弱肉强食中成长起来的了,人性尚好,不会赶尽杀绝,等他向你证明了他可以置你于死地之后,就微笑收手,游戏结束。我崇拜的就是这种隐藏得很深,会在游戏背后微微一笑的人。他们是懂得退的境界的高手。巴菲特和比尔·盖茨就退得有境界,他们向世界证明了:我可以很有钱,但我不稀罕钱;我要赚钱,但赚到了我可以不要;赚钱对我来说就是一种智力游戏,我已经玩到了绝顶,我退了。敢于把赚钱和死亡当游戏且玩得极其成功的人,都达到了真正的自由之境。

事生如事死,生不能苟且,死也不能苟且,死的尊严比生的尊严更能够树立起一个大写的“人”。我还听说过这样一个人的死:他是一个擅写材料的人,当干事的时候,领导说他能写;该提处长的时候,领导说他只能写。于是,大年三十他在办公楼门后吊死了,死前不忘在门口贴大字报提醒:门后有人，请勿害怕。如果说，这个人的死是对官僚制度的扭曲的反抗，敖乃松的死，则是给那个使人变成狗且狗咬狗的时代的一记响亮的耳光！

若不能以生来回敬，就以死来回敬，不亦说乎？

我死去了很多很多的东西

从维熙的妻子张沪曾两次自杀，第一次服用安眠药自杀后，从维熙得到通知赶往医院：

我哭了，无声地流着泪。我开始怨恨我自己。因为在两个多月前我回城休息时，她告诉我她怀孕了。反右派斗争后，她几乎对夫妻性爱失去了兴趣，而我却没能体谅她的心情，单方面地要求性爱。她说我越来越野蛮粗暴，是知识分子的蜕化表现。我很同意她对我的评断，但是并不认为评断得十分全面。试想：一个在大山上每天和不会说话的石头打交道的人，到家里再得不到温馨之爱，心灵将会变得像秋天山上的茅草一样枯竭。不是吗？

在市第六医院的急诊室里，我先是呆若木鸡，后是扑向病榻。她躺在一张白白的被单下，面色青黄，我伏耳在她鼻翼下，竟难以听到她的呼吸。我像个孩子似地哭了起来。

岳父说："你要记住'既来之则安之'这句成语。阿沪就是真的走了，你也不要过于悲哀！""这不是儿女情长的年代，要面对严酷的现实。我为了给自己寻找精神出路，常假想阿沪在上海地下党时，已经为革命献身了！"

从维熙的岳父也是一位老革命。老人衣褶里或许还残留着奔赴延安时的风尘，那双布鞋上还保留着枣园绿色草浆的斑渍——建国不过七八年，这位老人也成了反革命右派分子！

张沪的两次自杀，让我心里一颤再颤。诅咒什么都不明晰，只是充满诅咒欲。那样的炼狱，人居然能够走过来！我明白了，什么叫比死还痛地活着！

从维熙终于与张沪搬到了同一监舍居住，从维熙采煤，张沪做宣传工作。但从维熙并没有复苏过来：

我死去了很多很多的东西，首先我没有了激情，我好像也变成了一块煤，但是没有光热，没有燃烧自己的力量。按着劳动有益于人的健康来说，我也适得其反——从曲沃的那件痛心的事件（注：他目睹了张沪被戴上手铐当场带走，随后张沪第二次自杀）开始，我生理上患了阳萎症——在矿山尽管比那儿宽松了不少，但仍然不能复原。这是既难以出口，又难以医治的精神疾症（直到90年代初，我已年近60，生理之疾才不医自愈）。读到这里时，我怔住了。要有怎样的勇气，才能说出这样的事实！这使我看到了《走向混沌》的真实性的保障，我想不可能有比它更真实的真实了。一个男人，如果连这都能够说出来，还有什么会让他自我回护呢？

当然，如果他一直没有痊愈，这事或许就永远不会被提及。那不医自愈的因由，倒是一个神秘的问号。

也许，这个世界上的阳气是一定的，有人阳气勃发，就要有大量的人折损阳气。那是一个阉割与被阉割的时代。我想用ED这个说法，科学而温和。那个时代，男人ED的例子不在少数，我就听过好几例，只是鲜有公开坦白者。一个使男人ED的时代，一个把男人从根子上否定了的时代，无怨无悔从何说起？！那个时代，当然也有人好似服用了今日之伟哥。但是，伟哥当家的时代，也正是ED的时代，这并不矛盾。

还原成为一个人

从维熙写道：当时我之所以有勇气写劳改营的作品，除了生活的赋予之外，对我直接产生影响的因素有二：一、在临汾市图书馆里，我第一次读到一个美国记者写下的《第三帝国的兴亡》，那是对我产生了深远影响的三卷著作。我在读此书时，发现了我们的国家——特别是在“文革”时期，与二战前的希特勒狂热地煽情于暴政，有着若干的相似之处。这是在理性上给我的最大刺激；二、在于我的人性的全面复归：在西影有一次与导演艾水一起看一部老掉了牙的片子《魂断蓝桥》，其实这部影片，我在少年时期曾经看过，并没有引起我感情上的多大反应；但是历经了20年苦难生活的我，突然被人类美好的真情震撼。我一直为故事中男女主人公的遭遇而哭。直到电影散场，我回到下榻的招待所，仍然像痴呆症的患者那般，止不住自己的泪水。

当时，我梳理不清自己是中了什么邪，就是止不住泪水。事隔很久很久以后，我才对自己那天的失态，有了一点理性的分析：我是在非人的生活中生活得太久了，面对人间真情的突然袭击，一时之间难以承受——但是极为可贵的是，它像一声惊雷一般震醒了我的灵肉，我是在那次泪水洗面之后，还原成为一个人的！

我十分看重我在临汾时，理性与感性的再生。也许就是它支撑着我，勇敢地走向倾吐真情的文学之路的——这就是我死而后生的全部，而无其他。

这就是《走向混沌》得以诞生的原因。感谢这种再生，使我们看到了《走向混沌》。但还有大量的无能再生甚至永不超生者。

你们这一行，怎么这样不成全人？

文学神经偶尔复苏的时候，从维熙曾经给文学启蒙老师孙犁写过一封十分动情的信。这封信孙犁收到了。1979年，孙犁为从维熙书作序时写道：

> 那时我正在家里养病，看过信后，我心里很乱。夜晚，我对也已经患了重病的老伴说：
>
> “你还记得从维熙这个名字吗？”“记得，不是一个青年作家吗？”老

伴回答。我把信念了一遍,说:"他人很老实,我看还有点腼腆。现在竟落到了这步田地!"

"你们这一行,怎么这样不成全人?"老伴叹息地说,"和你年纪相当的,东一个西一个倒了,他不是一个小孩子吗?"

从维熙劳改期间第一次回家探母:我和母亲度过了一个高兴又酸楚的夜晚。……我对母亲说的几乎都是让她宽心的事,比如,报社把搜查时拿走的东西,如数退还了等等。我至今清楚记得母亲说了如下的话:那书咱就别要了,你看看这些年倒了霉的都是你们有文化的人。我母亲是个大字认不了一斗的文盲,能在那个年代讲出这些话来——并被后来的历史所证实,实在是一件不简单的事情。

不识字的老太太都能看明白那个世道。不识字的老太太的朴素发现最能令我信服。

文艺是反右和"文革"的重灾区,所以,那个年代,许多与文艺工作沾边的家长都给孩子定下戒律甚至留下遗嘱:不许从事文艺!

萧也牧死前不久,含泪嘱咐儿子:"你长大了,做一个对党对人民有用的人,千万不要沾文学的边。"

彭小莲在《他们的岁月》中写道:爸爸说过,他们只有一个愿望,不论生活把我们这个家摧毁成什么样子,一定要让所有的孩子上大学。只有读书,学有所长,才是出路。但是,绝不能让孩子们再从事任何与文艺和意识形态有关的工作了。只能学工,学理。就是在爸爸离开上海不久前的日子里,小兰考取了上海音乐学院附中。爸爸妈妈听了以后什么都没有说。小兰回家后,一个人躲在厕所里哭,哭得连饭也不肯出来吃……

爸爸在饭桌上生气了:"这孩子怎么这么不懂事,我们自己吃了那么多的苦,还会害她?"

他们都是热爱文艺的人,却严令自己的孩子戒绝文艺,这心酸的"文艺戒”说明他们真被伤到骨子里去了。

彭小莲还写道：文字，在我们的生活中，变成一个累赘和惧怕。触摸到它的时候，就像触摸到了杀人的武器。

是的，在阅读当代文艺史的过程中，我一次次感觉到文字狱的惊悚！文字的凶险会令我陡然间不寒而栗、神经痉挛，甚至走火入魔到感觉一双手铐铐了上来。一时间，自己下笔都变得踌躇而艰涩了。

前几年一直在不遗余力地进行自我表达，这两年研读当代文坛历史的过程中才发现，许多东西前辈们已经表达了，而且比自己的表达更具生活和历史的实感。那么，我应该做的，就是找到它们——用别人的表达来进行自我表达，同时，使自己仿佛成为当代文坛历史的在场者。我这样做了。

洗脚、下跪、磕头和道德演出
——某年度母亲节的文化观察

朱大可

洗脚、下跪和磕头的闹剧，从旧帝国一直上演到民国，始终没有终止的迹象，只是在新文化运动之后，它逐渐遭到人们的唾弃。但今天，那些发霉的旧风俗开始卷土重来，成为转型中国的"亮丽风景"。

只要翻检一下中国近代史就不难发现，洗脚和磕头之类的江湖事迹，散布在历史的各种缝隙里，犹如芳香四溢的牛粪。光绪二年，徽州官府组织数百个良家媳妇给公公洗脚，场面壮观，而情形却相当暧昧和诡异；民国二十五年，山西某地曾闹过一场磕头喜剧，三百名守寡贞妇，集体向婆婆磕头，发毒誓效忠亡夫，地方官绅事后还大立贞操牌坊，以表彰那些烈妇的壮举。

最近，广东某实验中学首创"青年礼"，要求初二学生在操场集体"下跪"，以示对父母的感激之情；5 月 8 日母亲节前夕，江西某小学 100 名学生在操场上给妈妈洗脚以示孝心；北京 170 名外来务工者为并排而坐的父母洗脚；武汉洪山看守所内的少年嫌犯为母亲洗脚表达感恩和忏悔，如此等等。下跪洗脚的光荣事迹，有如雨后春笋。

无独有偶，7 日下午，台湾屏东举办"为妈妈洗脚"活动，计有 3724 位母亲同时被洗，创下同一时空里最多人洗脚的吉尼斯世界纪录。中国人不仅善于制造各种制毒和使毒纪录，也在孜孜不倦地营造新的道德奇迹。

这场洗脚闹剧的源头之一，是一则央视进行"感恩教育"的"公益广告"：一位年轻母亲睡前给母亲端水洗脚，幼子为此深受感动，遂端来一盆热水要给自己母亲洗脚。至此，"洗脚模式"成了推行感恩精神和孝道伦理的样板。各类职业和不同年龄段的青少年人群,均被要求给自家父母洗脚,并且从家庭内部发展到大庭广众,又由坐洗推进到跪洗和磕头洗。上海某中学甚至给学生颁发洗脚日历卡,每洗一次脚,父母就在卡上签字,而该卡将在学期末成为评定道德分数的主要依据。

为了复辟这种旧帝国的道德风范,长沙有关部门计划打造"孝道"文化街,建设"孝"文化广场,有关部门还专门设计"孝道试卷",以测试市民的"孝道指数"。这场闹剧正在愈演愈烈,规模盛大,成为遍及全国的集体道德秀。

但国人的孝道传统,往往表演甚于实绩。父母死后,大肆操办丧事以示孝心,而其生前,则往往百般虐待与摧残。目前的洗脚狂潮,不过是这种"秀孝传统"的变种而已。正如一些网友所指出的那样,如果向长辈表达感恩之情,最终只剩下"下跪"或"洗脚"的话,那么这只能是华夏民族的悲哀。老师应向学生告知"孝即爱心",而非组织此类哗众取宠的街头活报剧。

在中国,一切动机良善的事物,最终都会扭曲变形,正如我过去曾经预言的那样,春节已经沦为美食节,元宵节沦为汤圆节,端午节成了粽子节,而中秋节则蜕化为月饼节。在所谓"亲情经济"的浪潮中,母亲节一方面转型为"洗脚节"或"磕头节",同时也被强大的市场之手弄成了鲜花节或蛋糕节。似乎没有什么节日能摆脱这种庸俗化的厄运。

中国人的孝道,无非是专制主义在家庭结构中的映射。它从未承载过真正的爱与亲情,而仅仅重申长辈对晚辈的微观权力。它拒绝家庭成员的人际平等,无视晚辈的人格尊严,进而摧毁主体的独立建构,由此导致服从性和工具性人格的茁壮成长。家庭孝道,是帝国规训其政治顺民的逻辑起点。

耐人寻味的是,那些受到表彰的著名孝行,大多散发着浓烈的自虐和互虐气味。在作为道德范本的《二十四孝图》中,三分之二的事迹尚在可以理喻的范围,而约三分之一的故事则可以划归荒谬可笑之列,诸如"戏彩娱亲”(70岁老头假扮婴儿逗老母快乐)、“埋儿奉母”(为了省下口粮给老母,竟然打算活埋幼子)、“卧冰求鲤”(在严冬以裸身融化河面冰层,钓取鲤鱼供继母食用)、“恣蚊饱血”(在夏季用自己裸身吸引蚊子而保护父亲)、“尝粪忧心”(亲尝父亲的粪便以了解病情)之类,所有这些被大肆宣扬的事迹,不仅洋溢着SM的奇特激情,而且充满着杀子恋母或自残恋父的古怪情结,却被裹上儒家伦理的庄严外衣,放射出经久不息的道德光芒。

值得庆幸的是,就在人们大肆鼓励孩子以各种形式“孝敬”父母时,广州市少年宫和《都市人·成长》杂志,公布了名为“关于家长和孩子对感恩的理解”的调查结果,它显示,在孩子的心目中,“帮父母做家务”和“等长大了赡养父母”最能表达感恩之情,而“帮父母洗脚”和“给父母磕头”,则最令人反感。这项调查表明,中国的孩子,并未丧失价值判断的基本能力。而企图把这种腐朽样式强加给他们的成人,反而暴露出可疑的行藏。

如何阐释“孝”的含义,这无疑是问题的关键所在。儿女跟父母的关系,首先应当建立在人格平等的价值观上,任何一种下跪和磕头的行径,只能把“孝”引向“顺”,也即表达谦卑和顺服的语义,这种所谓孝道,背离了自由、平等和博爱的人本主义价值基线,跟爱没有任何本质性关联。

但中国传统文化的“糟粕”就利用这种自阉式“孝道”,对家庭成员间的人伦之爱进行偷换,以期从这种被扭曲的伦理关系中训练奴性,进而把它投射到君臣、官民和家庭的关系之中,以捍卫王权设定的永恒秩序。

母亲节源于希腊,人们借此向奥林匹斯山上的众神之母赫拉致意;现代母亲节则源于一名叫做安娜·贾维斯的美国女士,她力主设立纪念日来劝慰那些在战争中丧子的母亲,同时创立母亲节来表彰全球母亲的伟大成就。美国国会为此于1913年通过议案,将每年5月的第二个星期天作为法定母亲节。母亲节至此诞生并在全世界流行,成为地球上所有母亲的共同节日。

母亲节的这种世界性起源,刻画了它作为普适价值载体的基本容貌。

全世界的儿女都知道，我们应在这一特殊的节日里重申母爱的伟大，学会对母亲报以更为炽热恒久的情感，学会倾听她们的教诲，尊重她们的抉择，跟她们成为最亲密的朋友，并学会在她们老去之后，照料其衰弱的身体和安慰其孤寂的灵魂。但这绝不意味着我们必须以下跪和磕头来表演各类滑稽的"孝行"。母亲珍爱并引为自豪的，不是那些磕头虫和软脚蟹，而是有尊严地站着的孩子。

冷眼“民国热”

王晴飞

近几年来，民国突然热起来了。各式各样的民国风、民国范儿，半真半假的摭拾民国八卦的通俗读物，民国风格的餐馆、建筑，甚至民国出版的低俗小报都能成为硕博士论文的选题，吹捧不已。总之，似乎一沾“民国”，便身价倍增。

大凡对于某一种时段历史的“热”的形成，除去人类根性里的怀旧因素以外，多半带有一定程度的现实指向性，即通过对历史的美化来映衬当下之不足。譬如对西南联大的鼓吹，便寓有不满当前教育体制与教育状况之意。这种借古讽今之举，本有着相当的合理性，甚至是必要性。但任何一种东西，一旦成为一种“热”，就不免如人发高烧，必伴有胡言与虚乏症状，需“饮冰”以降温。时下流行的民国叙述，便有以下几种症状。

一是挖东补西的民国。中华民国在大陆维持的时段是 1912 年到 1949 年，其间执政几度沿革，有洪宪帝制，有张勋复辟，更多的时候是军阀割据（即使是在北伐胜利后亦是如此），战乱频仍。民国叙述之所以充满温情，很大程度上源于叙述者的“文人”身份。民国时代文化界的自由度在很多时候相对而言的确是比较大的，其原因有二：一是重文轻武的传统余荫尚在，出身行伍的武人对于科举出身的文人多少有些忌惮（留学海外的洋学位与旧科举的“出身”之间一度有着直接的换算关系）。二是军阀之间斗争不断，无力整顿文化界，甚至不时地还借文化人的名声装点一下门面——统一思想，非不愿也，实不能也。但是对于普通老百姓来说，就远远没那么幸运，在城头变化大王旗的时代，国无定法，中央政令不出都门，迎来送往在所难免，苛捐杂税你方征罢我又征，有的军阀甚至已将治域内的赋税预支到二十一世纪,这些悲惨处,躲在书斋里的学者或是活跃在政学两界的文化明星们往往难以体察。以亿万苍生的幸福换取部分文人的自由,这笔账是否划算,恐怕难说得很。而实际上,即便是文人也并非永远幸福。

1926 年的三·一八惨案中,段祺瑞政府便开了民国屠杀学生之先例,虽然现在不少人以段祺瑞并不知情和请愿学生背后有国民党的组织为其开脱,但段氏对学生运动早已不满乃是事实,而作为当时政府最高领导,无论知情与否,均难辞其咎。至于张作霖这样不按常理出牌的土匪军阀,就更是毫无忌惮。张大帅进京,北大教授李大钊、报界名流邵飘萍及林白水同遭杀戮。而这也是民国。民国尤其为文人们艳羡的教授的高薪。人们经常津津乐道于 1920 年代教授二三百元大洋的薪资,可养活七八口人,租住四合院等等。可实际上,1920 年代的北京,各地军阀纷纷将赋税截留作为军费,教育部和各高校早已常年欠薪,发薪往往也只发一半甚至三成,我们看鲁迅日记便可知道,欠薪、讨薪几成常态。1920 年代学潮不断,国事不堪是一方面原因,教师欠薪也是一个重要原因。北京国立八校组成教职员联合会,主要任务即是向政府索薪,要求教育经费独立(防止被挪作军费)。而在 1921 年的讨薪运动中,这些大学教师们遭到军警殴打,领头的北大教授马叙伦脑门被打破。这也是民国。

以讹传讹的民国。凡一种东西,一旦成为时髦,便不免生出许多佳话,于是漫画化,类型化,失其血肉与真相。所以许多时候,佳话者,假话之谓也。譬如提到北京大学的“兼容并包”,人们常常会举蔡元培与辜鸿铭的例子,认为蔡元培进北大后请观点守旧但外文极佳的辜鸿铭前来任教。蔡元培时期的北京大学“兼容并包”固然不假,但是这个例子却有夸大之嫌。其一,辜鸿铭 1915 年即开始在北大授课,远在蔡元培之前,所以蔡元培只是没有将其解职,并非刻意聘请。其二,五四运动以后不久,辜鸿铭即离开北大。这自然无损于北大之精神,但可以看出“佳话”对于事实的加工与简化。在诸多为人们传诵的民国“佳话”中,名人尤其是名文人的情事,自然是重点。其中被宣扬最多的当属与林徽因相关的故事。其实倘若撇开男女主角的出身、美丽和诗名诸因素，这本也不过是一个再普通不过的三角或多角恋爱故事。对于无关的人来说，本无资格指责，也无必要称羡，可是却被按照琼瑶剧的套路一再演绎。尤其金岳霖，更因其不娶而被视为情圣，仿佛是为林徽因守节一般。而人们却从来不提金岳霖即便是在追求林徽因时也一直与其外国女友同居之事。这种佳话，往往将生活中活生生的有血有肉有感情有欲望的人，化为自己想象中的文学作品或画中的花鸟。似乎美丽，却很虚假。即便是鲁迅这样感情生活几乎毫无浪漫色彩可言的人，也不被放过，硬要将其与所谓的北大校花马珏制造出一段"美好"的感情。马珏本是鲁迅好友、同门师兄弟马裕藻之女，初见鲁迅时还只是十五岁的小孩子，佳话爱好者硬将他们凑在一起，是误将鲁公作吴公(吴宓)了。

当然，我并非主张不研究民国，只是我们在研究时，要多一些实事求是的精神，少一些半真半假的传闻；也并非要否定民国，民国自有许多值得我们继承、借鉴的遗产，如自由之精神，如兼容并包的大学气度等等，但我们不应不加辨析，只选取光鲜处，一味称叹；更无意于要在民国诸贤中分个高低上下，使孔子大战耶稣，鲁迅 PK 胡适，只是觉得我们在关注历史人物时，首先要研究其思想、事功，而非仅仅作为饭后谈资的八卦、段子。

俞平伯对《红楼梦》前八十回的歪曲和贬抑

石　磊

俞平伯在《红楼梦的风格》一文中说：“哀而不怒的风格，在旧小说中为《红楼梦》所独有。”又说，缠绵悱恻的文风“初看时似淡淡的，没有什么绝伦超群的地方，再看几遍渐渐有些意思了，越看越熟，便所得的趣味亦愈深永……”由此看来，俞平伯对《红楼梦》是读得很熟的了。他得出的结论是：“作者的最大手段是写生。”写生写的是作者的“自传”。他说，曹雪芹在第一回说得明明白白：“其间离合悲欢，兴衰际遇，俱是按迹寻踪，不敢稍加穿凿……”据此，俞平伯说，曹雪芹是“自发牢骚，自感身世，自忏情孽，于是不能自已地发为文章”。就这样，他咬住一点，不辨真假，不及其余，确立了“自传说”作为写作评红文章的大框架。凡在这个框子里装得进的就往里装，装不进的就弃而不顾，必须往里装而又装不顺的，就对原文进行歪曲篡改以削足适履。何以见得？看一下他对贾宝玉和金陵十二钗的有关叙写

就知道了。

1. 对贾宝玉的歪曲。俞平伯说:“宝玉自幼失学。”“却因为环境关系,以致失学而被摧残。”又说:“幼年失学,长大忽然中举了,这便是个奇迹……”他接连讲了三次“宝玉失学”,目的是为了否定后四十回中宝玉中举的事,以便把宝玉纳入由他设计的“自忏情孽”的曹雪芹“自传”的轨道。

宝玉幼年失学是无稽之谈,曹雪芹关于宝玉自幼读书问题在《红楼梦》里是写得明明白白的:

第七回写到宝玉见秦钟,对秦钟说:“我因业师上年回家去了,现也荒废着呢。家父之意,亦欲暂送我去温习旧书,待明年业师上来,再各自在家里读。”这里说的“送我去”,是指送到贾府族里办的由贾代儒在那里执教的塾里去。

第十八回写到“贾元春归省庆元宵”的时候,作者有一段客观叙写的文字:“那宝玉未入学之先,三、四岁时,已得贾妃手引口授,教授了几本书,数千字在腹内了……”

贾宝玉从小读书的问题,曹雪芹在《红楼梦》书中交待得这样明白,俞平伯读《红楼梦》又读得这样熟，不可能在这上头倒疏忽了。总是为了要把“评红”纳入他预设的“自忏情孽”的缘故，也只好用歪曲原意的办法来欺蒙读者了。

俞平伯说宝玉“自幼失学受摧残”，这情形我们何曾在《红楼梦》里见过？我们在书中见到的唯一一次宝玉遭父亲贾政的痛打，那是由于贾环的挑拨诬陷造成的。“失学受摧残”完全是俞平伯生造出来的。宝玉不是贫苦人家的孩子，他父亲贾政又那么希望他以科举图功名，怎会失学？他没有到地主家去当过放牛娃，而是丫鬟、小厮成群的公子，怎会受摧残？在这里俞平伯把《红楼梦》歪曲篡改得离奇不像了。

贾宝玉不存在“幼年失学”的问题弄清楚了，接下来就是宝玉读什么书的问题了。凡是持“自传说”的红学家几乎都认为“宝玉反对读《四书》、《五经》”，好像读《四书》、《五经》是和“禄蠹”画等号的，这又是一处对《红楼梦》的歪曲和篡改。

在《红楼梦》文本里，从来没有宝玉“反对读《四书》、《五经》”的表述。鉴于这个问题被众多红学家所误读，只好摘几段《红楼梦》里的原文来加以澄清：

第三回在宝玉见黛玉时，送黛玉“颦颦”二字。……探春笑道：“只怕又是你的杜撰。”宝玉笑道：“除四书外，杜撰的甚多，偏只我是杜撰不成？”“除四书外”四字，说明宝玉对四书的敬重。

第七回写到，黛玉听宝玉说要上学去，笑道：“好，这一去，可定是‘蟾宫折桂’了……”宝玉对此未生反感，对黛玉的态度一如既往。这说明他既不反对读《四书》、《五经》，也有蟾宫折桂的愿望。

第十六回写到：“宝玉见收拾了外书房，便约定秦钟读夜书。”说明宝玉读书并非不用功。

第十八回写到：塾师赞宝玉“偏才尽有”。说明宝玉杂学旁收，知识面很广。

第十九回写到袭人箴宝玉，说："……凡读书上进的人，你就起个外号儿叫人家'禄蠹'，又说只除了什么'明明德'外就没有书了……""明明德"是《大学》里的句子，说明宝玉对《大学》的敬重。

第二十八回写到宝玉发新令，说道："如今要说悲、愁、喜、乐四个字，却要说出女儿来，还要注明这四个字的原故。说完了，饮门杯。酒面要唱一个新鲜时样曲儿；酒底要席上生风一样东西，或古诗旧对、《四书》、《五经》成语。"这说明宝玉对《四书》、《五经》读得很熟。

第七十三回，宝玉有一段关于读书情况的自白："如今打算打算，肚子里现可背诵的，不过只有'学'、'庸'、'二论'是带注背得出的。'上孟'，就是一半夹生的，若凭空提一句，断不能接背的；至'下孟'，就有一大半不能了。算起五经来，因近来作诗，常把《诗经》集些，虽不算熟，还可塞责。……"这里，宝玉自己把熟读《四书》、《五经》的程度讲得最清楚不过了，哪有一点"反对读《四书》、《五经》"的意思。宝玉是想做官补天的，按孔孟之道补封建社会的天；不然，他怎么样把"学"、"庸"、"二论"读得带注背得出来呢？然不用，因而自怨自艾心情不爽。这在《红楼梦》里是明白写着的，只是不合俞平伯的需要，视而不见、弃而不取罢了。

宝玉对孔子是很尊重的。第七十七回宝玉对袭人说："你们那里知道，不但草木，凡天下之物，皆是有情有理的，也和人一样，得了知己，便极有灵验的。若用大题目比，就有孔子庙前的桧、坟前的蓍草，诸葛祠前的柏，岳武穆坟前的松。这些都是堂堂正大之气，千古不朽之物。世乱则萎，世治则荣，几千百年枯而复荣者几次，岂不是兆应？……"在这里，宝玉的意思很明白：治世尊孔，乱世反孔，这是被千百年来的历史所证明的。

那么，宝玉所说的"禄蠹"是指一些什么人呢？显然是指以追求名利为目标而不以治国平天下为己任的一些人。当时科举时兴八股文章，而八股文章是难以阐发圣贤治世之道的。但是，一些读书人为了通过科考步入仕途，就拼命学做八股文章。贾雨村就是这样一个人。他对甄士隐说："若论时尚之学，晚生也或可去充数挂名。”他说的时尚之学，就是做八股文章。贾宝玉反对的是做八股文章，诅咒的是做官不为民做主的“禄蠹”。“禄蠹”指的就是这些人，而贾雨村只是一个禄蠹的典型。现在，宝玉自幼未曾失学、在求学时也没有反对读《四书》、《五经》都弄明白了，那么，说宝玉“自幼失学受摧残”，就是俞平伯脱离《红楼梦》文本自编自造的了。这对一个享誉中外的学者来说，实在是不够自重的。

2. 对金陵十二钗的歪曲。俞平伯说：“十二钗都有才有貌，但却没有一个是三从四德的女子；并且此短彼长，竟无从下一个满意的比较褒贬。”

俞平伯的这席话显然是为了抹煞自由民主思想与封建传统观念的矛盾和斗争，引导读者去认可他那《红楼梦》是曹雪芹的“自传”和贾宝玉的“忏悔情孽”。

这个问题论说起来实在有点难堪，因为它本来不是问题，十二钗里被封建道德观念束缚而遵循“三从四德”的女子并非一个没有，据我看来，至少也有两个：薛宝钗一个，李纨一个。若要论据，《红楼梦》书中太多太多，俯拾皆是，实在没有必要抄录到这里无端拉长此文的篇幅。

以上说的是俞平伯歪曲和篡改《红楼梦》文本的几则例子；以下再探讨一下俞平伯为什么敢于作这样的歪曲和篡改。

1. 由于《红楼梦》不是一部容易读懂的书，连毛泽东这样的伟人还说“不读五遍没有发言权”，“读了十几遍，有的地方还是没读懂”，一般读者看上一两遍自然是有许多弄不清楚的地方，哪有发言权？所以，俞平伯尽可以大胆地把《红楼梦》当作一团橡皮泥任意捏造，为自己的评红文章服务，立自己的“一家之言”，贬抑《红楼梦》的社会作用。除此之外，这样明目张胆地歪曲和篡改《红楼梦》文本，还有什么可以解释的呢？

2. 为自己树立一面旗帜，引导读者由他指引的路去玩味《红楼梦》。俞平伯说：“自刻本通行以后，《红楼梦》已成为极有势力的民间文学，差不多人人都看，并且人人都喜欢谈。所以京师《竹枝词》，有‘开口不谈《红楼梦》，此公缺典定糊涂'之语。"

俞平伯希望大家按照他指引的方向去看《红楼梦》。他说："《红楼梦》的作者是自发牢骚，自感身世，自忏情孽，于是不能自已的发为文章。"又说："他（贾宝玉）的出家，恐不专因忏情，并且还有生计的影响……""他在第五回《西江月》只自骂一句，'富贵不知乐业，贫穷难耐凄凉'……"他说了论点又说了论据，看起来便像真的一样了。其实不然。他所说的"第五回《西江月》只自骂一句"也是不正确的。在第五回里没有《西江月》词，只有在第三回宝黛相见之时才有《西江月》二词。那词也不是曹雪芹或贾宝玉"自骂"的，而是作者假托"后人"作的。这二词对俞平伯来说是很有用的，他说贾宝玉自幼失学，也许是以此为根据的，故不妨录来看看：

无故寻愁觅恨，有时似傻如狂。纵然生得好皮囊，腹内原来草莽。潦倒不通世务，愚顽怕读文章。行为偏僻性乖张，那管世人诽谤。

富贵不知乐业，贫穷难耐凄凉。可怜辜负好时光，于国于家无望。天下无能第一，古今不肖无双。寄言纨绔与膏粱：莫效此儿形状。

俞平伯不应不知道这是正话反说，隐含着曹雪芹的血泪控诉，却把它全当作正面"写生"文字看待了。不过这一点是持"自传说"红学家共有的现象，但对贾宝玉和十二钗作上述歪曲篡改的，只有俞平伯一人。总之一句话，俞平伯就是要把《红楼梦》纳入曹雪芹"自传"一说，而这自传的核心内容就是宝玉与一群年轻美貌的女子缠绵悱恻一番，之后便自忏情孽，加上生计窘迫而去做了和尚。俞平伯就是这样，在佯装表扬曹雪芹"写生"手法高明的掩盖下，为达到贬抑《红楼梦》的目的，把一部封建社会的百科全书贬抑成缠绵悱恻的言情小说。这种贬抑，是他的成果，也是他的悲哀。

失焦的叙事　失焦的评判

——关于电视剧《知青》

生　民

一

携带着相当声势的45集电视连续剧《知青》，近日播完。我认为，这是一部存在着明显缺憾的作品。

《知青》对当年上山下乡的几个主要地域——北大荒、陕北、内蒙古多方揽顾，希望对知青生涯作出一个全景式的观照。然而它的叙事模式，基本是知青生活片断的捏合连缀，比如某人讲了一个故事；然后知青在界河上帮助苏联妇女收拾了一条大鱼，结果她们非要分给知青一半，以至苏联巡逻艇也前来帮忙，以此见证中苏人民的友好；接着女班长孙曼玲做了一个梦,对女排长说了心中的隐秘——几个并无情节贯连缺乏内在逻辑的事件片断,就这样串成了一集。齐勇与孙曼玲于草滩树林间骑马;周萍路经某处下河救人;小兔子被苏境内的狗叼走,引起一场误会,这又是一集。谢非、小黄浦半夜起来割大豆,争得第一,赵天亮赴陕北农村看望犯了"右倾翻案风"的哥哥朝曙光。最后一集是知青奋勇面对偶发的一场大水,一场偶发的山火,我们无意猜测这水火的寓意,只是感到这种东一榔头西一棒子的编排太过突兀随意……诸如此类,《知青》始终没有构建出一个对于电视剧来说十分必要的贯穿全局、因而可能引人入胜的核心故事。《知青》所涉之生活场景,室内处处井井有条,整洁规整,室外则是度假胜地般风景如画,山川优美,与知青当年生活的困苦潦草、野外的苍茫粗放,实在不可同日而语。与此相应的,是《知青》中的知青,虽然是军服棉袄,却随时衣冠楚楚,领子挺刮,一派簇新,连周萍下河救人之后,镜头一转,照旧衣衫无染,鬓发不乱,始终保持着她那亮丽可人的形象。再与此连带的,是剧中人物的语言,随时都很"书面",微言大义,不乏哲理;而事件场景比如坡底村乡亲智斗牛主任,其戏剧化的形态和演员走位摆拍的痕迹,也都显而易见。

二

当然,对于《知青》这样一部大体量、全景式的电视连续剧,更为重要的,是其对于知青运动的历史评判。毫无疑问,古今中外最为浩大的1 600多万的人口迁徙——知识青年上山下乡,是"文化大革命"中的一个重大事件,也是"文化大革命"的组成部分,当时它的政治动议就是"知识青年到农村去,接受贫下中农的再教育"。知识青年随后就在广阔天地里,播种耕耘,围垦造田,开山劈岭,改天换地,大炼红心。

当初他们去的时候,不乏《知青》第一集那样的豪情壮志:"北大荒,我来了!"然而不论是意气风发,还是迷懵失措,他们都与不久之前在城市学校参与革命运动时一样，再一次地身处于集体无意识之中。于是不久之后，他们就开始千方百计地回城；嗣后雪崩一般携裹了知青的各个阶层和整个知青群体的大返城风潮，正是知青社会深层矛盾的遽然触发，是知青社会内在积郁的一时释放——知识青年最终以这样一个整体的形式，对他们的上山下乡，做出了自己的评判，它胜过了任何其他的言说和文本。那一刻，络绎于中国广袤土地的返城知青，带着回城的由衷欢欣，又满含着告别以往的悲怆。电视剧《知青》固然也涉及了那个时代的"左"的影响，比如吴敏的行径和"反击右倾翻案风"在坡底村的祸害，但是它对于知青运动本身，却是以"绚丽的青春之桨"、"呐喊着温暖的春天"、"磨难伴随无怨无悔，展开人生的风帆"作为主调，全然营造着怡情山水、纯真岁月、着实令人向往的境界，并且贯彻始终。然而这样一个知青时代，其实与五十年代初的"青春万岁"，在历史情景和历史意涵上，都已经发生了重大而深刻的变化。这正是一个需要和值得反思、进而可以融入作品的地方，可是电视剧《知青》显然意不在此。到了 1976 年的夏天也就是在悼念周总理的天安门事件以后，知青已经进入了整体成熟与反思的年代，而《知青》中的知青仍在放情歌唱"世界是你们的，也是我们的"，仍然在以像章作为最珍贵与心仪的礼物，其情景竟与"文革"初期毫无二致，这在严重背离历史真实的同时，恰恰说明《知青》的某种令人错愕的历史评判。

《知青》片尾结语以全景的视角说，知青对当地的经济建设作出了重要贡献。那么，知青运动放在生产力发展的价值坐标上，究竟会是一个什么考量呢？20 世纪 60、70 年代，全球的经济正处于工业化向信息化的突飞猛进的转型之中，与此相配套的是人的培养方式和教育理念的转型。而当时的知识青年上山下乡却反其道而行之，本来应该成为掌握现代生产力的知识青年，却去重复着面朝黄土背朝天的古老的生产方式，而这当然只能是阻碍而不是促进国民经济的发展。在知青大规模留居奋斗的黄土高原，尔后却依然苍凉贫瘠；曾被他们改造为耕地的内蒙古草原，此后正日趋沙化；

西双版纳原始雨林几乎被砍伐殆尽,被改种成为橡胶再生林;而在电视剧《知青》中被建设修葺至旅游胜景一般的那些乡村森林湖泊,显然也是改革开放以后乃至是近年来才完成的事情。知识青年上山下乡,造成了知识人才的断层,从这个意义上讲,它也造成了一代人的牺牲。《知青》中也曾说到赵曙光原本可以上北大、上清华;可是赵曙光带领乡亲建设家园并且深受乡亲爱戴,似乎又更彰显了他现时的存在价值——这完全可以成为一个可行的事例;可是与此同时,《知青》于此在对知青运动的整体评判上,是缺乏反思意识的。

当然,电视剧《知青》折射到了问题的复杂性。知青当年上山下乡的时候,都只是青春年少的十七八岁,那时的他们,有着许多的朴实单纯和本色真诚。在乡村、农场的生活劳作里,他们交付了自己的青春热情,他们将青春年华,付诸那块土地,他们用自己炽烈的血汗,浇注了自己的这段人生,集聚了友情和爱情;同时"在接受再教育"的题旨之外,他们获得了磨砺和锻炼——这也许就是《知青》全部立意的来源。但是,即使这是一个纯真岁月,那么它们又是与苦涩、伤痛和日渐增长的失望相伴随的;因此,那块他们心中的土地,却最终被他们集体背弃。这永远都是一个魂牵梦萦、欲说还休的话题。这就注定了他们在心灵上对于知青生涯的双重评判。而正是在这样的历史反思和情感叙事的相交相成上,才走出了一代思想成熟、人格坚定、处事沉着的知青人,同时这样的"相交相成"也才能赋予一部作品以历史的真实、相应的思想内涵及其深切的成色。而这样的认知、立意和评判,显然是《知青》人物故事所不具备的,它过于"单色",以至过于矫情了。

封杀“瑞田观点”是书法界的悲哀

关东客

近日，书法评论家张瑞田在《书法报》开设六年多的“瑞田观点”专栏遭到停刊。同时开设专栏的浙江美术馆副馆长斯舜威则主动停止撰写“老斯说话”以示不满。事情起因是，张瑞田在自己专栏内发表的一篇文章中称吉林书协主席毕政是“业余书法爱好者”，并向吉林省书协提出“谏言”，包括别太自恋、要有全国性的文化眼光、读书与临帖并行、要有历史意识等。

文艺批评本该是“百家争鸣，百花齐放”的，可令人遗憾的是，我们看到的是一个专栏因为谏言而被封杀。当“跨省追捕”从社会延伸到书坛，我们除了噤若寒蝉之外，只能选择三缄其口。

2012 年 5 月 9 日，张瑞田在《书法报》“瑞田观点”专栏刊出《从段成桂到毕政对吉林书法界的谏言》。5 月 30 日，《书法报》刊登“致读者”声明向毕政先生、周维杰先生表示歉意。随后，张瑞田的“瑞田观点”遭遇停刊。虽然报社没有公开最终原因，但千万不要跟我说这只是一种巧合，因为稍微有点头脑的人都能看出事情的来龙去脉。

文艺批评这东西向来讲究的是畅所欲言，言者无罪。瑞田先生的对吉林书法界的评价或许偏颇，对书协主席的书法评价或许有失公允，但毕竟是一家之言。如果只是因为人家没有说自己的好话，就非得睚眦必报，那未免有些太过小气。更何况，书法这东西，有时候也是仁者见仁，智者见智，有人说你好，当然也会有人说你不好。书协主席的书法，难道就一定要大家都喜欢，都说好吗？

“瑞田观点”专栏开了六年多，瑞田先生的评论也一向犀利、尖锐，富有建设性，已经是《书法报》的一个品牌。“瑞田观点”为何被封杀？报社究竟承受了多大的压力,我们不得而知。但停办这样一个专栏,对张瑞田先生或许没有什么,但《书法报》的损失却委实不小。对整个书法界而言,封杀"瑞田观点"的影响更是不容小觑,因为为了规避风险,谁还敢发表那些具有批判性和建设性的言论?

吴冠中先生曾这样批评美协,他说,美协的机构现在很庞大,很多人员都是跟美术没有关系的,势必有衙门化的倾向。各地的画家都想钻进美协,有一个头衔,好去办展览。美协全国都有,画家都得通过美协这个口才能往上走。协会、画院已经成了他们的进身之阶。书协的情况和美协也差不太多。现在全国中国书法家协会现有团体会员 35 个,个人会员 8 000 余人,全国分会 31 个。而且很多书协的领导都不是搞书法出身,可一旦走上领导岗位,摇身一变就成了书法家。这也是瑞田先生所批判的"官书"现象。"批评是揭示文学艺术作品的美和缺点的科学。"无批判则无进步,书法也是如此。如果书协或者书协的领导听不进批评,动辄用行政权力去打压批评,我想书法界就只能是一团和气,看似繁荣,实则弊病多多。

书法是我们的传统文化,早该走向大众。可令人遗憾的是,我们现在的书法往往成为了玩票的资本。只要你够大胆,只要你敢拿毛笔,阿猫阿狗都能称为书法家了。看看现在的书法家,官员有之,作家有之,主持人有之,演艺明星也有之,那些真正有功力的书法家,我们反倒见不着几个。这不是一种悲哀吗?当日本的女优苍井空动辄给我们秀书法时,我们却封杀了"瑞田观点"这样一只书坛的啄木鸟。从此以后,书坛或许真的就你好我好大家好了,可书坛里的害虫呢,肯定也会越来越多。

爱情片重围：这次是泰国片

葛维屏

《初恋这件小事》作为一部正在热映的泰国影片，在未看之前，可能很难入我们的法眼。就像韩国电影，在《我的野蛮女友》引起全民关注之前，我们曾经正视过它吗？但是，看过《初恋这件小事》的观众大多表现出惊喜，我不得不感慨，也许是同类国产片的灰尘气太浓太重了。在我们已经默认日片、韩片甩下了我们之后，这么快，泰片也能够来压下我们了。

我们曾经惊愕，日本的青春片一度让我们自愧不如，《东京爱情故事》直接催生了以《将爱情进行到底》为代表的都市青春片；韩片滚滚而来，我们发现中国电影已经失去了韩片的细腻与清新。没有想到的是，我们从来没有看过的泰国影片，竟然在气质上也给予了我们过目不忘的吉光片羽，让我们眼前一亮。想想我们自己，有什么样的青春片？

近年来，中国的都市青春片可以说是卷土重来，汗牛充栋，但这些都市题材影片里，男女关系，已经处于一种麻木不仁的状态，卖弄风骚、你贴我靠、瞬间成欢已经成了这类爱情题材影片里司空见惯的元素，这些电影里唯独缺少的是那种相爱过程中心灵细微的波动，那相互捉迷藏的情感微澜，可以说，爱的碰撞过程中的点点滴滴的“小事”在这些中国式的爱情片里统统被忽略不见了。这种中国电影对于爱情掌控能力的缺乏，也影响到了中国女演员的尴尬。她们被认为太过烟火气，缺乏清新与自然，张艺谋等导演不得不慨叹中国缺乏清纯的女演员，最后不得不到高中校园里去拔苗助长地寻找《山楂树之恋》的女主角。

《初恋这件小事》这部影片，让我们对泰国这个国家也不由得刮目相看。对于泰国，我们可以说是一无所知，但是通过《初恋这件小事》这部电影，我们却可以深切地感受到，这个国家是一个典型的亚洲国家，与我们有着相似的东方民族心理。这部电影无疑会让我们产生对泰国的亲近感，就像《我的野蛮女友》的出现，一改我们过去对韩国的看法，从这个意义上讲，电影对于一个民族文化的推介，起到了相当重要的作用。

从《初恋这件小事》这部影片，我们可以看出有着与韩片相同的质素，就是比较注重细节的堆砌，并且采用一种夸张的幽默的方式，来表现校园生活。相对而言，校园是没有故事的，因为这只是人生的前本，很多情节冲突还没有开演，因此，为平淡的校园故事加入幽默的元素，能够使电影产生起伏与波澜。《初恋这件小事》走的是一条与《那些年，我们一起追过的女孩》相反的路线，它把镜头瞄准了“追男孩”的女生队列，借此展示了女生们如何殚精竭虑、不择手段，赢取男孩青睐的历程，女生的矜持与持重，在影片里来了一个彻底颠倒，不知这是否与泰国处于热带有关，影片里的女孩们个个都是热情如火，疯疯癫癫，但不管怎么说，电影借助于这一女生主动的设定，为电影设定了搞笑式的基本定位。

《初恋这件小事》的故事情节并不复杂，女生小水追求着阿亮，阿亮也心仪于她，但是，因为他出于友情的缘故，主动冷淡了小水，从而使影片的初恋在校园里并没有开花结果。这样的情节自然是俗套的，而实际上，校园的情节，也很难走出这样的框架。影片里填充校园生活的元素，也是戏剧表演、训练乐队指挥这些青春片总是少不了的情节，因为没有这些课外活动，学校生活真的不知道有什么值得一提的地方。影片里的小水之所以告别了丑小鸭的境况，电影也将其归因于爱情的作用，在这一点上，我们再次看到了与《那些年,我们一起追过的女孩》相同的爱情礼赞机制,在所有的爱情片中,总是会强化爱情对于青春期男孩与女孩的促动作用,只不过《初恋这件小事》走的是一条相反的道路而已,着重说明了爱的力量作用于一个女孩身上而给当事人所带来的脱胎换骨的效果。

可以说,《初恋这件小事》虽然瞄准的是爱情中的小事件,但是在影片的内在肌理中,却潜伏着对于爱情真谛的探讨,它本质上在这些妙趣横生的搞笑段落中,不经意地提出了外来之爱,是难以替代东方文化培育出来的特有的爱情风格的。也正是在这个细节里,我们可以感知到,《初恋这件小事》对张扬适应于民族文化的爱情的努力。相比之下,我们中国电影在打造爱情的时候,根本不理会中国文化情境下的爱情特质,将爱情定位在色欲横行、朝三暮四、苟且寻欢这一套不知从哪里继承下来的两性纯粹肉欲交往中,从这一点上说,泰国影片《初恋这件小事》在它的主线索中,褒贬有度地张扬起民族文化这一个看似很深厚的主题,不能不使人佩服泰国影片的见识与追求。有了这个设伏在影片中的高起点,才可能让《初恋这件小事》超脱了平庸与浅薄,而升华到对一个国家与文化进行思索与探讨的层次。

值得注意的是,与大陆爱情片往往剔除掉男女人物的家庭氛围,肆意地抽空欲望男女的家庭因素不同,在《初恋这件小事》中,我们看到家庭始终是影片人物的一个重要的存在与生活的空间。影片中的阿亮的成长轨迹,交织着父辈的一次悲情之痛,是因为当年父亲球场的失利,使阿亮一直不敢直面球场。而影片通过对父辈遗留下来的心理障碍的破除,排除了阿亮的心理障碍,从而使阿亮实现了自己人生的再生与心理的完善,可以说家庭的力量,助力了青春的自我心理修复。而同样女主人公小水的刻苦学习,也被置放在为见到在美国的父亲这一亲情激励主题下。可以看出,影片里的男女基本不是处于一种苦大仇深的家庭状态中,或者是在一种支离破碎的家庭氛围之中,因为对于当下的中国人来说,一个完备的家庭是大多数观众的必备拥有，因此，为影片人物建立一个完美的家庭环境，恰恰是触动观众亲情按钮、从而求得感情共振的前提条件。而我们大陆电影，在表现男女欲望撞击时，往往置父母与家庭于不顾，使得当下大陆电影里的男女失去了根本的来自于父母与家庭方的道德制衡，这也是导致许多大陆的爱情片给人一种缺乏爱的低俗无聊的原因之一。

这部电影让我们感到中国大陆电影再次被一国电影抛到了后边，在我们的银幕上，很难看到真正纯粹的青春电影，当然，创作者可以说是中国国情所限，不可能在电影中出现中学生恋爱的情节，但是，我们在年龄更大一点层面上的青年人的爱情关系中，能看到这种纯粹的自由发展的爱情吗？大陆的爱情电影越来越缺乏对爱的坚守的执着与耐性了，我们没有兴趣去表现爱情那微妙的递进过程，去体现爱情在每一个由眼眸与话语交流中所激发起的辛酸与甜蜜，我们已经懒惰得无法去承受爱情过程中的细微感受，总是迫不及待地把爱情等同于疯狂的接吻与触电般的拥抱。而恰恰引起中国观众如醉如痴的外来爱情电影，却是那些没有吻，没有拥抱，没有肌肤接触的电影。本片算是一部，《那些年，我们一起追过的女孩》中，也没有什么身体之亲的表现，《我的野蛮女友》同样如此。实际上，大陆电影相比于多少年前，在纯情含量的打造中，始终处于一种倒退的状态。前一个时期，我因为准备去庐山旅游，特地把多少年前拍摄的《庐山恋》找出来，虽然这部电影带有某种造作，但是影片里至少遵循着一种感情递进的模式，通篇都在围绕着感情的升华与递增来谋篇布局，而现在大陆电影已经越来越缺乏这种舒缓地营造爱情的从容了，这使得大陆观众不得不从海外接受外化的爱情，来作为心灵的慰藉，这不能不说大陆爱情片的一种悲哀。而现在我们感到，泰国电影也来给我们上课了，我们将如何面对这种新的冉冉上升的身边标杆呢？

国产动画片要着眼于服务儿童

马长军

读了贵报6月21日“新批评”第24版的两篇文章《中国动画片：长不大的商业片》和《国产儿童片能否走出“弱智”阴影?》之后，我也有些感慨。

说实在的，现在每每看到外国动画片，我都忍不住想给国产动画片提建议。

据说，这些年国产动画片的产量突飞猛进，是否就意味着可以由量变而升华到质变?

近些年我时常陪着儿子看动画片，但总是发现儿子看外国动画片时要兴奋得多，一直笑呵呵的，但看国产动画片一声不吭，常常半途而废。相比而言，境外动画片情节简单舒缓，角色关系也单纯，画面简洁形象鲜明可爱，看上去赏心悦目，接近小孩子的理解水平，小孩子的思维跟得上，能消化下去，给孩子带来了愉悦的享受。反观国产动画片，情节复杂而纠结，基本是成人化的连续剧套路，一环扣一环，不连着看根本就没法弄明白。小孩子哪里能理解得了？而且国产动画片的画面也乱得够呛，动辄打得乌烟瘴气，叫人看着眼晕。技术水平落后，故事内容以及内涵更差得远。

相当多的国产动画片不说话就打架，打打杀杀乱得叫人晕头转向，简直就是在给孩子灌输暴力意识；有的卡通形象没有特色，角色混乱，甚至一部片子一大群，看得眼花缭乱莫名其妙，分不清谁是谁，叫人一个都记不住；有的基本是在模仿国外动画片，东施效颦，照猫画虎反类犬；而且很多国产动画片总是喜欢摆出一副教训人的架子，不是讲大道理，就是生硬地植入教育内容，哪里是动画片，图解教科书而已；更糟糕的是，竟然有纯粹为商品做广告的，蹩脚得叫人看着极其别扭。连我那三岁多的儿子都不喜欢看,每次刚开始他还在看,但看着看着就走开了。动画片弄得哄不住小孩子,那就更不可能像那些引进的境外动画片一样老少皆宜,叫人百看不厌了。很显然,国产动画片的大跃进并没有带来质量的全面提升,技术的确在进步,但制作者服务儿童的意识还差得太远。不客气地说,国产动画片的制作者对动画片的认识存在问题,恐怕太功利化了,基本就是把动画片看作一个很赚钱的产业,商业化的思维主导了创作。产量是上去了,大概也赚得盆满钵满,可是,究竟有几部国产动画片能经得起时间的考验而留在孩子们的记忆深处?又有几部国产动画片能拿到国外竞争而站稳脚跟,并且打响品牌?对引进及播出境外动画片设置门槛予以限制也许是有道理的。但是,如果国产动画无力抵御国外动画,人家进来你比不过,你又如何走得出去?为什么境外一些动画片附加值那么高?为什么人家的动漫副产品简直无处不在?“得人心者得天下”,就是因为那些动漫形象深入人心,国产动画片何时能做到呢?

我很希望国产动画片能走向世界,但我也很想提醒一句,动画片究竟是要给儿童带来快乐,还是要促进动画产业的发展?我们现在不是一再提倡“以人为本”吗?那就请动画制作者本着为儿童创造快乐的目的,再不要自以为是地炮制热闹有余而忽略童心的连续剧了,千万不要对儿童制造感官刺激了。产量可以少一点,磨刀不误砍柴工,先有儿童化,才有产业化。

缺“骨”少“血”的中国文学批评

丁 帆

■ 当前批评界存在着三种堕落的批评倾向：一种是依附于体制内某些部门控制批评的话语权，对文学创作进行着指鹿为马的所谓批评；另一种是拜倒在金钱的足下，把批评作为商品进行交易，做了“资本家的乏走狗”；还有一种就是既要体制内某些部门的话语权利，又要拜金的“双料掮客”，他们成了“权力寻租者”。

■ 我们的批评家和评论家既无“血”——对文学的忠诚；又无“骨”——对真理的追求。同时，我们还缺乏沉下心来读书思考的时间与空间。所有这些，才真正是我们今天批评沉沦的根本原因！

多年前我就梳理过新世纪以来的中国文学批评，认为当前批评界存在着三种堕落的批评倾向：一种是依附于体制内某些部门控制批评的话语权，对文学创作进行着指鹿为马的所谓批评；另一种是拜倒在金钱的足下，把批评作为商品进行交易，做了“资本家的乏走狗”；还有一种就是既要体制内某些部门的话语权利，又要拜金的“双料掮客”，他们成了“权力寻租者”。此三种类型却唯独没有提及学院派的批评，后来我就专门在《新世纪文学中价值立场的退却与乱象的形成》(《当代作家评论》2010 年第 5 期)中进行了补充。现在看来，我的许多观点还是很浅薄的，需要进一步反省批评主体的自身问题，当然，其中更多的是对自我内心世界的认知反省。

最近周立民先生也将当下的批评和评论分为三种(见《中华读书报》2012 年 7 月 4 日第 1 版)：学院派、作协派和媒体派。可见对这三派的特点业已形成共识：学院派“呆(ai)”(周说“迂”)；作协派“官”；媒体派“商”。大抵是不错的。但是，细细分析起来，倒是别有一番说道的。

且不说媒体派的批评大多是不登大雅之堂的滥评之作，那些只为了五斗高粱折腰的文字肯定是速朽的，我就亲眼所见有些畅销晚报的文化记者在拿了不菲的评审费以后，回去在本报的副刊上发表了一篇完全狗屁不通的评论文章，他们以文化记者的名义参加一些部门举办的各种各样的讨论会，然后胡说八道，糟蹋文学评论，这已经成为司空见惯的滥评现象。然而，即便是那些在文坛上十分活跃的“大批评家”们也经常为高额的报酬而生吞活剥地急就应景时评，你能当真指望它也是真正的文学批评吗？在这支并非小众的批评队伍里（也许，这支队伍将会愈来愈壮大），难保看不见我们学院派和作协派“大亨”们的身影。所以，从这个意义上来说，派别的界限是很难区分的。虽然，从队伍上来看，我们会把那些类似文化记者和文学记者，甚至编辑，都归为这类媒体派批评家，殊不知，在这个行列里，还站着许许多多隐身的批评家呢。文坛上大量具有焦点性质的批评文章常常出自他们之手，其对文学的引导和诱导作用却是不言而喻的。可以毫不夸张地说，大量的平面评论都是出自这支队伍的作者之手，由于他们采用了“快餐式”的低劣批评方式，所以往往是用平面评论的文字去评判那些大多数是平面写作的平庸作品，于是，中国文坛被这无端的文学批评搅得一塌糊涂、惨不忍睹！

作协派的批评显然是“近官”的，但是有人以为我将它定为“京派批评”是特指在京的“近官者”，这显然是误解，我仍然只能说我是泛指，因为在这个队伍中也混迹着大量的学院派和媒体派的批评家和评论家。他们往往是一些训练有素的评论家和批评家，因为长期的职业训练和官场氛围的熏陶，他们熟谙了那种批评的套路，同时，他们往往也是左右一大批试图在中国文坛上得到官方文学大奖作家的潜在代言人，被一大批作家和一小批领导包围着、宠爱着。于是，他们的地位就决定了其文也居高临下、颐指气使，不管文章写得优劣，往往都会得到过分的尊敬。于是，挤进这个队伍就成为许多批评家和评论家梦寐以求的夙愿。在官言官，不在官也言官！这可能是我们评论家和批评家在这个时代流行的通病。他们的批评和评论没有批评的锋芒，没有文学的思想批判性，没有现代知识分子的公共性，有时甚至失去了基本的人性立场。在他们笔下，文学批评和评论只是为之载道的工具而已。

学院派的论著早已成为人们诟病的一种远离文学、远离思想的呆(ai)板的、机械的技术主义的谋生手段。有人把学院派的“论文”当做对这个时代文学批评完全没有感觉的“胡说八道”，这也不无道理。因为，整个文学教育体制是培养不出真正的学院派思想家、批评家和评论家的，学院中人整天忙着“挣工分”——围绕在CSSCI刊物上打转成为中国高校的一大奇观，所以，那种刻板式的“学术性”和“学理性”论文才视为写作正途的机制，无疑要扼杀许多本来对文学有所感觉、有所真知灼见的莘莘学子。还有那些为着饭碗而码字的教授博导们，他们都被戴着沉重的镣铐跳舞，怎么可能凸显出文学艺术与灵感呢？作为占据着中国文学批评界和评论界人员与论文数量近90%的高校批评队伍，有人说他们整天是在制造文学批评和文学评论的垃圾，虽然言过其实，但也是“空穴来风、事必有因”，你不得不承认其中绝大多数“论文”与文学创作没有什么本质的关系，然而，我们在每年大量的硕士和博士论文的阅读当中，还是可以发现一些真正有思想、有见解、有艺术灵感的“论文”，虽然凤毛麟角，却难能可贵，因为，这样的论文才代表着中国文学批评与评论未来的希望！

周立民先生说得不错，我们“不需要整日出现在各种名目的研讨会上，当代文学的现场应当在我们的书斋中、在我们的阅读里，在于我们对于当代生活的体味和思考上。我也不想成为文学天气预报员或时事评论员，哪位作家发表一篇作品就迫不及待地做出评判，我需要慢阅读、细体味、多比较、深思考。”(《优缺点集中在“论文”上　学院批评被指“太迂”》，《中华读书报》2012年7月4日第1版)这就是针对三种批评做出的反抗性选择。

但是，我需要指出的中国当下文学批评的问题症结是——就中国文学创作的现状而言，能够值得歌颂的作品实在是乏善可陈，而一大批老中青作家的艺术感觉还尤其好，那么一大批评论家为之摇旗呐喊、摇唇鼓舌，吹喇叭、抬轿子，更使他们昏昏然而不知天高地厚，仿佛诺贝尔文学奖都在为之倾心相邀、拱手相让呢。而此时此刻，有一位真正的批评家或评论家站出来指出中国文学创作和批评的病灶吗？“皇帝的新装”堂皇畅行天下。说实话，即使有人有这样的胆识，也未必具有那样的人文学养和文学思想的洞察力。恕我直言，当下的中国没有一流的文学家，也更没有一流的批评家和评论家。二流加二流，最终还是等于二流！这一切不得不归咎于我们的文学生态环境和人文环境培养出来的基本上都是夜郎自大的昏庸作家和固步自封的昏庸批评家了。

最近一直在重读以赛亚·伯林的许多“论文”，作为一个思想家、哲学家，他不但以其洞明世事的思想穿透力征服人心，而且还以独到的艺术见地和优美的艺术笔法评判了大量的作家作品，体现出一个思想家的艺术修养之宏阔而精细的风范。在《苏联的心灵》里，在《俄国思想家》里，一个西方的哲学批评家却对俄罗斯作家作品如数家珍，评判得体，令人惊叹！列夫·托尔斯泰、陀思妥耶夫斯基、屠格涅夫、安东·契诃夫、马克西姆·高尔基、弗拉基米尔·柯罗连科、伊万·布宁、亚历山大·库普林、维肯季·魏列萨耶夫、弗拉基米尔·索罗维约夫、康斯坦丁·巴尔蒙特、瓦列里·勃留索夫、因诺肯基·安年斯基、亚历山大·布洛克、安德列·别雷、维亚切斯拉夫·伊万诺夫、米哈伊尔·库兹明、尼古拉·古米廖夫、安娜·阿赫玛托娃、奥西普·曼德尔施塔姆、鲍里斯·帕斯捷尔纳克、弗拉基米尔·马雅可夫斯基、弗拉基米尔·霍达谢维奇、戈奥尔

吉·伊万诺夫、玛琳娜·茨维塔耶娃、尼古拉·克柳耶夫、谢尔盖·叶赛宁……这些长长的俄罗斯作家作品在他的“论文”中得到的是完全不同于他人那样的评论和批评，尤其是他对“白银时代文学”的评论更是见解独到，发前人所未发。读了伯林的文章，才知道自己的肤浅，才知道什么是真正的文学批评，才知道自己的文学素养的不足，才知道文学批评没有哲学观念的支持是那样地渺小而可笑！更重要的是，他对托尔斯泰的文学批评是那样的尖锐刻薄，但又是那样的振聋发聩，使人惊叹之余却又心悦诚服，这才是独具慧眼的文学批评。读了这些文字，我感到羞愧，甚至不敢动笔了。反躬自问：我们这些人配称作文学批评家或者评论家吗？妄自菲薄吗？是的，我们没有素养，我们没有素质，我们只会喊口号、贴标签，我们只会拾人牙慧，我们只会技术层面的操作，我们唯独缺乏的是独立的人格和自由的思想！

没有素养才没有眼光，中国文学的批评家们缺的就是这个。

请读读以赛亚·伯林对于那些思想家兼批评家也兼作家们的评判吧。在那里，我们或许能够在对别林斯基的评判和分析中，学到做一个真正的文学批评家的真谛；在那里，我们可以从对赫尔岑的批评和赞誉中，窥见一个真正思想家宏阔的视野和敏锐的洞察力来自于他内心深处深厚的人文积累以及那伟大的人类情怀；在那里，我们可以从他对巴枯宁的评论中，找到如何鉴别思想家素质的钥匙；在那里，我们可以从他对车尔尼雪夫斯基的斯拉夫主义的民粹思想批判中，发现一个知识分子的价值立场的重要性……所有这些，构成的是一个思想者对文学艺术的洞见和理论升华。在思想光辉的烛照下，我们看到的是自身离文学批评的差距是那样的遥远，甚至是遥不可及，我们还有什么资格为我们的文学与批评骄傲？还有什么资本向世界展示我们的所谓文学创作的业绩和文学批评的才能呢?!

为什么别林斯基会受到俄罗斯作家们的拥戴，在俄罗斯“辉煌的十年”文学史中独树一帜，被屠格涅夫、赫尔岑、陀思妥耶夫斯基等人视为精神领袖呢？答案只有一个："他是俄国知识阶层的'良心'、是天赋灵感且大无畏的政论家；在俄国，几乎只有他是独具足够性格与辩才，而能将众人感受但无法或不愿明言之事加以清晰且厉声宣白的作家。"(《俄国思想家》)从中，我们触摸到的是一个敢于直面强权的知识分子的品格和一个作家的良知，以及那种为真理殉道的勇气！别林斯基把自己定位成一个"文人"，而"文人"的品格是什么呢？别林斯基如是说："我是文人，我说这话，痛苦但自豪而快乐。俄国文学是我的命，我的血。"(《彼岸书》)读到这里，我们难道不感到羞赧吗？那种对文学的忠诚品格才是支撑一个作家为真理而殉道的力量，拥有了这样的力量，他对文学的一切批评都会熠熠闪光。试问我们当下的中国批评家和评论家，我们的血管里流着为文学而痛苦与快乐的"血"吗?!

读一读伯林对赫尔岑的评判，你会发现风骨和素养对于一个批评家的重要性。还是来听一听赫尔岑在《致一位老同志》中的说法吧："我们不曾听见天上有什么声音召唤我们去实现某一命运，也不曾听见冥界有什么声音为我们指路。我们只听见一个声音、一个力量，理性与了解的力量。拒绝这些，我们就成为不穿法袍的科学教士、背叛文明的变节之徒。"是的，我们缺乏的就是一种力量——"理性与了解"，"理性"是什么？无疑是真理！"了解"什么？国家与民族的痛苦！只有具备了这种力量，不，应该是"风骨"！我们才能获得洞察世事和判断历史与现实的力量以及文学的灵感，才能真正具有一个批评家的基本素质，才能获得具有思想家素养的批评能力和语言能力。所以，伯林才从赫尔岑那里获得了对未来历史判断的预言能力："我们这个时代的要求十分清楚，是社会性的要求，甚至于其为经济上的要求；社会主义者提倡的，仅属经济上的变革，如果没有更深层次的变化伴随俱来，将不足以消灭文明中的吃人习性、君主政体与宗教、法庭与政府、道德信念与习惯。私人生活的成法旧制也必须改变才行。"(《俄国思想家》)于是，我们才真正理解赫尔岑为什么在当时能够以一个思想家和批评家的眼光，去预言革命后新的专制必然走向其革命目标反面的正确性判断。从这里，我们看到了批评家抽绎生活、洞察社会与政治、俯瞰作家作品的大气度和大手笔。

以此来反观中国新世纪的文学批评。我们的批评家和评论家为什么会在价值立场上失位，就不言自明了。我们的批评家和评论家既无“血”——对文学的忠诚；又无“骨”——对真理的追求。同时，我们还缺乏沉下心来读书思考的时间与空间。所有这些，才真正是我们今天批评沉沦的根本原因！

但愿这些耸人听闻的文字是妖言惑众，被文学界不屑一顾、嗤之以鼻，是又一次作为跳梁小丑的鼓噪而遗臭万年，不会让中国当代文学辉煌的成就如不废江河水那样光耀千秋。但是，历史是无情的，它最后要剔除的却正是那些没有质量和没有分量的作家作品和没有任何意义的批评家的“论文”。

我们的批评家不仅需要造血，更需要补钙！

“抄袭”争议下，应引入专家评定

如何评价这样一部作品的学术价值，可能需要专家的介入，可能需要中国作协回顾鲁迅文学奖的评选过程并重新进行评估。

鲁迅文学奖获奖作品、儿童文学博士谭旭东的理论专著《童年再现与儿童文学重构》最近爆出被指抄袭的风波，作者本人则辩称并无抄袭，而且书中虽然有大量引文，但已经按照学术规范进行了标注。而在是否抄袭的争议之外，一部包含大量引文（引文数量甚至有可能达到70%）的论著，是否有资格获得鲁迅文学奖，则成为人们关注的另一个问题。

在主流的文学评价和评奖体系当中，儿童文学是不可或缺的重要一环，由此造就了这个领域的巨大资源；而因为还不具备足够强大的主流影响力，儿童文学创作与研究得到的关注度又相对较少，甚至参与到这一领域的学者也屈指可数。两相结合,圈子化几乎不可避免。这可能是专业界对谭旭东这场风波暂时失语的重要原因。而另一方面,谭旭东的作品可能真的离鲁迅文学奖的标准有距离,但我们的儿童文学研究界,能不能拿出一部真正有分量的同类理论作品呢?就像谭旭东大量引用的那本《童年的消逝》一样。

(见7月11日《新京报》)

文学博士黄晓丹对谭著的文本分析

作为理论著作,《童年再现与儿童文学重构》有一定专业门槛,为此,本报约请儿童文学研究者、南开大学文学博士黄晓丹对谭旭东作品进行了文本分析。

疑问一:引文比例为何如此之高

详细阅读谭著的前三章后(占全书总量60%),将书中所有引用文字(包括直接引用和间接引用)标注为蓝色,据目测有70%以上的面积是蓝色的。

根据谭著的电子版本进行统计,并从引用程度及引用在全文构建中的功能看,谭著主要引用了十本书:尼尔·波兹曼的《童年的消逝》,大卫·帕金翰的《童年之死》,Perry Nodelman 的《阅读儿童文学的乐趣》,约书亚·梅罗维茨的《消失的地域——电子媒介对社会行为的影响》,上笙一郎的《儿童文学引论》,蒙台梭利的《童年的秘密》,尼尔·波兹曼的《娱乐至死》，伯格的《通俗文化、媒介和日常生活中的叙事》，周采、杨汉麟的《外国学前教育史》，詹栋梁的《儿童哲学》。从引用程度及引用在全文构建中的功能看，谭著对以上十本书的引用可以分为三类：

第一类：谭著直接照搬了该书的主论点、分论点、论证逻辑、支持材料和表述方式。在谭著中，《童年的消逝》、《童年之死》起到了支撑起"童年"论述的作用，《阅读儿童文学的乐趣》起到了支撑其"儿童文学"论述的作用，而《消失的地域——电子媒介对社会行为的影响》则支撑其关于媒体的一般性论述。

第二类：谭著在涉及某些具体问题时进行集中而单一的引用。第二章第一节《童年的历史构建及价值确立》中，第四条到第八条注之间近两千字对世界历史中儿童观的梳理，全部来自于周采、杨汉麟的《外国学前教育史》。引用源单一，引用源是课本而非专著，没有对援引材料进行辨析。

第三类：谭著随意拆散原著中的论述，将之随机分配到自己论文中的观点下作为支撑。比如在第二章第一节第二部分《童年价值的确立》中，他在"童年有独立的文化形态"、"儿童有自己的精神哲学"、"决定人的一生和人类未来的命运"三个分论点下各引用了一条蒙台梭利的话为证。谭著将蒙台梭利的话从其原著中随意裁出，分置在三个分论点下。这些材料与其论点并无切实相关性，可以互相倒换而不影响表达效果。

疑问二：书中得出什么水平的结论

采取托福阅读的方法来阅读谭著，即标注中心论点。在去掉大量引文后，书中论点一览无余。这些论点的来源基本渠道也分为三类：

第一类：将原著的分论点抄袭为本文的分论点。如论述"电视给纯真的童年带来影响"的三个分论点"羞耻的概念被冲淡"、"礼仪的意义降低”、“好奇心失去存在依据”全部来源于波兹曼。

第二类：得出比引文更低层次的结论。如大量引用了论述电子媒介如何影响了童年生活状态的名著，如《萧瑟的童年：拔苗助长的危机》《失落的儿童》《童年的消逝》后，得出结论“电子媒介时代确实改变了童年的生活状态，使人们不得不重新认识儿童和童年的处境”。

第三类：得出不需要研究就可以获得的结论。如“的确，在现实生活中，确实有一些学生因迷恋上网影响正常的学习，学习成绩下降……”

此前报道提到，从谭旭东的博导到鲁迅文学奖评委的大量学术界人士都对这本书印象淡薄，这种淡漠的印象与这本书的潜质是一致的。因为谭著以看似非常先进的话语得出了非常陈腐的结论，因此在审阅者一扫而过的眼光下，它就同时获得了“深刻”和“正确”的两种印象。

（见7月11日《新京报》）

张魁兴：70%“引用”算不算抄袭

“全书33万字之中竟有70%即23万字是抄来的！”在上海《文学报》7月5日推出的《新批评》中，一篇题为《如此狂“抄”，枉获“鲁奖”》的“重磅”文章，无论内容还是标题，都令人感到震惊。

该文直指2010年鲁迅文学奖获得者谭旭东的文学理论评论类专著《童年再现与儿童文学重构》“居然是一部七拼八凑的抄袭之作”。此文刊出后，谭旭东专门撰文《给尊敬的〈文学报〉的社长和编辑老师们》、《请别再侮辱我和我的作品》正面回应此事，并反驳这篇文章的观点。

此获奖专著是不是抄袭的呢？柯棣祖撰文称《如此狂“抄”，枉获“鲁奖"》,自然认定谭旭东的文学理论评论类专著是抄袭,谭旭东则回应说"我是规范引用,不是抄袭"。谭旭东在回应文章中只是说,"引用了,只要注明了出处,就不是抄袭,而是规范的","即使引用,也没有占那么大比例的",而对柯文的质疑之处并没有给出有力的说法。换言之,谭对柯所说的"70%引用"虽不高兴,但是基本认同。那么,文学理论专著70%"引用"算不算抄袭呢?

谭旭东说:"引用再多,也和抄袭没关系。那篇文章就是偷换概念,把引用当作'抄袭'。"

我们都应该承认,写论文或阐述观点都要或多或少地引用,但引用须"适度"也是共识。笔者以为谭旭东所言"引用再多,也和抄袭没关系"是不恰当的,引用过多或引用不恰当就与抄袭有关系。对于抄袭或剽窃的认定标准,国家版权局版权管理司早在1999年就作出了相关规定。"从抄袭的形式看,有原封不动或者基本原封不动地复制他人作品的行为,也有经改头换面后将他人受著作权保护的独创成分窃为己有的行为",区别只是低级抄袭与高级抄袭而已。

"对抄袭的认定,也不以是否使用他人作品的全部还是部分、是否得到外界的好评、是否构成抄袭物的主要或者实质部分为转移。"而学术论文对抄袭的定义是,"不重新组织别人的观点,照抄原话,不加引号,即使加了参考文献也是抄袭";"过多引用别人原话,即使加了引号,也算抄袭,比如三句以上"。

总而言之,如果"全是引文的共60页,每页引文达到80%以上的共22页,每页引文达到60%以上的共6页,每页引文达到50%以上的共30页"、专著是"70%引用"、柯棣祖的统计基本属实的话,那这本专著就涉嫌抄袭,绝不仅仅是引用过度的问题。至于获得"鲁奖",更影响"鲁奖"的公信力。

谭旭东说,此书参加鲁迅文学奖评选,初评有15位专家,终评有11位专家,“说我论文‘抄袭’,而且‘枉得’鲁奖”,至少说明“相关人员”是不负责任的”,暗含“险恶之意”。其实,柯棣祖的用意非常明显,“70%引用”的论文或专著能够得以通过,“相关人员”是负责任的吗?

(见7月15日《羊城晚报》)

● 【多声部】

根据学术界的一般看法，一部合格的学术专著，必须对它所涉及的领域和问题具有开创性的思考。文学评论家、清华大学教授肖鹰甚至强调，即便在表述方式上，它也应该以打着自己思考的、独树一帜的语言为主。他直言，即便是做"六经注我"式的研究和创作，前提也必须是有"我"，也必须对其所引用的文献有详细的评论、解说或阐释，如果一部著作大段大段的篇幅都是在拼凑他人观点，那它就只能被认定为"学术界的豆腐渣工程"。

肖鹰介绍说，每次清华大学的博士论文答辩，他们都会让答辩论文先过一道"电脑测试关"：如果该文与其他文献的重复率在5%至10%以内，论文指导老师就得重新加以认定；若其重复率在10%至15%的范围内，就得由学院派专人负责审定；如果这个比例在15%至20%的空间内，理论上讲，它就不能算作符合学术规范的论文，经由审核人裁定后，其作者往往得重新进行写作。

"一篇理论文章，如果引用率在20%以上，我们很难将它算作学术专著，称其为文献综述或文献汇编，作者署名为编者，其实更为恰当。"肖鹰直言，"引用率如果真的高达70%这个比例，引用时是否注明出处已经不重要了。如果并未注明，那就是在'偷'；如果注明了，那是在'抢'！"

（见7月10日《北京日报》）

学术范畴的争论，本很正常，化解争持，当遵循学术自治、独立评判的原则。在该案中，作品《童》究竟是"引用过度"，还是"抄袭"，应有明晰区分。若确实"70%内容系援引"，那它学术创见的含金量会削弱不少。

在独立裁定尚未出炉之前，指责谭是"文抄公"，有失公允。将对文坛现状的消极想象，植入到某个个体身上，尤需审慎。谭本人曾说，"（文学）现在的现实是原创性话语缺席"，若搬石头砸了自己脚，势必让自己蒙羞。

就眼下看，谭掉入几个"话语误区"。他将质疑说成诋毁，忽略了文艺批评的基本原则。“只问结果,不问动机”,既然批评者没人身攻击,摆事实、讲论据,那么将它看成“诽谤”,无疑是对言论边界和文化宽容精神的误读。

再者,“专家审核通过”,并非检验作品有无抄袭的准绳。专家再权威,终非真理化身。谭的“这是对鲁奖评委专家们的侮辱”,帽子扣得太大。更何况,谭的头衔“浮夸”,确有其事。其作品中的自我介绍,被疑造假后,他坦承“自己虚荣”。作伪前科,难免让人浮想。

(见7月10日《华西都市报》)

从指责中看,谭旭东的书中,33万字有23万字是“抄袭”,对此,谭的意思是“引用”。我们姑且认为这不是抄袭而是引用。那么我们不禁要问:一部作品,70%以上的引用和综合他人观点,其原创性如何体现?思想性到底如何?而这样的作品,又是如何在十多位评委的审核下,成为鲁迅文学奖获奖作品的?文学作品并非不可以“引用”,但为了体现文学作品的思想性、文学性、原创性等,“引用”至少应该有个度。一部作品70%以上的文字是引用,而且还获得了鲁迅文学奖,听着都让人发笑。当事人面对质疑,却还振振有词,摆出一副“抄袭有理”的嘴脸。这样的态度,比“抄袭”本身更让人感到可怕。

(见7月10日《长沙晚报》)

事实上,若谭旭东的七拼八凑文本没有获得鲁迅文学奖的荣誉,在天下文章一大抄的出版界流俗中,只是酱缸了一回,庸俗了一次,也就罢了。可偏偏这本专著,被评为鲁迅文学奖,窃据了文坛“盛名”,自然要承担“其实难副”的代价。说白了,谭旭东这书顶多算是“编著”,至于如何披上了“鲁迅文学奖”的华服,鲁迅先生若有知,恐怕也莫名其妙。这年头读书的人少了,“读书人的事”

可真多。“文以载道”，就算载不了道，也别下道。

（见7月10日《深圳商报》）

关注此事件的人会发现，目前矛盾的关键是受质疑著作究竟是如“柯棣祖”所称的“狂抄”，还是依据“柯棣祖”所统计显示的涉及“引用过多”，抑或是如谭旭东所说的“规范引用”？

记者就该细节采访了深圳大学文学院副院长、文学评论专家南翔。“实际上这个问题与一个关键点有关，就是‘查重率’的问题。”南翔介绍，一般硕士、博士研究生论文都需要“查重”，如果论文被查出引用的部分超过了20%，那就没有资格参加论文答辩了。“对研究生就已经有这样的要求了，作为学者发表的著作，在这个问题上更需要严格要求。”南翔认为，如果一本文学评论著作在“查重率”上有问题，涉及“引用过度”，这样的作品却能够获得“鲁奖”，那么“鲁奖”评委会就有很大的责任。

（见7月8日《深圳商报》）

拼凑之作，为何得奖？

刘绪源

比谭旭东本人问题更为严重的问题是当下的评奖制度和教育制度问题。

因接受《新京报》记者采访，对谭旭东"抄袭"事件说了几句个人看法，但总觉意犹未尽。不如干脆写一短文，把意思说说清楚吧。

谭著是大量抄引

首先，《文学报》该不该发"柯棣祖"的文章？该发。现在评论界如此死气沉沉，满目叫卖式的商业宣传，这种摆事实、讲道理，经过艰苦繁复的调查研究、提出重要问题的文章，实属不可多得。它也不同于那种为吸引眼球而强词夺理的酷评，它没有流气和霸气。

作者的真姓名应不应公开？可以不公开。作者有权不公开自己的真名，报纸更不应违背作者意愿将其公开。现在谭先生要作者"站出来"，站出来干什么？不是已站出来写文章了吗？虽然，学术批评一般应具真名，但此事有特殊性。谭先生在回应《文学报》的信中对作者喊话："我以生命担保，绝不会饶过你！"这让人舒服吗？以前，因与博士导师有矛盾，谭在一个大型会议上当众揪住导师怒骂，差点施以拳脚。鉴于此，撰文的文人不愿兼做武人，我以为可以理解。

那么，谭先生有没有"抄袭"呢？我认为，没有抄袭，这一点上柯文判断有误。"抄"与"袭"不同，抄是明抄，袭是暗袭。谭著是大量抄引，拼凑成书，属于学术质量低下，没有自己的学术发现，这与抄袭不是一回事。但他显然不谙学术规范。

谭文无法下咽

为什么谭著出版后毫无反响？谭先生提出的理由，大致有三：因他敢于直言，“国内的学术圈就是这样，你说了真话批评，人家就不理你”；因为书印得少，他没有送书给同行；因为这书“是跨专业的，在电子媒体时代观察分析儿童文学作品，还借鉴了国外的文化批评的方法”，言下之意可能同行一时还跟不上。但这其实都没说到点子上。真实原因非常简单：没人看得下去。

我与谭先生无冤无仇，我多次下决心看他一两篇文章，到最后都半途而废。其实大厚本的艰深哲学著作我也读过一些，而谭文就是无法下咽。其文风，一是绕，二是空，三是狂，读了几行就不知所云，硬着头皮啃半天，胃也不舒服了，还是一无所获。但现在，对于谭先生，我觉得已没有什么可多批评的了。“我敢于承认自己虚荣，承认自己平庸，但不能承认自己抄袭”。肯承认“虚荣”和“平庸”，这就不容易了。他的毛病的实质就在这里：水平不足，而又急于出名，于是才会有大段抄引，拼凑一本书，也才会有作者介绍中的作假。现在不是那种需要“说清楚”的年代了，今后的反思，可让他自己去做。

制度需要反思

那么，应如何看待他说的“四大防护”呢？这指的是他的博士导师、论文答辩专家、出书时的编辑和鲁奖评委；其意是，批评他也就是批评这四拨人，他要有问题这四拨人也脱不了干系。从个人道义上说，这话很不聪明，也很没道理。按中国传统道德，一个做事一人当，有成绩要感谢支持的人，一旦闯了祸,不能把支持过自己的人都拉来垫背。要那样,以后谁还敢支持你?但我又觉得他这话"很好",一下点出了比他本人问题更为严重的问题——当下的评奖制度和教育问题。

如此的拼凑之作,为什么能得奖?组合评委的事后回忆,一是当时读作品极累,一是有十来部作品相持不下,一是有意扶持一下儿童文学理论……用心当然是好的,但在遇到一个相对陌生的领域和相对陌生的作品时,为什么不能暂不作决定,搞一个"特小样本"的调查呢?比如,像今天《新京报》记者似的,随机拨打六个电话,问问这一行内的专家:此人可曾有过什么学术创见?其论文论著对儿童文学界有无影响?这本新著你听说过吗?甚至可读上一段原著内容,听听专家的即时反应。要那样,肯定不会有如此让人诟病的结果了。

论文答辩也是大问题,现在的硕士、博士答辩,常有明知不应过关而纷纷过关的事,人情、面子、导师之间的关系、师生利益链……这都已是公开的秘密。现在谭先生把各位推到前台,但他说的并非不是事实,书的确得奖了,论文的确通过了,几年的读博的确毕业了,而学术规范他的确不懂(道德道义他也不懂)。这说明什么?这还不值得我们反思吗?

对谭旭东的批评可以结束了,他还年轻,今后的生活道路可让他重新选择。然而,对于教育制度和文学评奖制度的反思,应该继续。

(见7月12日《新京报》)

谭旭东，你应该忏悔！

眉 睫

近一两周，由于柯棣祖在《文学报》发表《如此狂“抄”，枉获“鲁奖”》一文，被批评对象谭旭东接受了《新京报》采访，而“酿造”了一起“学术事故”。既然是“事故”，我们可以说，在所有的事故当中，不可能有“赢家”，也永远没有。新闻当事人妄图借助媒体的力量，推波助澜，以达到某些目的，我想是难以得逞的。

谭旭东，你应该忏悔！

我们感到，柯棣祖以课题组的谐音署名，一些语言过于粗暴，不乏文革体的先入为主、兴师问罪的意气色彩，表面大义凛然，真理在握，但不排除作者借此以泄私愤的可能性。但柯文所阐述的，也正说明了谭著抄引比重过大、原创性不足、学术不规范的事实。对于这样的可能夹杂个人私愤的学术批评，谭先生应该放下个人之间的恩怨，而从学术层面，给予柯文以回应。当然，谭先生也有不回应的权利（事实上，不回应或许更明智）。可惜的是，面对疾驰而来的“货车”，谭先生没有回避，而是主动迎上前去，宁可将自己撞得粉身碎骨，甚至还抛出荒唐的、不理性的“以生命做担保”的话来。这绝非英雄好汉所为，而是鲁莽、愚蠢的表现。

作为这起“学术事故”的当事人，谭先生或出于个人义愤或目的，“毅然”接受媒体的采访，“侃侃而谈”，貌似以“义士”自居，自觉、主动“供”出在学术道路上帮助自己的一个又一个导师、老师、朋友。既然已经承认自己是“平庸之辈”，承认自己的著作是“平庸之作”，为何还不知羞耻，让天下人尽知之？这样的心理是不是很阴暗、可怕？是不是已经毫无做人的底线可言？古人云："知耻近乎勇。"谭旭东，你还有"勇"可言么？

谭旭东，你应该忏悔！作为一个学术新人，前辈们原谅你的作品"平庸"，但考虑到"儿童文学批评，在中国较为薄弱，……多年来，鲁奖从未颁给儿童文学理论作品"，鲁奖评委们才含有"扶持之意"，并把难得的获奖机会给了你，而你竟然丝毫没有感激、惭愧之意。反而以柯文的观点作为"证据"，"出卖"了鲁奖的声誉和评委。面对柯某的批评，你应该反思自己的真实价值、水准，而更应该感激鲁奖，并鞭策自己。建议谭先生请辞鲁奖，对自己的行为表示深深的忏悔。苟能如此，则是尚可有救。

柯棣祖，你应该站出来！

最初读到柯文，我承认我有一种大快人心之感。这并非是因为针对谭著，才有这种感觉，而是长久以来某种沉闷压抑我的心之故。学术界已经很难见到有风骨的真正的学术批评了，小圈子内互相吹捧、平庸之作的自我标榜、"笔"是心非的广告，已然"泛滥"于绝大多数的媒体。现在，我们几乎只有在与个别人闲聊时才能发出自己的"独立见解"。沉闷的学术界，需要一次次的惊雷才能"炸"醒。

匪夷所思的是，柯棣祖竟非实名，而是"课题组"的谐音，这太具有讽刺意味了。同时，他竟然还冒充着北京联合大学一个并不存在的"文学奖与当代文学"课题组的名义（对此，柯某负有不可推卸的解释责任，其中是否存在法律问题，望有关专家指教）。如此一来，难免给读者和当事人留下披着学术批评的"外衣"，而行个人泄愤之实的感觉。这样的作者实在难以恭维，亦绝非一个真正的英雄。如果柯棣祖不能自己站出来，那么一些读者几乎可以坐实这种推测了：柯某与谭某积怨已久，已经到了不互相拆台、不互相揭丑不能罢休的地步。

如果柯棣祖真能“文责自负”，体现一个学者的良知，那就应该站出来！毕竟，真正的学术批评只会赢得大家的一致好评。但即如刘绪源先生所说“作者有权不公开自己的真名，报纸更不应违背作者意愿将其公开……撰文的文人不愿兼做武人，我以为可以理解”，这也只是柯某的一种选择；而更令人佩服的，避开“以文代武”的嫌疑的，则是公开真实身份的态度。

人之所以为人，是因为“仁”高于一切，包括名利、权势、地位。没有“仁”，人不成其为人。“冤冤相报何时了”，毋宁说是沉默，不如说是躲藏，难免今后继续发生诸如此类的“碰撞”。

儿童文学界，你不该沉默！

在《文学报》（此报在儿童文学界广为流传，并设有“青少年文学”版面，被视为儿童文学界重要媒体之一，应该有很多人读到）发表柯文，至《新京报》深度报道以前，整个儿童文学界是沉默的，几乎所有的人都远离了新闻当事人。即便是在《新京报》记者采访一些著名儿童文学作家、学者的时候，绝大多数人都是采取回避、观望的态度。直至这场“学术事故”发生后，我们才发现一些儿童文学界人士稍有议论，可惜大多也只是“坐山观虎斗”的姿态。

这是令人费解的。毕竟事故当事人为儿童文学界内的新锐评论家、中国第一位儿童文学博士生导师王泉根的博士生，“经此一役”，或已臭名远扬，我觉得这个事件值得儿童文学界反思的太多了。任何一个有良知的儿童文学作家、学者，都应该感到沉痛，并从中汲取教训，适当地发出自己的声音（在此，我对刘绪源先生独立的声音表示钦佩，他的风骨是儿童文学界的一面旗帜）。回避，抑或观望，如果不是迫不得已，我觉得都有一点“纵容”自己的味道。

作为一名童书策划人、儿童文学理论研究者，我谨对此学术事故表示以上看法。

阅获“鲁奖”谭著有感

皇甫禹

《文学报·新批评》发表了《如此“狂”抄,枉得“鲁奖”》一文后,引起了广泛的社会关注,《新批评》之“新”以及它直击文坛弊端的勇气值得击掌。

看了各方反应后也引起了笔者的浓厚兴趣,想方设法觅来了谭的原著,闭门三天,粗读、细读、再读。计三遍。由于上了年纪,用红、蓝、黄三色笔,对谭书的“抄”(或曰“引”)部分作描色,并借助计算机作“笨”统计。得出结果如下:

一、谭著正文不是33万字,是15万字

“柯棣祖”所说的33万字,来自于该书版权页上所标的“330千字”。谭书的电子文本电脑显示的是:

150 165字。谭书还有37 422字的“附录”部分。“附录一”包括以下四篇文章:

1.《儿童文学:如何呵护青春期情感》(发表于2006年6月11日《文艺报》);

2.《创新与开放:儿童文学理论批评的当务之急》(发表于2006年12月11日《文艺报》);(注:以上两篇系多人对话。)

3.《谭旭东儿童文学理论的学术反响》;

4.《创作界、评论界呼吁——优化文艺批评生态》(作者:付小锐)。

“附录二”:《走向文化诗学的儿童文学研究》(未注明作者)

附录部分不是正文。正文与附录加在一起,全书约 19 万字,比版权页标注字数少了 14 万字。需要提问的是:版权页上“330 千字”的字数从何而来?

二、庞大的“外援团”

据笔者的统计,谭著引文近 70%,也有几处未注明出处。

笔者用黄色的道杠划出了谭书的“引”部分;用红色的道杠划出了被“引”的作者,红、黄两道的成分相当多:整页的、占整整两页的、超过半页的、三分之一页的、数行的……

谭书是一本学术专著,为什么会有如此多的“引文”呢?

笔者依被“引”者的大致出场顺序,排了队。一长串的队伍竟多达近三百人次。如蒙《新批评》不吝版面,排名如下:王一川、尼尔·波兹曼、丹尼尔·布尔斯顿、尼尔·波兹曼、尼尔·波兹曼、邢虹文、郭镇之、邢虹文、麦克卢汉、丹尼斯·麦奎尔、约书亚·梅罗维茨、梅罗维茨、道格拉斯·凯尔纳、南帆、周宪、金元浦、尼克·斯蒂文森、戴安娜·克兰、道格拉斯·凯尔纳、波兹曼、罗杰·西尔弗斯通、罗杰·西尔弗斯通、约翰·伯杰、怀特、威尔伯·施拉姆、梅罗维茨、波兹曼、戴安娜·克兰、马歇尔·麦克卢汉、伯格、孙晓云、卜卫、欧阳友权、金惠敏、李衍柱、波兹曼、迈克尔·查加克、吉姆·崔利斯、王一川、王富仁、周海波、杨庆东、斯诺、威廉姆斯、霍加特、霍克海姆、阿多诺、陶东风、南帆、佛克马、蚁布思、弗莱、伊昂·瓦特、弗莱、茨维坦·托多洛夫、培利·诺德曼、大卫·帕金翰、列维·布留尔、柏拉图、(《十二铜表法》六行引文;《基督教会“旧约”》十行引文)、伊拉斯莫斯、蒙田、夸美纽斯、洛克、卢梭、裴斯泰洛齐、卢梭、福禄贝尔、周作人、陈汉才、莉莉亚·拉切瓦·斯塔提耶娃、大卫·帕金翰、菲莉彭·埃里斯、尼尔·波兹曼、保尔·阿扎尔、蒙台梭利、周作人、上笙一郎、福禄贝尔、蒙台梭利、王富仁、刘晓东、蒙台梭利、霍尔、鲁迅、蒙台梭利、周采、杨汉麟、(联合国《儿童权利公约》引文超一页)、彼得·凡·马特、约翰·谢福勒、高洪波、彼得·凡·马特、戴安娜·克兰、雷克海默、阿多诺、尼尔·波兹曼、邢虹文、张芹、尼尔·波兹曼、杰拉尔丁·雷伯恩、罗杰·西尔佛斯通、大卫·莱昂、鲍德里亚、大卫·莱昂、霍克海默、阿多诺、费斯克、约翰·伯杰、利萨·泰勒、安德鲁·成利斯、利萨·泰勒、安德鲁·成利斯、罗杰·西尔弗斯通、希伦·A·洛厄里、梅尔文·L·德弗勒、艾尔凯德、玛丽·威妮、尼尔·波兹曼、林海波、大卫·帕金森、罗杰·西尔弗斯通、弗莱、尼尔·波兹曼、杜威、梅罗维茨、范梅南、莱维林、尼尔·波兹曼、梅罗维茨、尼尔·波兹曼、康德、昆体良、尼尔·波兹曼、帕米拉·罗伯森、曲琪、尼尔·波兹曼、大卫·帕金翰、约书亚·梅罗维茨、斯蒂芬·克里尼、西奥多·霍尔兹·纳尔逊、(CNNIC资料占一页)、尼葛洛庞帝、匡文波、(孙晓云等《中国少年儿童发展状况调查报告》占一页半)、马克·波斯特、梅罗维茨、王岳川、大卫·帕金翰、詹栋梁、杨宁、薛常明、维纳·维纳、朱智贤、斯普郎格、詹栋梁、弗洛依德、加斯东·巴拉什、维果茨基、蒙台梭利、裴斯塔洛、福禄贝尔、上笙一郎、乔斯顿·伽德尔、海飞、培利·诺得曼、大卫·赖昂、马克·波斯特、向荣、王岳川、李明德、鲍德里亚、彼得·荷林、王一川、张晶、谢少波、汤锐、安武栋、李建军、贺绍俊、杨鹏、伯格、培利·诺德曼、弗拉基米尔·普罗普、萨拉·科兹洛夫、于德山、尼尔·波兹曼、培利·诺德曼、金德尔、王一川、马尔库塞、扬格、汤因比、贺绍俊、哈伯格、黄发有、横谷辉、路侃、汤锐、拉什、陈晓明、埃德加·莫兰、秦文君、汤锐、洪治纲、雷达、陈晓明、李运抟、张邦卫、金元浦、约书亚·梅罗维、爱娜·玛丽亚·马查多、上笙一郎、巴赫金、托多洛夫、曹文轩、米兰·昆德拉、弗吉尼亚·伍尔夫、乔治·卢卡契、巴尔扎克、锡德尼、扬格、培利·诺德曼、扬格、本雅明、马尔库塞、泰勒、皮亚杰、马修斯、奥斯坎扬、加斯东、·巴什拉、詹栋梁、周作人、鲁迅、蒙台梭利、克莱恩、刘绪源、樊发稼、王泉根、斯东·拉什拉、詹栋梁、加斯东·巴什拉、刘晓东、大卫·莱昂、康德、叶舒宪、蒂博代、林舟、布尔迪厄、三好将夫、麦克卢汉、林舟、陈喜辉、付丽、林舟、杨鹏、尼尔·波兹曼、布厄迪尔、培利·诺德曼、吴其南、俞义、方卫平、吴其南、韦勒克、沃伦、郑敏、董学文、张嘉骅、马林诺夫斯基、瑞恰兹、董学文、陶东风、弗莱、戴安娜·克兰、丁兴祥、菲利普·桑普森、威廉·巴特勒·叶芝、孙绍振、萨义、叶舒宪、南帆、詹姆逊、培利·诺德曼、布鲁诺·贝特尔、克莱恩、蒙台梭利、伽德尔、贝特尔海姆、培利·诺德曼、艾米利亚·加列戈·阿方索、佩雷兹·迪亚兹、上笙一郎、尼尔·波兹曼、鲁迅、培利·诺德曼、贝特尔海姆、梅罗维茨、麦克卢汉、尼尔·波兹曼、弗洛伊德、黄文涛、加斯东·巴什、刘晓东、王富仁、乔斯顿·伽德尔、爱娜·马丽亚·马查多、玛格丽特·米德、埃德加·莫林·安娜、布里吉特·凯恩、马尔库塞、埃德加·莫林·安娜、布里吉特·凯恩、王富仁、加里·查普曼、弗莱。

笔者之所以不厌其烦地抄录出被"引"者的名单,只是想说明:一部十五六万字的论著,竟有如此多的"引文",这是罕见的。而被引的国外的著述均是"二手货"——来自于国内学者的译著。

书中还有少量未注明出处的,如P14:"也有人认为……"如P134:"西方有哲学家也认为……"如P166:面对成年人这个世界,儿童"听到的是成年人的音乐,看到的是成年人的图画,感受到的是成年人的感情反应,接受的是成年人的教育"。加了引号,但不知出于何处。未注明出处的仅为极少数,故可忽略不计。

谭说:"讨论引用比例,我没有兴趣,我只想讨论我是否抄袭。"

为什么没有兴趣呢?这也许正是谭的"软肋"以及此书的问题所在。

如此庞大的"外援团"不仅吓倒了广大读者,可能也会吓倒谭本人,当他回过头去,发现站在自己身后的竟是一个近三百人次的庞大"外援",他自己一人是显得多么的渺小与孤单。

三、“引”、“抄”、“抄袭”

至此，对谭书在“过度引用”、“狂抄”抑或“抄袭”的概念上绕圈子，已经没有多少意义了。

无论是“过度引用”、“狂抄”或“抄袭”，谭书的学术品质、学术含量不高，是显而易见的。

通常意义上说，“抄袭”是剽窃，是一种“暗偷”行为，是占有他人研究成果为已有；那过度的、超过半数以上的“抄”，“串连他人的观点”为己观点，是否可视作为“明抢”呢？

我接触过几位严谨的国外学者，他们在发表论文时，引用他人的著作，他人的研究成果，须事先征得他们的同意；偶有极少量引用未来得及征得作者同意，在文后总是注明：“某引文未征得某某同意，在此谨表示感谢。”

而在我国国内，引他人之文似乎没有那么多“忌讳”。引则引了，只要注明出处，怎奈何我？

按通常的惯例，注明出处的少量之“引”，于引者与被引者均会神会默许，绝不会斤斤计较。更何况，对被引者来说，也是一种被社会认可的标志，是好事，不是坏事。而一本超过半数引的是他人的研究成果、“只是串连他人观点”（谭旭东语；2012 年 7 月 5 日《新民晚报》）、被专家称为“拼凑之作”的书呢？这样的书能说是“专著”吗？况且是一本获得中国最高文学奖项之一的、代表我国这一领域最高荣誉的学术著作。

由谭书引出的诸多问题，值得我们文学界、学术界思考。

课堂上碰撞的火花

——读《问学·余秋雨》为学生上十堂辅导课

吴拯修

■"古有三千弟子《论语》孔夫子，今有北大学生《问学》余秋雨"。余秋雨老师的《问学·余秋雨·与北大学生谈中国文化》一书，被余秋雨老师自己赞扬为"这将成为中国出版领域的一件大事"，"曾在播出时让知识界极为感动"。现在，本着北大百家争鸣的精神传统，让学术碰撞产生美丽的火花，我不揣冒昧自告奋勇当一个志愿者，来为同学们上几堂辅导课。

第一课 顾炎武，你慢慢走

我很高兴你提到顾炎武。在罗振玉之前确实也有顾炎武这样的人，靠自己的脚去走了很多地方。顾炎武也做过书斋学者，读过很多书，但后来，他把远行考察放到了前面。远行时也带一点书，但不可能多，那就要精选了。我很喜欢他的一句诗——“常把《汉书》挂牛角”，可见他是多么喜欢《汉书》，又知道他是赶着牛行走的。我自己后来在数万里考察时遇到困难，总想起这句诗。

（《问学·余秋雨·与北大学生谈中国文化》，陕西师范大学出版社，2009年10月版，P21，以下仅标页码）

我也很高兴余老师提到顾炎武，但是余老师居然这样理解顾炎武的诗句——“常把《汉书》挂牛角”，我蒙了。我不能不拍案叫“绝”。

“常把《汉书》挂牛角”，这一诗句出自顾炎武的诗《蓟门送子德归关中》。子德，名李固笃，关中学者。顾炎武51岁时（1663），与他在代州相识，遂成为莫逆之交。

“牛角挂书”是一个典故。《旧唐书》和《新唐书》都记载了隋末农民起义的领袖人物李密少年出行时，骑在牛背上阅读《汉书》的故事。《新唐书·李密传》写道：“闻包恺在缑山，往从之。以蒲鞯乘牛，挂《汉书》一帙角上，行且读。”这一情节流传久远，“《汉书》挂牛角”事，成为名士风范的一种标志。由这个典故衍化出成语“牛角挂书”，《三字经》中有：“如负薪，如挂角。身虽劳，犹苦卓。”通常用来比喻勤奋读书，已经不是实指。后来又引申出“牛角书生”一词，更是风马“牛”不相及了。

顾炎武的这句诗说的根本就不是自己流亡生涯的实事。顾炎武说“常把《汉书》挂牛角”，难道他真的实实在在的将《汉书》挂在老牛角上，一步一颠，晃晃荡荡的看书吗？事实当然并非如此。顾炎武投入抗清武装斗争失败后，被迫开始了漫长的旅行生涯。在北游的二十余年中，顾炎武遍游河南、河北、山东、山西、陕西，“往来曲折二三万里，所览书文得万余卷”。史书记载“二马三骡载书自随”，且“则于鞍上默诵诸经注疏”，可见他骑的或马或骡，不关牛什么事，他不“是赶着牛行走的”。牛之不存，角将焉附，何来“牛角挂书”？余老师是个实在人，他把顾炎武引用历史典故的诗当成顾炎武日记来读了。成语是一种比喻而非实指，比如余老师曾经赞扬自己的“钟山碑文”是烟霞满纸，难道他的稿纸上真的落满了烟霞？公元六世纪隋末的李密，听说名士包恺在缑山，就骑牛前去拜师求学，这是可能的。但是一千多年后清初的顾炎武骑着牛在北方长途跋涉，就难以理解了。到了这个时代，经典书籍已经汗牛充栋，“二马三骡”所载之书不会太少，可读的也不会只有《汉书》，顾炎武若真的依样画葫芦将《汉书》挂于牛角上，倒很像现在的某些学者在作秀了。你看，“顾炎武也做过书斋学者，读过很多书，但后来，他把远行考察放到了前面”，这不是活脱脱的一个清代余秋雨吗？“我自己后来在数万里考察时遇到困难，总想起这句诗。”说来说去，最终目的其实是为了自比顾炎武。同学们要了解余老师的良苦用心。

余老师在北大课堂上讲顾炎武，不讲他的考据学，他的“崇实致用”思想，他的“明道救世”观，他的民族气节，他的“天下兴亡，匹夫有责”，他的《日知录》，他的《天下郡国利病书》，这一切余老师都不讲，却不着边际地说什么“可见他是多么喜欢《汉书》，又知道他是赶着牛行走的”。如今北大的课堂传授的竟是这样的知识，其贫乏虚脱确实会“让知识界极为感动”一阵子的！

余老师在2010年6月14日的青歌赛上，又一次讲到，“他（顾炎武）晚年一直在走，经常将《汉书》挂在牛角上”。为了提高收视率，在这种电视娱乐节目中把“噱头”当卖点，人们笑过也就忘了。但是据说同学们都是北大的高材生，还是应该学习胡适先生的治学精神，可以“大胆假设”但不是随口“可见”，还要“小心求证”。

余老师在该书的封底告诉大家，同学们都是“一批有宏观思维的文化人”，你们不玩这些“小小的细节”。但是，我要说的是，没有真实依托不接地气的“宏大”文化，那叫“假大空”。

第二课 讲历史要有证据

还有让人惊讶的医学。现代科学家从卜辞里研究发现，外科、内

科、五官科、妇科、小儿科、传染病的一些基本项目在商代基本都具备了，针灸也已经很发达。(P32)

关于针灸的起源的讨论可以说是连篇累牍。一般的看法，针灸是我国人民长期与疾病作斗争的经验总结，其形成经历了一个漫长的过程。针刺的前身是"砭术"，"砭术"的主要工具是"砭石"，萌芽于一万至四千年前的新石器时代。

针灸医学最早见于二千多年前的《黄帝内经》。从现有的甲骨文中确实可以看出一些商代医术的信息，但是很有限，特别是"针灸也已经很发达"，拿不出证据。郑州商代遗址曾出土一枚小剑形的玉质砭石，河北藁城台西村一座商代墓葬中出土过一件石质的镰形工具，有人认为这些就是医疗器具砭镰，割瘤子、放血用的。这些发现是不是医疗工具尚还有疑问，算不算针灸工具更有争议。"现代科学家从卜辞里研究发现""商代针灸已经很发达"，这种说法闻所未闻。

余老师这话，是创造历史。让人惊讶的不是商代的医学，是余老师下的这个"针灸也已经很发达"的结论。韩国要与我们争"针灸"的世界遗产，国人当然希望针灸在中国的历史越早越好，但是历史是已经过去的事，只能考证，不能创造。历史不能乱说，得有证据。

作为课外作业，同学们可以查找有关甲骨文研究的新成果，来验证余老师的说法是否成立。

第三课　文科也需要一点简单数学

商文化的辐射相当可观：北至辽，东至海，西至甘陇川即现在甘肃四川这一带，南面一直到洞庭湖和鄱阳湖。世界其他古文明在面积上都远远比不上商代。比如埃及，沿尼罗河的上埃及和下埃及加在一起，再把巴比伦文明即底格里斯河和幼发拉底河两河文明的那块星月形的土地连在一起，再把印度河和恒河文明加在一起，地域总和大概也不到商文明的十分之一。(P33)

商代的实际控制疆域是以今河南为中心的黄河中下游地区。为了和别的文明比大小，余老师先向它充气膨化，用文化“辐射”来代替面积。讲世界其他古文明时就不让辐射了，单用实际的“面积”“地域”，这么一比，就得出其他文明“加在一起，地域总和大概也不到商文明的十分之一”的“创造性文化”怪论。

首先是没有这么比的，用这种方法给世界文明比大小，是余老师的创造。即使这么比了，这“十分之一”也是相当不靠谱的。比如恒河文明，且不说它也会辐射，单说恒河文明的面积几乎相当于整个恒河流域，恒河全长2 700公里，流域面积106万平方公里，大概不会比商代地域小多少，从地图上看看就知道了。再加上埃及和两河文明的地域，还要把它的面积扩大10倍，那该有多大！如果让这些文明也和商文明一样先辐射一下，再扩大10倍，不知整个亚洲大陆能不能装下。这样看来，文科教授有一点点简单的数学常识——只是一点点，还是必要的。

作为一个课外作业，北大的学生可以找古代世界地图算算看。

还有，“巴比伦文明即底格里斯河和幼发拉底河两河文明的那块星月形的土地”中的“星月形”是什么形？恐怕没有任何一个数学老师能回答。查一查西亚地理可以知道，这“星月形”其实应该是“新月形”。新月就是农历初二、初三的上弦月。两河流域(伊拉克)及连接地中海东岸(叙利亚一带)的一片弧形地区，在地图上看好像一弯新月，美国芝加哥大学的考古学家詹姆士·布雷斯特德首先把这一大片肥美的土地称为“肥沃新月”，又译“新月沃地”；这一名称已经为世界所接受，可以在《辞海》上查到。

另外，“甘陇川即现在甘肃四川这一带”，此话怎讲？甘是甘肃，陇是甘肃的简称,川是四川,怎么两个甘肃加一个四川?

同学们应该明白,一个人有没有学问,其实主要不是看会不会生造词语。

第四课　看名画学说话

> 《雅典学院》中出现了很多学者。站在中心部位、右手指天的是柏拉图,他的左边是学生亚里士多德。柏拉图和亚里士多德分别代表古典哲学的两大流派。两人的周围围绕着很多学者,倾听他们激昂的辩论。也有人在台阶上旁若无人地独自研究,后面巨大拱形柱的左右两座浮雕,分别是智慧女神雅典娜、爱与美之神阿佛洛狄忒。(P41)

《雅典学院》是意大利画家拉斐尔的一幅世界名画,找到它的复制品并不困难。请大家打开带来的资料,让我们一起来看图说话。画面是拱形屋顶下有一大群人。同学们看到什么“柱”了吗?余老师说的“巨大拱形柱”是什么东西?柱:“主要承受轴向压力的长条形构件。”(《辞海》)又是拱形又是长条形是什么样子?问过几个建筑师,都说,没见过。给他们看画,他们说,这其实是大厅的门墙。

门墙上两边壁龛上各有一座圆雕,右边是智慧女神雅典娜,左边是太阳神阿波罗。你们有谁看见余老师所说的“爱与美之神阿佛洛狄忒”吗?希腊神话中的阿佛洛狄忒就是罗马神话中的维纳斯,是个女的,从画面上看不出有她。在罗马神话中,维纳斯掌管人类的爱情、婚姻和生育。太阳神阿波罗为文艺之神,主管光明、青春、医药、畜牧、音乐、诗歌。《雅典学院》中出现的是很多学者,呈现的是百家争鸣的形象。不同的哲学流派在激烈辩论,不像是在谈情说爱的样子。在这样的场景中,显然出现阿波罗更为合适。既然“画面上这些人从不同方向进行着平等的、创造性的思考”

(P40)，却又画上爱神该是何等不伦不类，我们不要低估意大利“艺术三杰”之一拉斐尔的智商。

从画面上可以看出，所说的那两座神像，是立体的，可称为圆雕，也可称雕塑，不能叫浮雕。浮雕是平面的雕塑，所以称“浮”。人民英雄纪念碑下面就是浮雕，昭陵六骏也是浮雕。

过去余老师的散文经常有一些文化历史常识差错，可以用写散文不是做学术来辩解。但是大学是治学的地方，尤其是北大这样久负盛名的大学，学子们除了学习知识，更重要的是学习严谨、准确的科学方法和思维方式。在这样的课堂上，师生们一起扯扯淡，场景是活泼的，但是估计学生们学到的不会太多。

同学们应该学会，让脑袋长在自己的肩膀上。

第五课　齐都没有稷下门

> 与雅典学院的创办几乎同时，在遥远的东方，也有一个类似的学术机构，叫稷下学宫。稷下是齐国都城一座城门的名字，究竟是南门还是西南门，有待继续考证。(P41)

余老师说“有待继续考证”，作为课外作业，按照余老师的布置，我们一起来考证一下。《辞海》上说，齐国都城是临淄(今属山东淄博市)，临淄有一个城门(西边南首门)名叫稷门，稷门得名于稷山。“稷下”的意思是“稷门之下”，也就是稷门附近。齐国设立学宫，因学宫处稷门附近地区，而称稷下学宫。

向余老师报告考证的结果：稷下是古地名，不是齐国都城一座城门的名字。在齐国都城临淄，管它“是南门还是西南门”，都不叫“稷下”门。下次上课时，余老师或许会告诉你们，他是从哪里考证的。

如果是在去伊拉克途中或者青歌赛上,余老师这样讲,其实不算什么。但是在北大的课堂上犯这样的错误,至少说明老师们备课应该认真一点,因为连我这样“文化等级不高”的人都能从工具书上查到。在北大的课堂上,应该有相应的水准相匹配。至于后来还要把这种低级错误印在书上,居然能通过层层编校关,真称得上是“中国出版领域的一件大事”。

说起来,真正称得上“一件大事”的倒是余老师下面的关于“稷下学宫”的一段话:

> 主要原因是,稷下学宫的百家争鸣,是一种经过严格选择的高等级发言。而我们今天媒体间的发言,却没有这种选择。大家也许会问,既然我们主张言论自由、人格平等,为什么要分等级呢?稷下学宫的回答是,不同人群的言论自由,可以体现在不同的空间。并不是任何人在任何空间都可以任意放言,才叫言论自由。即便是关系众人利益的政治言论,也要通过自己的不同代表者在不同空间表述。(P43)

稷下学宫果真如此等级壁垒森严吗?据资料介绍,稷下学宫在其兴盛时期,曾容纳了当时“诸子百家”中的几乎各个学派,其中主要的如道、儒、法、名、兵、农、阴阳、轻重诸家,汇集了天下贤士多达千人左右。当时,凡到稷下学宫的文人学者,无论其学术派别、思想观点、政治倾向,以及国别、年龄、资历等如何,都可以自由发表自己的学术见解,从而使稷下学宫成为当时各学派荟萃的中心。这些学者们互相争辩、诘难、吸收,成为真正体现战国“百家争鸣”的典型。学宫具有独特的教育特点,游学是其教学方式之一。学生可以自由来稷下寻师求学;老师可以在稷下招生讲学,即容许有学与教两个方面的充分自由。这些游学方式的施行,就使学士们开阔了眼界,打破了私学界限,思想兼容并包,促进了各种学说的发展和新学说的创立,大大促进了人才的培养和成长。稷下学宫便成为教育人才的中心。

诸子百家兼收,不同学派并蓄,学术争论自由,师生双向选择,一个如此生动活泼的“高等学府”,我们恐怕是不能得出“凡人莫入”结论的。有什么理由认为,这“数百千人”,都是有同一个水准呢?又是靠谁来判定这些不同学科的学者在什么水平呢?

显然,余老师不过是借稷下学宫来再次宣讲他的道理:你和我不在同样的等级,所以你的任何批评我都可以不接受。

果不其然,接着,余老师就举了金文明批评他文史知识错误的例子,说一个“文化等级不高的人”要与他讨论,而他这个“高层思考者”,“要固守崇高的文化节操,以自身的人格维护创造的尊严”,他对金文明只有“无言以对”!(P44)

我有责任提醒同学们,余老师的这种做法是不可取的。掺杂个人的心结做学问,按自己的意志诠释经典,借讲学向批评者发射暗箭。这会有负学生的信任,有违教师的道德,亵渎神圣的教育事业。

第六课 “不知所云”的孔子

> 齐景公问孔子:“秦国地方小而偏僻,秦穆公为什么能称霸呢?”孔子说:“秦国地域虽然处在边缘,但是行为中正。国家虽小,但志向很大。秦穆公能用五张黑羊皮把贤人百里奚从牢里赎出来,与他交谈三天,就把政务交给他,完全地相信他。秦就是凭着这样的仁义,成就了王业。一个君主如果想仅靠武力称霸诸侯,那是生硬的,无法把自己的潜力发挥出来。”齐景公和晏子听了很是佩服。(P72)

孔子与齐景公的这番对话出自《史记·孔子世家》,余老师是翻译了这段《孔子世家》,但他把“王”和“霸”的意思弄歪了。

在古汉语中,“王”的意思是:成就王业,统治国家;“霸”的意思是:称霸一方,做诸侯的首领。“霸”与“王”是不同档次的统治者,有点类似地方和中央的关系。例如《史记·管晏列传第二》:“岂以为周道衰微,桓公既贤,而不勉之至王,乃称霸哉?”翻译成现代语:“难道是因为周朝政治衰败,齐桓公既然贤明,(管仲)不勉励他成就王业,而只称霸主吗?”讲的是不同的统治层级,统治者也要追求进步更上一层楼的意思,而不是讲用不用武力。

齐景公说秦穆公是“霸”。孔子答的是“霸则小矣”,两个人的话说明,秦穆公创建的是“霸”业,即称霸一方;还不是“王”业,即统一天下。景公问孔子“秦穆公为什么能称霸呢”?孔子答“以此取之,虽王可也,其霸小矣”,意思是“用这种精神治理国家,就是称王于天下,也能做得到,他称霸算是小的呢。”一问一答,意思清楚明白。

可余老师翻译孔子的话,却说秦“成就了王业”,一个“了”字,就是说秦已经统一天下了。按照余老师的这个译法,孔子的回答简直牛头不对马嘴,思维逻辑混乱“不知所云”了。后面还要来一通“一个君主如果想仅靠武力称霸诸侯,那是生硬的,无法把自己的潜力发挥出来”这样莫名其妙的话,更让人如堕五里雾中。难道这就是“其霸小矣”的意思?其实,文中出现的“霸”,根本就没有什么武力不武力的含义,可能余老师在备课时就没有搞明白。

明明只有“景公说”,余老师却心血来潮,拉晏子一起表态,让他也“很是佩服”。误读不说,这有点对不住司马迁“《史记》的叙事魅力”(P167)。

余老师是名人,可以随意乱说。同学们不行,你们不能养成不好的习惯。

第七课　雨中的墨子

就这样孤身一人,去阻止楚国攻打宋国。他成功地阻止了这场战争，于是他又走回来，走到被他解救的宋国。当时下起了大雨，他想到城门下躲雨，却被宋国的人赶走了。他在大雨中暗暗自嘲：一个人哪，靠大智慧救苦救难谁也不会知道，凭小聪明整天折腾谁都会认识他。(P106)

这是《墨子·公输》最后一段，原文是："子墨子归，过宋。天雨，庇其间中，守闾者不内也。故曰：治于神者，众人不知其功；争于明者，众人知之。"

这"故曰"之后的话，并不是墨子说的，他并没有"在大雨中暗暗自嘲"。

《墨子》这本书是墨子的弟子和再传弟子及墨子研究者对墨子言行的记录，并不全是墨子的话，有些是别人的评论，特别是文后经常出现这种评论。"故曰"就是"因此说"，这显然是对墨子淋雨一事的议论，是别人为墨子鸣不平，并不是墨子自己的话。

拯救了宋国的人，却不让他进宋国的门，任他在雨中浇着，这确实让人心寒。可是，那守门的人为什么这样不通人情，那么心狠？这是有原因的。宋人已经知道楚国将要来攻，两国已经处于战争状态，而这个身份不明的人，又正好是从敌国来的，守门的保安就是不能放他进来，谁知道他是不是特务？守门人做得对，是忠于职守，应该表扬。在这种环境下，完全明白楚宋关系的墨子，应该是完全理解的，他是不会因为淋了点秋雨就大发怨气的；看墨子整个思想，他也不是那种小肚鸡肠、不明事理的人。墨子曾经曰过："名不可简而成也，善不可巧而立也，君子以身载行者也。"(《墨子·修身》)人家墨子赴汤蹈火，死不旋踵，对获得名声的认识如此透彻，早已明白"名声不会因简明而获得，荣誉也不会因为用机巧的办法建立"，哪能为这点儿小事就自己对自己发牢骚说怪话？

将别人的议论解释成墨子的"自嘲"，问题不在误译上，重要的是，误读了墨子的人格与思想。更重要的是，我们不能把自己对"小人"的怨恨强加给墨子。因为"争于明者"的意思是"明处争功"，只有余老师笔下的小人，才会“凭小聪明整天折腾”呢！

第八课 唐玄宗写墓志铭

几年前，在西安出土了一个方形的墓碑，上面刻有墓志铭。墓主是一个十九岁的日本遣唐使，他在长安去世了，中国的皇帝居然亲自给这个外国留学生写了墓志铭，而且其中提到“日本国”。(P235)

首先，这件文物的名称和来路就让余老师给说错了。该校发布的新闻稿以及中日媒体的所有报道，都说是征集的“墓志”，唯独余老师说是出土“墓碑”。“墓志”是存放于墓中载有死者传记的石刻。而“墓碑”立在坟墓外面，一般长形。两者指称不同的物件。这次发现的是墓志，有底有盖，可以称一方或一合墓志。它是博物馆出资购得的，卖主说墓志来自一个建筑工地，但已无法重返现场。相比之下，博物馆的说法是准确的，有一种考古学者的严谨，说话不超出证据。

其次，“墓主是一个十九岁的日本遣唐使，他在长安去世了”。井真成去世时年纪是19岁吗？错了。墓志上说的是，井真成“以开元廿二年正月(廿)日，乃终于官弟，春秋卅六。”井真成终年36岁是明白无误的，决不是19岁。余老师说19岁，大概是因为有文章考证说这个日本人是19岁时做日本遣唐使来中国的，但也不能就说“墓主是一个十九岁的日本遣唐使”。这好比有一个人，像余老师那样17岁到上海戏剧学院读书，80岁老去，不能说“墓主是一个17岁的大学生”。

最后，余老师居然说“中国的皇帝居然亲自给这个外国留学生写了墓志铭”，也是毫无根据的。从志文上看不出来这方墓志是皇帝亲自写的。恰恰相反，志文中说：皇上为井真成哀伤，加封井真成官职，丧事由官家办理。墓志中已经出现了“皇上”字样，这正好说明墓志不可能是皇帝亲自撰写的。当时的这个“中国的皇帝”是唐玄宗。即令唐玄宗让美女杨贵妃迷得昏天黑地,他也不会像当今有些教授喜欢撰写碑文,更不会在自己的文章中称自己“皇上”。

与在青歌赛上的点评一样,说完这个“墓碑”,余老师总归是要绕到自己的经历上去的:“这是历史上第一次正式出现‘日本’两字,2006 年我去东京的时候,他们正在纪念这件事,我也参加了隆重的仪式。”(P235)

余老师主要想说的是这个。

第九课　安史之乱更乱了

当时唐玄宗已经年迈,已经没有恢复高贵的丝毫力气。在这种情况下,唐玄宗做出两个重大决定:一方面找自己在扬州的儿子李璘,让他守住江南这块土地;另一方面,同意西北的另一个儿子李亨继位,自己成为太上皇。(P251)

唐朝的安史之乱本来就已经够乱,这段历史让余老师这么一说,就更乱了。

先看李璘。《旧唐书·列传第五十七》记载“璘七月至襄阳,九月至江陵”,说明永王李璘是从北方到江陵的,不是从扬州走了,当时不在扬州。“在扬州的儿子李璘”有方向错误。

江南通常指包括扬州在内的长江三角洲一带,唐玄宗也没有让李璘守“江南”,而是让他守荆州,即现在湖北、湖南一带。扬州在内的江南,另有人守。李璘到荆州后,眼红江南的物产,兴兵叛乱,企图东下,最后兵败,最终也没到达扬州。

再说李亨。马嵬兵变后,太子李亨被玄宗任为天下兵马大元帅,负责平叛。玄宗继续西逃,太子李亨与玄宗分道南北,北上到灵武(今宁夏灵武西南）。公元756年七月十二日，李亨在灵武即位，史称肃宗。遥尊玄宗为太上皇，改年号至德。李亨当皇帝并没有得到玄宗“同意”。

《旧唐书·本纪第十》：“裴冕、杜鸿渐等从容进曰：‘今寇逆乱常，毒流函谷，主上倦勤大位，移幸蜀川。江山阻险，奏请路绝，宗社神器，须有所归。万姓颙颙，思崇明圣，天意人事，不可固违。伏愿殿下顺其乐推，以安社稷，王者之大孝也。’”裴冕、杜鸿渐劝说太子李亨撇开玄宗老子自己当皇帝时，说“奏请路绝”，意思是，咱们并不是不想请示皇帝，只是路途遥远，请示不了，那样的话，也就不用请示了，就自己定了。这说明玄宗并没有“同意西北的另一个儿子李亨继位，自己成为太上皇”。《旧唐书·本纪第九》：“癸巳，灵武使至，始知皇太子即位。”“始知”，说明肃宗李亨当皇帝是先斩后奏，事先并没有得到玄宗同意。对于这事，唐玄宗很是无奈，很是尴尬，后来又弄出不少乱事来。随心所欲地编造历史，只会给历史添乱。

第十课　米饭中的沙粒

史迁之旅，云里雾里

为了今天的课堂，我特地参照多种古籍画了一张司马迁年轻时代的行旅图，昨天已经传真给你们，我们一起按照他的漫游顺序，用当代地名温习一下吧，哪位先来？（P162）

按：余老师给学生画这张图，一定云里雾里，乱得很。一个学生说：“他沿着湘江南下，到沅江后，应该是沿着长江向东到了江西九江……”学生无过，定是先生的图画错了。沅江在湘江西北，两江不通，同入洞庭湖。“沿着湘江南下”怎么走也走不到沅江，南辕北辙越走越远。

嵩焘老家，不在长沙

郭嵩焘回来以后没地方去，只能回家。1879 年他终于回到了故乡长沙。（P308）

按：郭嵩焘，湖南省湘阴县文星镇人。湘阴县当时、现在都不隶属长沙。不可说郭嵩焘的故乡是长沙。同理，不能说家乡余姚（现慈溪）的余秋雨故乡是杭州，但可以说是浙江。

（附记：本文初稿由张港先生提供，谨此致谢。）

《搜索》：困于庸常生活的“勇士”

杨天东

在 2012 年上半年，国产电影除了《黄金大劫案》票房略微盈余之外，其余的十几部国产片皆死得轰轰烈烈。下半年以《画皮Ⅱ》的所向披靡开场，国产电影大有绝地反击之势，接下来，陈凯歌以六十高龄披挂上阵，以一部“回归现实主义之作”迎战“好莱虎”，用他自己的话来说：“怕 7 月 6 日接力棒送我手上时，我也掉链子。”外界对《无极》之后的陈凯歌一直抱着一种观望——廉颇老矣，尚能饭否？然而，在民族电影再次陷入危难之际，老导演的一番举动着实笼罩着悲壮的“勇士”气息。

说“勇士”，更多地是出于一种民族主义情绪。但是如果关上门的话，那还得说点自家人的真心话。整部电影看完后，我的第一个直观感受是，我似乎不是在看影院电影，而是在大银幕上看了一部 120 分钟的电视剧或是电视电影。究其原因——《搜索》没有电影感。

我每年给新生上第一堂电影课的时候，都会问他们——电影是什么？回答五花八门。最后，我会给他们我自己的理解——"电影是超越日常经验的想象"（其实任何一门艺术都是这样）。我对于这句话的理解是：电影一定跟日常经验相关，但是电影之所以是艺术就在于它"超越日常经验"的那个"想象"的部分，"想象"的高下直接体现了导演的水准。巴赞在他的长镜头理论中也提到——"电影是现实的渐近线"，"渐近线"就意味着它永远不会跟现实重合。而中国的"现实主义"电影最大的问题是：它没有超越日常经验。电影本该是对现实做乘法或是除法，而国产此类型影片仅仅是做了加法或是减法。

打着"现实主义"旗号的《搜索》再一次不幸地陷入了这种类型创作的怪圈之中。

从叙事角度上看，《搜索》的电影感很弱。虽然故事看不出有什么漏洞，就是一个女记者调查一个不给老人让座的新闻事件，牵涉其中的人发生的一系列的连锁反应。他们是大老板、阔太太、小秘书、小记者、混混、下属……一群人中规中矩地奉献了生活的常态，只不过这种常态因为一个突发事件而显得相对紧凑。其实，《搜索》的形式做得挺花哨，大肆地动用了"QQ、搜搜、新闻采访、电视直播、手机录像"等媒介手段和方式，其中很重要的一点就是探讨了"媒体与公众的关系"。当一个新闻事件不断被报道，当记者手中的公权力被当做泄私愤或谋私的手段时，媒体的道德取向是否正常？当被赋予民主权利的国人通过网络所进行的人肉搜索，通过剥夺一个人的全部隐私，宣泄积怨已久的现实情绪，这种打着道德旗号的集体暴力是否过于残忍？它与中国某个红色时期的情绪有差别么？恐怕犹有甚之……这本是一个"直面惨淡"的现实题材，但《搜索》在表现上显得过于扁平与通俗，少了"超越日常经验的想象"部分。看着《搜索》，我想到了主题很相似的《楚门的世界》，该片展现的是金·凯利饰演的一个年轻人，突然发现自己三十多年来一直生活在社区人民的"偷窥"之下，他决定走出那个像摄影棚一样的社区，寻找属于自己的世界。虽然这是一个不可能发生的事情，但是几乎没有观众去否认《楚门的世界》的真实性。这便是国产电影与人家的差距。一个说了真话却让人不为所动的电影，一个是说了谎话却让人觉得无比真实的电影。

如果说《搜索》的故事讲述并无加分之处的话，那么《搜索》的视听影像一定是减了很多分，几乎把"电影感"遗失殆尽。我不知道该片的摄影和美术出了什么问题。通片没有紧张刺激的动感，没有浪漫唯美的抒情，没有温馨的家庭景观，更别说"有意味的形式"之类的运动和造型。电影中经常有的"两极镜头"、色彩风格、时间特写之类的手段完全空缺。当一束光从背后打到银幕上，未能跟观众形成有效的"光合作用"的时候，几百人坐在剧场的时候似乎是在看电视剧，或许追求电视剧的效果正是导演想要的艺术形式。因为没有封闭性和代入感，观众就会本能地出戏。

很多人说，《搜索》像是冯小刚电影。其一是冯小刚也不怎么在意影像结构和视听语言；其二，冯小刚越来越有历史反思精神了，嫌一部《集结号》不够，又开始了《1942》！而陈凯歌在百思不得观众其解之后开始走起平民路线！用假装轻松的方式去撩拨年轻人的神经，于是，有了《搜索》。但看完《搜索》之后，我宁愿凯爷深沉点，厚重点，也不忍心看着他这么飘忽。正如微博上有句话说的，"宁愿高傲的孤独，也不卑微地恋爱"。几乎很多人都跟我一样，凯爷的每一部新片出来，内心都会有一种莫名的激动，希望能看到《霸王别姬》那种令人心头一热的灵光闪现。但每次的结果都是默默地告诉自己内心的那个他——凯爷虽老，尚善饭，然顷之三遗矢矣！

一张画皮多种看

——从电影《画皮Ⅱ》谈电影评价

高 凯

《画皮Ⅱ》上映前，我便看好这部影片。一来是魔幻奇观式的3D电影，为了影片观赏的完整性体验也是应该去影院看的；再者，该电影有感兴趣的明星，尤其是赵薇和周迅的对手戏还是令人期待的；最后，或许还是源于对这样一个故事的“忠诚”。或许这些因素，也是影片取得不俗票房的原因。

《画皮Ⅱ》上映首日票房8 000万元，首周票房3亿左右，均打破华语电影票房新纪录。自今年2月份，中美电影新政之后，引进美国大片数量进一步提升背景下，国内影人与评论者诚惶诚恐，纵观国内今年上半年电影市场，国产电影颓势已日趋显现，3D版《泰坦尼克号》和《复仇者联盟》等片大举入侵席卷，加上春季上映的《碟中谍4》，三部进口大片占据最近票房榜单前三位。而《黑衣人3》、《超级战舰》、《大侦探福尔摩斯2》和《诸神之战》等6部进口片也纷纷挤进前十。而在"十强"名单之中,众多国产片中仅有《大魔术师》单片入围。进口大片强势登陆中国,给国产电影带来巨大"打击"。《画皮Ⅱ》在此背景下问世,且取得如此不俗成绩(堪称"黑马"),一定程度上来说也是为国产电影打了一剂"强心剂",提升了我们对国产电影的信心,应该是有利于刺激国内电影人创作的。

谈过电影票房,还要说说电影口碑。国产电影历来面临几种尴尬情景:"叫座不叫好"或"叫好不叫座",更甚者"既不叫座也不叫好"。如今看来,《画皮Ⅱ》依旧没能摆脱此"怪圈",电影的评价方面,虽不说是"冰火两重天",但也着实是赞、损之双方各表态度。赞者言其表演精湛、制作用心、营销得当且情节感人;损者斥其故事空洞、虚有其表、虽赚得票房但失去口碑。其实近年来,国产电影,尤其是国产大片,似乎都遭遇相似境地。由此,也要谈谈关于电影评价的问题。

前些日子曾看到一篇文章,质疑目前国产电影是否被"骂"的太多,或我们对国产电影要求过于苛刻,此标准是连外国大片也经不住评价的。然而,我们对待国外影片的态度却往往是极为宽容的,像烂如《灵魂战车2》这样的影片,在北美本土市场的票房连成本都收不回来,被看作"垃圾"的电影,引进中国上映后却"逆天"取得不俗票房,更是引得一批尼古拉斯·凯奇的粉丝围观与交口称赞。有的人可能会说,对于国产电影,现在还是骂得太少,或骂得依旧不够狠,这样的人多少是有点"恨铁不成钢"的意味。然而,"骂"了那么久,"骂"似乎一直没起作用,唯独每次都是发现"骂"得越来越凶了,对国产电影"拍砖"俨然成为一种快感,出来新片,别管票房好坏,一定要带着"挑毛病"的有色眼镜去看电影,看完之后,要是挑不出点毛病,都不好意思说看过了电影。所以,我们总是看到一批又一批被指责"没诚意"的电影相继出现。其实对影片评价仅仅以"诚意"有否为标准是极不科学且不负责的评价,想必电影主创每每看及此评价都要难过了吧。极少有作品的主创在制作之初便抱着制作一堆“垃圾”的态度吧？从策划到拍摄再到宣传，他们都是卖力的，倘若作品不尽如人意，那也是创作的偏差，可对创作问题问责，也好帮助提出一些有针对性的改善意见，切实作用于创作才好，切勿“一棍子打死”的一句“没诚意”而敷衍了事，听上去貌似有“腔调”，实际也只是发泄了情绪而已。

其实，从发展的角度讲，任何一个国家、地区的电影发展都不是保持稳定态势的，有涨有落、有起有伏。不可否认，中国电影现在是在一个“瓶颈”时期，尤其当下电影创作环境浮躁，一些电影人急功近利，其创作深受两个导向——“票房”和“冲奖”制约，电影创作不容乐观。然而此环境下，倘若观众和影评人只是一味苛责、谩骂，也只是给本就浮躁的环境增添了喧嚣的空气罢了，又如何能积极作用创作，切实推动中国电影发展呢？“骂”得已经很久了，不如开始试着鼓励鼓励吧。刻薄非影评，对待电影，还需系统和公平地看待。

回到《画皮Ⅱ》，抛去魔幻、动作、特效和明星效应等不说，单纯将其视为一部简简单单的爱情片，它还是动人的，依旧是亘古不变的主题——真爱可以战胜一切。从片中看到，爱情与皮相、地位、财富皆没有关系，它仅仅是一件两情相悦的事情而已，进而是一份“执子之手，与子偕老”的承诺。为了爱的人，赵薇饰演的靖公主可以不要心，陈坤饰演的霍心可以不要眼，更动人的是周迅饰演的小唯，为了一种成全，可以不要命。“爱”是贯穿影片的主题。小唯是一个有意思的角色，在两部《画皮》中，她最后都是一个成全他人的“牺牲者”的角色。赵薇和周迅的对手戏，也为影片增色良多。从很多方面来说，《画皮Ⅱ》还是一部很有意思的电影。

《画皮Ⅱ》

易老邪

古装女版《夺面双雄》。客观地说，拍得还不错，特别是跟近期的那些华语片相比，绝对算是合格的作品。剧情安排还算丰满，表演也算到位，至少没弄出什么笑话。至于特效就更不必苛求了。只是节奏慢了点，换皮前的铺垫过多，换皮后二人的转变及其影响却未能充分予以挖掘和展现。

星星

以“2012年最值得期待的魔幻大片”名头华丽登场，乌尔善把视觉特效的华丽感觉做出来了，但没有故事结构支撑，无论明星有多大牌，效果有多好，也仅仅只是虚有其表。《画皮Ⅱ》与前集没有任何关系，台湾译名比较能反映这部片子的主题：转生。

大宝

故事单薄到无以复加，漏洞百出且缺乏张力，看到一半就让人觉得昏昏欲睡，画面过度的渲染让人觉得是广告，全3D的公映计划绝对是不自信，效果算是不错，但无奈故事底子实在太差，周迅很出彩，几乎所有的表演都出自于她。

《搜索》

像面条般活着

坦白有余，尖锐不够。是一部有许多先天优势的电影，除了王学圻以外，其他演员都有点缺练。退场的时候离导演很近，顺嘴问了句：导演，搜索有点冯小刚导演的味道，您觉得呢？导演说：我觉得这挺好的，你说呢？

鱼为

陈凯歌这次放弃了虚无的江湖，将视线投向当代人扑腾凫水的混乱社会，将一次“不让座”事件发酵膨胀，一波三折地衍化成了一起充满杀意的真实战争。电影的镜头语言也很有意思，无数影像经由镜子投射到银幕上，以众生之眼镜中窥人，却不给人留一丝分辨出口，这种对语言暴力的恐惧，于陈导怕是心有戚戚焉。

无理想

看了《搜索》，真心感觉陈老头没了学究气，节奏感好，多线叙事繁而不乱，还带有中年人的幽默，凯歌终于不再“凯歌”，至于网络暴力和年轻人情感摇摆之态，都不像陈老那种年纪的手笔。另外王学圻色厉内荏的大老板形象很好，陈红、姚晨、王珞丹都十分到位，就是爱情线里面高圆圆软弱神经不足，赵又廷又咆哮帝路线。

Forest

《搜索》看到前一半都是恨，恨这个人人都“看图说话”的时代，恨这个人人都以正义之名歪曲真相侵犯别人隐私的时代。没有隐私的时代来了，我们都已经知道，只是还都没有准备好，只能祈祷我们别是那个倒霉蛋。后一半是爱，最凄美最唯美的爱，看过此片后没有人不会爱上高圆圆，因为实在太美好。

谭著背离学术规范 “鲁奖”评委理应反思
——关于对谭旭东“专著”《童年再现与儿童文学重构》学术评估的报告

陈 辽

■ 我将谭著细读了一遍,了解该书的理论架构、主要观点、论点来源和价值所在。我可以在此负责任地说:谭著是一部引文超常、近滥,背离学术规范的著作;“鲁迅文学奖”评委给予谭著“鲁迅文学奖”是一次失误。

■ 我希望,中国作协领导认真处理“鲁奖”的上次事故和这次事件,对文学评奖的机制、程序、方法、标准进行切实有效的改革,防止类似事故和事件的再次发生。

陈辽,1931 年 9 月出生,江苏海门人。高中肄业。1945 年 8 月日本投降前参加新四军。1949 年 4 月,加入共产党。1956 年,被授予大尉军衔。1946 年 3 月至 1947 年 2 月,在华中建设大学学习。1958 年转业到地方。1979 年调进江苏省哲学社会科学研究所(1980 年更名为江苏省社会科学院），曾任副研究员、研究员、文学研究所所长等职。1996年11月离休。

1946年1月，发表第一篇文学作品；1951年3月，发表第一篇文学评论。至今已出版专著、论著、论文集等34部；主编并参与撰写的著作15部。1986年，国家人事部向他颁发“有突出贡献的专家”证书；1991年，国务院给予“政府特殊津贴”。其论著获部、省级奖项8次，获全国“五个一工程奖”1次。作为中国作家代表团、中国“笔会”代表团成员，访问过保加利亚、日本；作为中国文艺家代表团副团长，访问过台湾。

《文学报》于2012年7月13日来信，要我“本着对各方（批评者、被批评者、读者）、也对历史负责的精神”，“对谭著进行公平、公正的学术评估”。现将我对谭著的评估，报告如下：

一

我首先逐字逐句地将谭著细读了一遍（有的章节读了两遍），了解该书的理论架构、主要观点、论点来源和价值所在。而后，回过头来对谭著的引文，按页码一一进行标记、统计。再对照“柯棣祖”的“引文”分布情况表，对谭著复阅。我可以在此负责任地说：谭著是一部引文超常、近滥，背离学术规范的著作；“鲁迅文学奖”评委给予谭著“鲁迅文学奖”是一次失误。

我所评估的谭著，是黑龙江少年儿童出版社2009年8月出版的第1版。谭著正文部分为194页，每页27行，每行34字，每页918字，共178 092字。《参考文献》（国外著作、参考论文）、《后记》及《附录一》、《附录二》共56页，51 408字。全书共229 500字。（按：出版社计算该书字数为330千字，这字数不知从何得来）。根据我的逐页登记，“谭著引文情况一览”如下表（谭旭东引用自己的文字，不计；脚注字数，计算在内）。

我从1986年起，审读并参与南京大学、南京师范大学、苏州大学陈白尘、陈瘦竹、程千帆、周勋初、叶子铭、董键、王臻中、曹惠民等博士生导师指导下的博士生毕业论文答辩。二十六年来,共100多次(有时担任答辩委员会主任)。博士论文的学术规范之一是:如论文中的引文部分超出正文的20%,将取消论文答辩资格。二十六年来,我还不曾看到过博士毕业论文中的引文有超过20%的。据谭旭东说,该书是他"自己的博士论文,做了适当的修改后,2009年交给黑龙江少儿出版社的"。引文部分占了正文46%(弱)篇幅的谭旭东的博士论文,竟能在博士论文答辩中通过,我感到十分惊讶。引文部分占了正文46%(弱)篇幅的"专著",竟能得以出版,我感到十分奇怪。引文部分占了正文46%(弱)篇幅的理论著作,竟能被评给"鲁迅文学奖",我感到十分气愤!

谭著引文情况一览表

页码	引文所占行数	页码	引文所占行数
1	8	18	18
2	23	19	7
3	23	20	17
5	21	21	15
6	25	23	2
7	22	24	23
8	27	25	6
9	25	26	11
10	13	27	21
11	27	28	22
12	23	29	11
13	18	30	22
14	23	31	27
15	14	32	10
16	16	33	27
17	12	34	27

（续表）

页码	引文所占行数	页码	引文所占行数
35	27	65	2
37	22	66	11
38	2	67	23
39	12	68	9
40	14	69	9
41	15	70	18
42	9	71	18
43	21	72	18
44	5	73	14
45	18	74	22
46	27	75	5
47	4	76	16
48	12	77	5
49	13	78	17
50	13	79	10
51	17	80	18
52	27	82	2
53	22	83	17
54	13	84	27
55	23	85	21
56	23	86	19
57	27	88	11
58	27	89	21
59	12	90	3
60	19	91	11
61	13	92	21
64	23	93	25

（续表）

页码	引文所占行数	页码	引文所占行数
94	12	127	11
95	8	128	13
96	8	130	18
97	7	131	5
98	8	133	4
102	7	135	4
103	3	136	27
104	12	137	16
105	6	138	24
106	6	139	20
107	3	140	6
108	10	142	13
109	13	143	12
110	4	144	27
111	12	145	7
112	8	146	11
114	6	147	17
115	10	148	6
117	23	149	16
118	20	150	7
119	13	151	15
121	3	152	17
122	23	153	17
123	21	154	16
124	17	155	10
125	27	156	7
126	17	157	7

（续表）

页码	引文所占行数	页码	引文所占行数
161	11	174	27
162	16	177	5
164	14	178	17
165	11	179	16
166	14	180	8
167	15	181	14
168	19	182	26
169	21	183	13
170	11	184	9
172	10	185	6
173	16		

在一篇博士论文或一部专著中，不可能没有引文。引文大致有这样三种情况：一种情况是，著作者提出了某种观点、某个论点，为了阐述它的正确性、合理性，引用别人的（包括自己的）话语或资料作为佐证。如李泽厚、刘纲纪主编的《中国美学史》（第一卷，中国社会科学出版社 1984 年 7 月出版），在《绪论》（共 53 页）中为了论证本书的主要观点，引用别人的文字 9 处，引用李泽厚自己的文字 3 次，共 12 次、61 行，每行 28 字，共 1 708 字，仅占《绪论》正文 40 068 字的 4.3%（弱）。第二种情况是：以自己的注文，使读者了解原著中正文的语义、来源、出处、典故或对正文进行辨误、补正、修订。如南朝刘宋裴骃的《史记集解》、唐朝司马贞的《史记索隐》和张守节的《史记正义》，就属于这一种情况。第三种情况是：出于行文的需要，为了使自己的文章更有文采，更有说服力，便引用别人的某些话语或资料。如唐朝刘禹锡的《陋室铭》，在叙写了自己的“陋室”种种优长之后，最后引述了孔子的一句话：“何陋之有？”从而使《陋室铭》流传千古。总之，引文之于本文，只能处于陪补的地位，宾客的地位，绝不能喧宾夺主，更不能以“衬”代

"本"。谭著的引文达本文篇幅的46%(弱),简直是空前绝后,匪夷所思!

以我的《谭著引文情况一览表》和"柯棣祖"的谭著引文分布情况表相对照,可认为:"柯表"基本属实。但由于它是以"页"计,而我是以"行"计,所以"柯"文的结论:"全书实际引用他人的文字达到70%以上",与我的看法:"谭著引文部分占了正文46%(弱)篇幅"有所不同。

二

谭旭东之所以超常、近滥地引用别人的文字和材料,是因为他对电子媒介时代的中国儿童情况和中国儿童文学情况,并没有真正地、刻苦地进行过调查研究,并没有把握足够的、过硬的有关电子媒介时代中国儿童和中国儿童文学情况的实际。他从已经翻译过来的外国的一些著作中(如美国尼尔·波兹曼的《童年的消逝》、美国马克·波斯特的《第二媒介时代》等等)得知,西方发达国家在进入电子媒介时代后,西方社会中的儿童和儿童文学发生了巨大的、深刻的变化。谭旭东便跟着认为,这种情况在当今中国也已经发生。于是他决定以此为主题写一篇博士论文,写中国儿童的童年在电子媒介时代也已消逝,写中国儿童文学在电子媒介时代也已发生裂变,需要再现童年,重构儿童文学。但是,要写好这样的博士论文,至少需要调查一百个家庭,几十所幼儿园、小学、初中和高中(1989年联合国大会通过的《儿童权利公约》把儿童定义为18岁以下的男孩和女孩),几十个儿童文学作家(可采取问卷调查、个别访谈、现场观察等多种方式),这才能认知当今中国进入电子媒介时代后儿童发生了怎样的变化,儿童文学发生了怎样的变化;提出今后怎样让中国儿童过上幸福的童年,让中国儿童文学发生有利于儿童和社会的良性变化的对策。然而,这样的工作或者说博士论文写作前的准备,谭旭东并没有做,也因此他处于自己对这些问题没有多少话好说的尴尬地位。但是,博士论文总得写呀,于是,他便大量引用他阅读过的外国的、本国的举凡与这一论题有关的文字，堆砌成文。本来，一条引文就可以说明问题的，他非要再引第二条，第三条。《绪论》中关于《文化语境》的成篇累牍的引文，关于《文化实践与问题缘起》的一而再、再而三的引文，就是如此。第四章《电子媒介时代儿童文学的重建》第一节《儿童文学创作的重建》中有关“精神向度”、“写作姿态”、“美学追求”的接二连三、同义反复的引文，也是这样。

其实，从真实的客观情况出发，当今中国儿童“童年的消逝”，电子媒介的影响（有正面的也有负面的），固然也有，但还不是主要的。促使中国儿童“童年的消逝”的主要原因，是当今中国所特有的：应试教育。从幼儿园开始，小学、初中、高中，教育离开了培养德、智、体、美全面发展的人的宗旨，一切以应对考试为旨归。进好的幼儿园、读好的小学，只为考试成绩优秀，能进入重点中学。

一进高中，立即文理分科，或读完高二后文理分科，分班训练，为的是应对高考，提高在校学生的高考升学率。高等院校扩招以后，进大学已不再是难事，便以进入重点大学、本科大学为应试目标。也因此，小学生的书包有十来斤重；各种各样的补习班、重点班，“奥林匹克”班；题海战术；一次次地模拟考试；比升学率……；把儿童们压得喘不过气来。如是，儿童的童年“消逝”了。为什么在电子媒介时代出现这么严重的“应试教育”情况？怎样切实解决这一问题？让“逝去的童年”再现？谭著对此只字不提。在谭著第二章《童年的历史建构及现实境遇》第三节《童年如何再现》里，谭旭东引用别人的（主要是外国人的）文字，大谈特谈“维护童年性”：幼态延续性、幻想与梦想、成长性；在“重塑童年文化”中，大谈特谈“儿童教育的重塑”：“阅读文化的重塑”。只是在“儿童教育的重塑”中对“应试教育”讲了这么几句不痛不痒的话：“从‘应试’这个层面来看，传统教育是功利化的，是把儿童教育的目的固定在考试与升学率这一标杆上的教学行为。这种应试教育重视知识传递，忽视了智能开发；重视课堂教学，忽视了儿童心灵的培育，这种教育恰恰是消解童年的，是对儿童的压抑。”并不能给读者留下稍微深刻的印象。在当今中国，不彻底解决“应试教育”这个大问题，“童年如何再现”呢？关于电子媒介时代儿童文学的重建问题，谭旭东在第四章《电子媒介时代儿童文学的重建》中，同样不是从当今中国儿童文学的实际情况出发，提出和解决中国儿童文学的重建问题，仍然是反复引用外国人的文字，侈谈“精神向度”：“儿童文学要使儿童读者达到的，是具有健全的理性和判断力，富于丰富的感性的境界，就是说，要使灵长类的人类的能力得到最高度的发展。”（日本上笙一郎语，谭著第118—119页）而对中国儿童文学的社会主义向度、爱国主义向度、集体主义向度、扩展知识面的向度、有益无害的向度等闭口不谈。这又怎么能解决“儿童文学的重建”呢？

三

尽管谭著存有上述引文超常、近滥，背离学术规范的问题，存有未能从中国儿童和儿童文学的实际出发解决好再现中国儿童童年和重构中国儿童文学的问题，但是还不能说这部著作毫无价值。从谭著看出，谭旭东读了不少有关电子媒介时代的童年与儿童文学的著作，摘引了不少外国人和中国人在这一问题上的见解的文字。如果将它们集中起来，汇编成一部资料选集，对于读者了解电子媒介时代的儿童与儿童文学，还是有相当参考意义和价值的。但是，谭著是“专著”，不是资料汇编。谭旭东好学，学术敏感较强；他如今才四十出头，风华正茂。今后，他只要学得“板凳要坐十年冷，文章不做一句空”的精神，在认真做学问上狠下功夫，他还是有学术前途的。他把这篇背离学术规范的博士论文提交给答辩委员会，负有不可推卸的个人责任。但是，后来的谭旭东的博士论文答辩通过，谭著的出版，谭著的获得“鲁奖”，主要责任应由论文答辩委员会承担；出版社承担；“鲁奖”评委会承担。尤其是“鲁奖”评委会在评奖中出现失误已经不是第一次。

2007 年，“鲁奖”第四届评奖中，评委会就曾将一位辱骂鲁迅的人的内有多首淫诗的诗集，授予“第四届鲁迅文学奖诗歌奖”。

1998 年，这位诗作者，在《一份问卷和五十六份答卷》中，公开辱骂鲁迅是“乌烟瘴气的鸟导师，误人子弟啊！”因而恶名昭著。本来，人们认为，他既然如此辱骂鲁迅，他会离“乌烟瘴气的鸟导师”鲁迅远远的。然而，他不。他既因辱骂鲁迅得了名（当然，得的是臭名），又要得“鲁奖”的利。当他得知“第四届鲁迅文学奖”开始评奖后，即以他的诗集《只有大海，苍茫如幕》申请评奖。其中有多首道道地地的淫诗，可看下引诗句：

“我们像三只纯种狗/站在黄金的岁月撒尿……除了撒尿/我们不知道在这样迷人的春天之夜，还可以做什么”（《狼狗》）。“国家刚刚开始革命…… 睾丸们大炼钢铁……当教语文的女教师……两只真正的乳房……我那暗藏胯间的小兽，忽然拼命地朝她竖起角来……”（《性欲》）。“我必须把一点点黄色的东西，暖色调的东西，弄到那冰冷的床单上，才能产生记忆”（《黄与白》）。在这些诗作中，他呈现的“艺术形象”是：一条粘着黄色体液的淫棍，“身上散发着腥味，口里叫喊着淫声，弄到床板咯吱咯吱响”（《性欲》）。

谁能想到，内有这些淫诗的诗集，竟得到了“鲁迅文学奖”评委们的青睐，他们投了这位辱骂鲁迅的诗作者及其内有淫诗的诗集的票。于是，他成了“第四届鲁迅文学奖诗歌奖”的得主！

荒唐！荒诞！荒谬！读者得知此事后惊呼、愤呼、疾呼！

这位诗作者及其内有多首淫诗的诗集获“第四届鲁迅文学奖诗歌奖”后，海内外诗歌界舆论哗然。但国内某些文艺媒体竟以“家丑不可外扬”而予以封锁。其实，“家丑”是封锁不了的，“家丑”只有外扬了引起重视才能克服。《南方周末》、《华夏诗报》、《鲁迅世界》及时把这一“家丑”捅了出来。我也曾著文对此事件予以谴责（刊登在《华夏诗报》）。但有关部门既不对此事件进行认真处理，甚至不作丝毫自我批评。这就引起了早已回归祖国的香港诗歌界的愤慨。《香港文学报》总编辑、著名爱国诗人、散文家张诗剑先生得知此丑事后拍案而起,在2008年第1期《香港文学报》的"文学评论"版上,以"反对鲁迅者申请鲁迅奖淫诗获鲁奖怪不?!"为标题,发表水火土、刘百达、黄炽华三位名诗人的文章,严厉、严肃地批判了这位诗作者及其淫诗,在港、澳、台及海外诗歌界产生了绝大反响,他们纷纷要求祖国有关部门对这一事件依法进行查处。

由于对这一事故未予查处,终于又出现了"鲁奖"错评谭著的事件。我希望,中国作协领导认真处理"鲁奖"的上次事故和这次事件,对文学评奖的机制、程序、方法、标准进行切实有效的改革,防止类似事故和事件的再次发生。否则,类似事故和事件还会在今后全国性文学评奖中出现。

一部引用过度的“编著”
——读谭旭东的《童年再现与儿童文学重构》

杨剑龙

■ 对于一部学术著作的评价，是看该著作本身，而非看有多少道防线。就是被评上了鲁迅文学奖的作品，也应该允许人们说三道四。

■ 当代学界重量而轻质的评价体系，著作者图虚荣而轻学术的研究心态，论文评价体系欠完善与欠严格，著作出版系统与儿童文学研究专业的隔膜，商业化社会中人们浮躁逐利的心态等，共同酿成了谭旭东《童年再现与儿童文学重构》一著七拼八凑却遭褒奖的结果。

近日来，化名柯棣祖发表于 2012 年 7 月 5 日《文学报》的《如此狂“抄”，枉获“鲁奖”——评谭旭东〈童年再现与儿童文学重构〉》，引起学界的关注和媒体的争议，柯文指出了该著作者恣意拔高自己、该著“是一部七拼八揍的抄袭之作”，并指出此事“事关‘鲁奖’的声誉”。谭旭东发表于 7 月 12 日《文学报》的回应文章十分平和，主要回应自费出版、书上简介拔高自己等问题，他强调说：“我引用，正说明了我没抄袭，是严肃的尊重别人的著作权的。”在接受《新京报》记者采访时，谭旭东却语气十分激烈：“我在耐心等待造谣诽谤者站出来，站出来，公开道个歉，我可以原谅你！不站出来，大家不会再信任你！我以生命担保，绝不会饶过你！神圣的法律和公正的媒体力量，还有广大支持我的儿童文学读者及其他有正义感、有辨别力的人不会原谅你！”并说：“现在柯文对我的指责，最多说我是过度引用，至于抄袭，我绝不会承认。即便，最后大家都认定我是抄袭，我也不怕，至少，我有四道防线。”（朱桂英《报纸刊文称鲁迅文学奖获奖作品涉嫌抄袭》，《新京报》2012 年 7 月 9 日）谭旭东所谓的四道防线是指博士论文导师、博士学位论文匿名评审专家和论文答辩专家(5 位)、出版社责任编辑、鲁迅文学奖评委(初评 15 位、终评 11 位),被谭先生拉入统一战线浩浩荡荡的 40 余位专家们,似乎组成了谭旭东周围防护的铜墙铁壁。其实,在激烈的言语中,谭先生仍然是有些怯的,因此他说:"我敢于承认自己虚荣,承认自己平庸,但不能承认自己抄袭!"

其实对于一部学术著作的评价,是看该著作本身,而非看有多少道防线。就是被评上了鲁迅文学奖的作品,也应该允许人们说三道四,或许《童年再现与儿童文学重构》一著的获奖正说明了国内儿童文学研究的薄弱和评委们激励儿童文学研究的良苦用心。

一、以引代论的过度引用

我是将谭旭东的《童年再现与儿童文学重构》看作是一部过度引用的编著之作。

近年来,研究生学位论文答辩前必须通过论文重合率的上网比对,大多数高校超过 20% 的重合率就被视为不合格,必须作修改才能参加论文答辩,少数高校学位论文的重合率放宽至 30%。学位论文重合率的上网比对大概始于 2008 年左右,谭旭东的博士学位论文答辩在 2006 年,因此并未在答辩前经过重合率的比对。

仔细阅读黑龙江少儿出版社 2009 年 8 月出版的《童年再现与儿童文学重构》一著,明显存在着过度引用的情况。这部在版权页标注 33 万字的著作,其实正文部分以每页 816 字算,194 页共计 158 304 字(内容提要 5 页,目录 3 页,参考文献 9 页,后记 5 页,附录 42 页,64 页共计 52 224),全书计 210 528 字。该著正文部分共有注释 289 个,平均 554 个字有一个注释。柯棣祖的文章有该著引文分布情况的统计表,分别列出全页引文、每页 80% 以上、60% 以上、50% 以上引文的情况,虽然全著引文并未达到柯棣祖所说的 70% 以上，但是该著的过度引文现象是确凿的。

学术著作有大量引文并非绝对不正常，该著引文的缺乏规范在于其"以引代论"的方式，以至于呈现出缺乏著者见解的非正常现象。

该著的引文方式大抵如下：如该著第二章第一节中谈到"童年的价值确立"时，列出"(1) 童年有独立的文化形态"，就以蒙台梭利、周作人的引文，最后云："以上观点，其实都确证了童年文化的独立性，而这又是童年之所以永恒、之所以人人共有的原因。"列出"(2) 儿童有自己的精神哲学"，就以皮亚杰、福禄贝尔、蒙台梭利、王富仁、刘晓东的引文，甚至没有著者自己任何语言。列出"(3) 决定人的一生和人类未来的命运"，以蒙台梭利、霍尔、鲁迅的引文，最后云："正是因为现代社会确认了童年的意义，确认了儿童的文化价值，20 世纪儿童教育、儿童文学事业才在世界各国兴旺发展起来。"(第 32—34 页)这种外国人 A 说、B 说、C 说、D 说，中国人张三说、李四说，却基本没有著者说的"以引代论"的言说方式，成为《童年再现与儿童文学重构》基本的论说方式，该著受到柯棣祖的诟病就不足为怪了，在貌似渊博、叠床架屋似的引文中，却难以掩藏著者自己对于问题缺乏深入思考，甚至表现出其对于某些问题的无知。

在该著大量的引文中，著者却不乏对于引文的误释现象，这或者说明了著者并没有深入领会引文的内涵，或者说明了著者急于借权威表达自己想法的思路。第二章第二节谈电视文化的基本特征时，著者引用了尼尔·波兹曼《娱乐至死》中的一段："我们的问题不在于电视为我们展示具有娱乐性的内容，而在于所有的内容都以娱乐的方式表现出来，这就完全是另一回事了。"著者以此展开阐释说："尼尔·波兹曼的话语里其实揭露了这么一个事实：电视娱乐文化已经成了一种强势的意识形态，而这种意识形态在不断地强化大众对于娱乐文化的接受乃至认同。"(第 41 页)尼尔·波兹曼强调的是电视将"所有的内容都以娱乐的方式表现出来"，著者却将其阐释为"电视娱乐文化已经成了一种强势的意识形态"，显然是具有夸大其词的阐释。在该节中，著者还引用了列萨·泰勒、安德鲁·威利斯《媒介研究：文本、机构与受众》中的话语：“没有谁会撰文赞扬游戏节目设计者的艺术创造力，从而试图把他们的作品和伟大的作家、画家的作品相提并论。”著者接着加以阐释说：“这就反映了一个事实：电视从来就没有和‘高尚’的艺术并驾齐驱的地位，批评家也从来没有试图把电视文化和伟大的艺术家的独创性作品并排在一起。”（第44页）著者将引文中的“游戏节目”偷换成了“电视”、“电视文化”，这种偷换概念的误释甚至已成为著者的某种言说策略。

按照近些年来研究生学位论文重合率的上网比对的要求，谭旭东的博士论文显然是不符合学位论文要求的，其经过修改润色后出版的《童年再现与儿童文学重构》一著，明显具有过度引用的现象，其实最糟糕的是其“以引代论”的言说方式，这将导致一种急功近利以编代著的倾向。

二、研究思路的模仿沿袭

也许是由于国内儿童文学研究的薄弱，也许是由于该著有一个时尚的题目：《童年再现与儿童文学重构——电子媒介时代的童年与儿童文学》，该著才受到如此的重视和褒奖，但是“人怕出名猪怕壮”，倘若该著没有受到鲁迅文学奖的眷顾，显然不会有人去细致研读，它会成为淹没在书海中的一本。

学术著作的价值在于是否有新的发现和独特的见解，谭旭东的《童年再现与儿童文学重构》是否如有人所评“电子媒介时代的喻世明言”、“开拓儿童文学学术视野”、“电子媒介时代儿童文学的突围之路”？作为儿童文学研究的博士生，谭旭东选择的论题是有价值的，他提出：“本著研究的是电子媒介时代的童年和儿童文学……是从童年的历史建构和现实处境出发来探讨儿童文学重建的必要性和文化建构的可能性。”（第186页）

在该著的内容提要中,著者对于该著的介绍为:"电子媒介在生成新的媒介文化场的同时,也对当代社会进行全方位的渗透和冲击。就文学领域而言,大众媒介参与和影响到了所有的文学场景和文学活动。本著作即以此观点和立场出发,探讨了童年的历史和建构及电子媒介对童年的解构,进而探讨电子媒介时代童年如何再现、电子媒介时代儿童文学的嬗变和儿童文学重构,提出了儿童文学在电子媒介时代对童年捍卫和童心世界呵护的文化可能。"(第1页)从这段话语看来,著者发现了中国儿童文学在电子媒介时代存在的问题,力图分析与解决这个问题。对于该著的内容,著者介绍说:"首先,本著作指出,人类历史上儿童和童年的概念,或者说儿童和童年这个文化命题在不同时期由不同的社会意识形态关系建构起来的。"(第1页)"其次,本著作探讨了进入电子媒介时代后儿童文学的艺术嬗变……""第三,本著作具体阐述了儿童文学重建的问题。""第四,本著作认为电子媒介时代的儿童文学必然面临问题和挑战,且其文化担当也有了根本的调整,并指出电子媒介时代儿童文学文化的可能性。"(第2页)简单地说,著者意在告诉读者电子媒体时代解构了童年、损害了儿童文学,必须捍卫童年、重建儿童文学。

在细致阅读该著时,该著较多引用了如下几部著作:尼尔·波兹曼的《童年的消逝》(广西师范大学2004年版)13次,约书亚·梅罗维茨的《消失的地域》(清华大学出版社2002年版)8次,大卫·帕金翰的《童年之死》(华夏出版社2005年版)6次。这三部著作有一个共同点:提出电子媒介的出现改变了环境,尤其形成了儿童成人化的社会现象。

尼尔·波兹曼的《童年的消逝》分析了20世纪八九十年代美国儿童成人化的一些社会现象,探究了产生这些现象的媒介原因。认为中世纪童年是不存在的,印刷媒介发明之后,创造了一个新的成年的定义,指有阅读能力的人,儿童是指没有阅读能力的人,欧洲文明重新创造了学校,从而使童年的概念也变成社会必需。他提出电子信息传播媒介对童年的侵蚀,电视侵蚀了童年和成年的分界线。

约书亚·梅罗维茨的《消失的地域》提出了：电视媒介让人们从旧有的近距离场景，进入到一种跨越时空的宽阔场景，人们的行为也随着场景的改变而改变，出现了新的行为、新的群体、新的价值观。新的媒介产生了新的场景，已超出了地域的限制，整个地球成了一个村落。新媒介却重组了我们的舞台，将过去不可能在同一时空共存的场景融合在一起。电视将儿童和成人带入同一种场景之中，儿童不出房间也可以知道大人的"秘密"。

大卫·帕金翰的《童年之死》副标题为"在电子媒体时代成长的儿童"，他认为新媒体技术的介入将导致独立自主的"电子化一代"的诞生，他指出童年的观念本身是一个社会的历史性的建构，是一种文化与再现，以电子媒体形式实现的文化与再现是这种建构性活动得以发展与维持的主要场域。他指出：童年不会因为电子媒体的存在而消逝，现代电子媒体超越于纸质媒介的强大覆盖与传播功能可用于推动和实现成人与儿童间的这种对话、交流，提出了关于儿童媒介权利的思考。

通过对如上三部著作的梳理介绍，我们可以发现，谭旭东《童年再现与儿童文学重构》的构思与思路明显受到如上著作的启迪和影响，该著的"绪论"部分、第二章"童年的历史建构及现实境遇"、第五章"电子媒介时代儿童文学的文化可能"、第六章"余论"等部分，在思路、结构、观点、用语等方面，都可以见出这些著作的影响，以至于使人们对于该著的独创性产生了某种怀疑，甚至见到该著对于这些著作的模仿与沿袭。

三、理想主义与按图索骥

谭旭东先生更多受到尼尔·波兹曼的《童年的消逝》、约书亚·梅罗维茨的《消失的地域》两部著作的影响，因此对于电子媒体更多带着批评的姿态，虽然他在余论部分特意提出“批评不等于否定”，但是在话语的表述中，他往往带着决绝的否定色彩。

谭先生批评娱乐文化说：“中国的电视节目无论是新闻，还是文化访谈，还是文艺节目，还是电视剧，都是娱乐化的，至于大众娱乐节目更是有过之而无不及。”（第40页）这大概套用了尼尔·波兹曼“娱乐至死”的观念，用绝对夸大的语言将中国电视节目一概定为“娱乐化”的，甚至将电视新闻、文化访谈也打入在内。他接着说：“在西方国家，电视文化更是彻头彻尾的娱乐文化。”（第40页）虽然谭先生以尼尔·波兹曼的引文为论据，但是将尼尔·波兹曼所说的电视节目上升为“电视文化”，并将其等同于“娱乐文化”，显然有将西方国家电视文化一棍子打死的嫌疑。

谭先生在说到电视文化时，有些危言耸听地说：“电视文化是一种类型文化，而不属于独创性艺术。”（第43页）他以国外学者的言语为作证：“费斯克认为，电视是高度‘类型化’的媒介，一次就结束并脱离已有类型片种类的节目相对来说很少。”（第43页，注释部分却为利萨·泰勒、安德鲁·威利斯的《媒介研究：文本、机构与受众》）其实细细阅读就可以看出，引文所说的是电视节目的类型化，谭先生却升格为电视文化是类型文化，且一锤定音般地认为“不属于独创性艺术”，难道一切电视文化都应该如此评价吗？难道任何电视节目都不可能有独创性吗？

在此部分的结语中，谭先生概括说：“总之，无论是娱乐文化，还是商业文化，还是类型文化、电视文化都以图像形式传送出来，都为粗俗文化的盛行起到了媒介作用，而且它本身好像已经成为粗俗文化鉴赏的最可靠的参照点。”（第44页）且不说该语将娱乐文化、商业文化、类型文化、电视文化并列，存在着严重的逻辑问题，谭先生似乎将“以图像形式传送出来”的，都视为“为粗俗文化的盛行起到了媒介作用”，令人不禁惊讶中有几分无奈！

在第三章“童年如何再现”中，谭先生谈到了儿童教育的重塑，指出：“新教育就是要让儿童在这样的学校里学习、进步、成长，新教育要求学校要建立起抵御电子媒介文化带来的负面影响，尤其是消除电子文化、流行文化、低俗文化对儿童学习、生活和心理健康成长的负作用。”（第77页）谭先生提出抵御电子媒介文化带来的负面影响可以理解，但是他在犯了将“电子文化、流行文化、低俗文化”并列的逻辑错误的同时，却将它们一概归为对“儿童学习、生活和心理健康成长的负作用”的文化了，就令读者咋舌了。

谭先生在该著的余论部分说：“可能有人会说电子媒介也是有用的，有益处的，有电子媒介和没有电子媒介儿童照样存在，而且有人要反问我：儿童文学真的有那么大的作用吗？童心世界谁能够保护得了呢？如果真要这样质问的话，就无法回答了，这样的问题与本著作的初衷是相悖的，因为当本著作思考这些问题时，已经抱着理想主义的想法了，而且是带着批判意识来讨论电子媒介的。”（第187页）其实著者抱着理想主义与批判意识的说法，从某种角度却透露出该著并非采取论从史出的研究方法，而有着先入为主按图索骥的思路了。

四、虚荣平庸与七拼八凑

倘若从学术著作引文的规范来说，谭旭东的《童年再现与儿童文学重构》还是遵循了引文规则的，将引文加上双引号，并一概以注释说明作者与出处，因此在当时其学位论文没有实行重合率的上网比对境况下，简单地以“一部七拼八揍的抄袭之作”予以全盘否定，应该说过于武断了严厉了，这将从根本上断送谭旭东先生的学术生命。我认为将该著定为是一部过度引用的编著之作，比较适合该著的实际情况。

如果我们仔细分析谭旭东的《童年再现与儿童文学重构》，其实也并非一无是处，其对于电子媒介时代的儿童文学情况的分析，其提出在商业消费文化和大众文化的裹挟中，中国儿童文学发生种种变化的分析；其对于电子媒介时代儿童文学重建的思考，其提出的儿童文学创作重建的精神向度、写作姿态、美学追求，其提出儿童文学理论批评重建的空间构成的转换、本体建构的乏力、重建的维度等，其中不乏比较切实深入的思考，其中的缺憾在于其并未扣住儿童文学的特性，将其所谈的电子媒介时代的儿童文学情况分析和重建的思考，倘若将“儿童”两字删去，大概几乎也说得过去。

倘若我们深究一下该著的短处，除了以引代论的过度引用以外，著者对于电子媒介时代的儿童文学创作现状缺乏细致深入的观照与分析，就构成了该著在研究思路、论证方式、佐证材料等方面的先天不足。在谈到儿童文学创作的取向时，著者指出：“综观儿童文学写作，这些年出现的基本取向有五种：一是人文主义写作，二是地域性写作，三是时尚写作，四是商业写作，五是网络写作。虽然作者有其自由选择权，但我认为人文主义写作应该是主流。”（第131页）且不说这五种写作基本取向列出的缺乏逻辑性的不伦不类，其实也见出著者对于儿童文学创作概况缺乏基本的把握和切实的研究。在谈到电子媒体时代儿童文学存在的困境时，著者往往在以引代论时，缺乏具有说服力的论证分析例证和过程，就只能拉大旗作虎皮虚晃一枪就匆匆收兵了，甚至在某些章节的论证过程中，出现言不由衷、例证不能证明观点的现象：如第三章第二节谈论商业化写作时，著者原意本是对于商业化写作的批评，但是在指出“儿童文学商业化写作的最早实践者应该是郑渊洁”时，却未展开任何对于郑渊洁创作的分析，后来提到了杨鹏的商业化写作的理念，“比如他的‘杨鹏工作室’的成立就是一个典型的商业化写作的案例，但他之所以能够进入儿童文学作家行列，毕竟凭的不全是商业化手段，而主要依赖于自己的创作实力”（第90页），论据与论点出现了裂痕与矛盾，著者明显自己颠覆了自己。

我尤其反对谭旭东提出的导师、专家、责编、评委“四道防线”之说，文责自负是文坛历来的定规，反省自己、检点自己才是更为合适的姿态，倘若制造出劣酒假酒的商人，将责任归罪于品酒师、检测员，倘若未孵出鸡仔的未孕蛋，将责任归罪于孵化器、老母鸡，那是会贻笑大方的！

我赞成谭旭东"承认自己虚荣，承认自己平庸"的反省。我们不能完全否定谭旭东的勤奋和努力，如果我们将谭旭东在攻读博士学位期间撰写出版的著作罗列一下，我们就会对于其博士学位论文的七拼八凑感到不足为怪了。谭旭东 2003 年至 2006 年间在北京师范大学中文系攻读博士学位，在这三年间其撰写出版的学术著作有 3 部:《当代新诗观察》(二人合著)，中国文联出版社 2003 年版;《当代儿童文学的重镇》，中国文史出版社 2003 年版;《重绘中国儿童文学地图》，西北大学出版社 2006 年版。参与编撰的教材或文学史有 3 部:《中外影视作品赏析》(撰写 8 万字)，高等教育出版社 2005 年版;《中国新时期儿童文学研究》(撰写 9 万字)，河北少年儿童出版社 2003 年版;《北京文艺创作志》(撰写 3 万字)，北京出版社 2006 年版。编著的书籍有 6 部:《2003 年度最佳大学生散文》(二人合编)，春风文艺出版社 2004 年版;《感动孩子的 100 首童诗》，北京少年儿童出版社 2005 年版;《百年中国儿童诗》(三人合编)，北岳文艺出版社 2005 年版;《经典幼儿朗诵诗 301 首》，湖北少年儿童出版社 2005 年版;《世界经典美德童话》(2 册)，致公出版社 2005 年版;《读故事 · 讲荣辱》，北京少年儿童出版社 2005 年版。翻译的书籍有:《新格林童话图画书》(26 本)，人民教育出版社 2005 年版;《青少年早期阅读必备书系 · 外国名著》(14 部)，四川美术出版社 2006 年版。(谭旭东 2007 年还出版有学术著作《寻找批评的空间》，黑龙江教育出版社;《2006 文化中国》(合著)，花城出版社。编著书籍《一朵野菊花又开了》，长春出版社;《成长的书香: 当代儿童文学名家作品精选》(6 册)，黑龙江科技出版社)——见"百度百科"之"谭旭东"。

一位学者的时间与精力是有限的，在攻读博士学位三年期间就撰写出版了如上这么多"成果"，其勤奋与努力是可想而知的，因此其博士论文的七拼八凑也就在情理之中了。

当代学界重量而轻质的评价体系，著作者图虚荣而轻学术的研究心态，论文评价体系欠完善与欠严格，著作出版系统与儿童文学研究专业的隔膜，商业化社会中人们浮躁逐利的心态等，共同酿成了谭旭东《童年再现与儿童文学重构》一著七拼八凑却遭褒奖的结果，与这部过度引用的编著之作的实际构成了很大的反差。

后退一步看谭旭东事件

陈　冲

■ 在真实的学术实践中,"过度引用"所起到的惟一的真实的作用,就是以一个虚拟的"过度"为遮羞布,通过把"引"和"用"这两个完全不同的概念混为一体,来使"适度引用"中那种有引无用的抄袭正当化。

■ 我敢打赌,在和谭旭东同一年获得通过的数千乃至上万篇博士论文中,谭先生这一篇既不是最差劲的一篇,甚至也不是抄得最多的一篇,倒更可能是抄得比较好的一篇。须知抄也有好坏之分。

一

自《文学报·新批评》刊出柯棣祖的文章后,谭旭东事件持续发酵,众说纷纭。其中《新京报》的深度报道,和刘绪源的文章,都分别在各自的专业内达到了很高的水准。但是我仍有遗憾,就是在这纷纭的众说中,竟没有一个是帮谭先生说话的。谭先生只能自己为自己辩护。虽然他做过两次自我辩护,前一次很强硬,后一次相对温和,但从实际效果看,正如他承认自己的作品平庸,他其他方面的才能,包括辩论的才能,其实也都相当平庸,所以那辩护的结果,不仅没有为自己洗清什么,反而授人以新的话柄。举例来说,叫号儿让对方"站出来",就显得实在是太笨拙。于是就起了意,想帮谭先生说几句话。

帮谭先生说话有难度,但也有办法。办法之一,就是后退一步。老祖宗有云:后退一步,海阔天空。其实也用不着那么"视野开阔",只要把目光稍微抬高一点,立刻就会有好几个最近发生的事件,进入我们的视界。下面就择其最广为人知者,略举数端。

最具有同质性的,是……是什么呢?我原来想说的是——6·29反劫机英雄获重奖引发争议的事。可是想了想,这事儿太简单;你只要上网搜一下“1990年广州劫机案”便一目了然,无须我多说。最后我还是选择了眼保健操事件作为最具同质性的事件。一个医生自创了一套眼保健操,供自己缓解眼疲劳用,却被当局拿来在全国强制推行了49年,而直到49年后的今天,当局不仅仍然没有对这套操的有效性进行过科学的验证,甚至连一个进行科学验证的方案都没有设计出来。不是不想设计,而是根本无法设计,因为这套操是建立在中医的经络、穴位基础之上的,而经络和穴位,至今还无法在人体上做出解剖学定位。然而这种情况的出现,又非事出偶然。你上网搜一下“实证科学”就会发现,在显示的条目中,质疑实证科学的远多于宣传实证科学的。没错,如果所有人都了解并坚持“科学的结论必须是可以证伪的”这样一条标准,就等于摘掉了很多人的鸟食罐儿。

最具有可比性的,是……我原来想说的是重庆和山东两地的选美。这两个地方的地区性选美结束,前三名的玉照一公布,立即引起一片吐槽声。这事儿本来还可以有一点儿说道,比如各人的审美标准不同,而评委们的标准是不是又可以和所有人都不同等等,但是很不幸,有一个据说是评委的人“站出来”了,说那名次是在干爹们的饭局上决定的,与评委无关。得,这还有什么道理可说?我也只能暗说一声TMD,赶紧调整——最具可比性的,是高考中抄袭作文得高分事件。6月25日,2012年江苏高考高分作文在媒体刊出,其中的一篇被指抄袭,于是引发了一场极富哲理意味的争论。有人认为应该给这篇作文重新打分,否则对那些老老实实自己写作文的考生太不公平了;但是也有人认为不应该重新打分,因为在作文中有抄袭行为而未被阅卷老师发现的考生相当多,只给这一篇重新打分,对这名考生太不公平了。这后一种说法,看似有点强词夺理,其实它所要求的公平也是一种具体的公平,而从本质上说所有的公平都是具体的公平。实际上,我估计单给这篇作文重新打分的可能性微乎其微。

最具有参照性的事件，是关于“嫖宿幼女罪”与“强奸罪”的争论。2012年5月26日，一则帖子在互联网流传，揭露河南永城市委办公室主任李新功奸淫未成年少女数十人。第二天，5月27日，《时代周报》记者陶喜年发微博称，浙江永康发生大规模嫖宿幼女事件，涉及永康3所学校的20多名学生，其中十几名中学生被多名人大代表、私企老板包养。随着这两起令人发指的罪案日益可能被以“嫖宿幼女”定罪，引发了一场关于“嫖宿幼女罪”与“强奸罪”的争论。“嫖宿幼女罪”是1997年《刑法》中新设的罪，此前按1979年《刑法》的规定，“奸淫不满十四岁幼女的，以强奸论，从重处罚。”在这场争论中，一派法律专家认为，嫖宿幼女罪的起刑点是五年，而强奸罪的起刑点是三年，1997年《刑法》对嫖宿幼女罪的惩处其实比强奸罪还要严厉。另一派则指出，强奸罪如果情节严重，可以判处无期徒刑甚至死刑，而嫖宿幼女罪的最高刑期是有期徒刑十五年。一些网民戏称，嫖宿幼女罪是许多奸淫幼女的官员们的“免死条款”。而事实又确实在印证着这一点：被判或被控嫖宿幼女罪的大都是官员，倒是最近有一条新闻，说有一个16岁的少男和一个13岁的少女因恋爱而同居，在双方家长均未干涉的情况下，由检察机关提起公诉，法院判决该少男犯有强奸罪，只因是未成年人，量刑较轻。凡此种种，致有一种激烈言论，称“嫖宿幼女罪”是“恶法”。

二

我热爱我的母语汉语。我一直认为，和其他大多数语种相比，汉语在功能上有一个优势项，就是它很容易把简单的事情弄复杂，把明白的道理搞糊涂。眼前这个谭旭东事件，再次证明了汉语的这一优点。

面对柯椋祖的指责，谭旭东宣称自己绝对没有抄袭。明明是抄袭，却如此矢口否认，所为何来？有两种可能。其一，心里知道是抄袭，但铁嘴钢牙死不认账。其二，他确实从心眼儿里就不认为这是抄袭。两种可能，哪种可能性更大？我认为是后者。这一点可以从刘绪源先生的文章中得到佐证。刘先生对谭旭东的大作显然是持否定态度的，但仍然认为谭先生“没有抄袭”。刘先生说：“‘抄’与‘袭’不同，抄是明抄，袭是暗袭。”连刘先生都这样认为，谭先生也这样认为就无足为怪了。话说回来，见怪不怪，是因为习以为常，不等于就对。我对刘绪源先生的学养一向钦佩，然智者千虑，或难免一失，这一回刘先生怕真是弄差了。“抄袭”中的这个“袭”字，不是“袭击”的袭，而是“因袭”、“沿袭”的袭，用大白话说，大体上就是照猫画虎的意思。所以，刘先生的论证，前半句是对的，“抄”与“袭”确有不同；但后半句差矣，似应改为抄是原文照搬，袭是略加改头换面。两者虽有不同，但本质上一样，故统称抄袭。这当然是个贬义词，而其针砭的指向，在于它的来源是他人而非自己，却不涉及是否标明那个属于他人的来源。也就是说，无论有没有标明来源，都属于抄袭。当然，标明和不标明在性质上还是有差别的，所以汉语中另有一个词专门用来指称那种不标明来源的，其实这个词大家也并不陌生，它叫——“剽窃”。

柯棣祖指责谭旭东剽窃了吗？没有。

抄、袭、剽、窃，这些在词典甚至字典里都有很明白的“正解”，为什么一到了具体的事儿上，立刻就纠缠不清？因为还有一个词跟他们住邻居，它叫“引用”。应该说，“引用”本人是个好邻居，可是紧挨着他却住着一个坏邻居，这个坏邻居叫“过度引用”。

这个“过度引用”，就相当于那个最具参照性的例子里的嫖宿幼女罪。

“引用”是个中性词，不含褒贬，用来描述一种行为。这个行为分前后两个动作，前者为“引”，是手段；后者为“用”，是目的；合起来，“引而用之”之谓也。既是行为，就有个是否正当的问题，而衡量其正当性的标准，全看它在征引符合规范的前提下，使用得是否正当。而对于学术研究来说，这种使用的正当性，则全看在最终结论中有没有引用者自己的开拓和创见。有，就正当；没有，就不正当。没有自己的开拓和创见，就是有“引”无“用”。

不管是引而不用，还是引而未用，或者引而无用，只要是有引无用，那个“引”就是抄袭。而且，这是“引用”的正当性的惟一标准。换句话说，引用的正当性与征引的量无关，不存在“适度”或“过度”的问题。有引无用，即便引得不多，那也是一种实质上的抄袭。反过来，只要用得好，引得多并不是问题，汉语中早有一个现成的词用来描述这种现象，叫做“旁征博引”。也叫“广征博引”。它显然是个褒义词。在广征博引的基础上，给出自己的具有开拓性、独创性的结论，就可以在论证自己的结论时“借力打力”，使这个论证既简单又更具说服力，是一种做学问的造诣。不是所有的教授、研究员，实际上只有其中少数的佼佼者才具备这种造诣。上网百度“旁征博引”，条下有个“成语故事”，讲的是狄仁杰为了劝一怒之下要杀武卫大将军权善才的唐高宗，就举了两个汉、魏时的例子，暗喻明君治国应依律定罪，不可感情用事，从而救下了权善才。在这个故事中，“引”占的比例不是70%，而是100%，“用”的部分“不着一字”，却达到了目的。你能说这是“过度引用”？

我说不好“过度引用”这个词是谁发明的，是怎样传开的，又为什么居然会成为一种“学术规范”。而我所知道的现实，是它根本就是一个没有规范的“学术规范”，它虽然已经被当作“学术规范”使用了若干年，但用到现在，对于究竟超过了多少——10%？20%？还是30%？——才算“过度”，仍然莫衷一是。就像眼保健操一样，你根本不可能设计出一种验证方案，使它得出的结论是可以证伪的。所以，在真实的学术实践中，它所起到的惟一的真实的作用，就是以一个虚拟的“过度”为遮羞布，通过把“引”和“用”这两个完全不同的概念混为一体，来使“适度引用”中那种有引无用的抄袭正当化。这事儿好像有点怪怪的，其实也没什么可奇怪的。当教育越来越成为一种商业行为，研究生形成了越来越大的市场，供需链便会自然而然地产生。每年要有近十万硕士、博士研究生毕业，意味着要有近十万篇毕业论文有待通过，抄袭的正当化便成了一种必须解决的市场需求。有需求就会有供给,这是市场规律的不二法则。于是,供职于市场处学术科的学术精英,便提供了这种学术供给。天啊,这太正常了。

可惜谭旭东不是我的研究生。这个话好像忒不着边际,报载谭先生现在已经在带硕士生了,而此前我已经介绍过,所有的教授、专家、学者都认定,如果我想去考硕士研究生,考取的希望连0.1%都没有。咱们只是假设,或假设中的假设,如果谭先生是我带的研究生,我会把上面这些教给他,让他知道那些被“正当化”了的抄袭仍然是抄袭,论文通过了仍然是抄袭,论文得奖了,得鲁奖了,照样还是抄袭。即便现在能风光于一时,千秋万代之后,重孙玄孙们还是得因它是抄袭而脸红。很可惜也很不幸,谭先生不是我的研究生,而在他当年所处的那个环境里,在那个已经由学术精英们完成了抄袭正当化的学术商场里,他已经受不到这种教育了。据报道谭先生和他的导师私人关系不好;尽管如此,导师还是得让谭先生能够毕业,因为如果一位导师门下有人不能毕业,对他以后再招生时会有严重影响。所以不难想象,谭先生受的就是这种抄袭正当化以后的教育:这样“引用”是正当的,不“算”抄袭。那么,在有人指责这是抄袭时,谭先生深感自己经历了六月飞雪,太正常了。

这能怪谭先生吗?不能。

三

谭先生在为自己辩护时,所做的另一件傻事,就是声称自己有“四道防线”。网上有人称此举“用心险恶”,涉嫌拉人下水,迹近绑架他人做人体盾牌。

有那么严重吗?依我看,这事儿确实做得超傻,但实际上不过是谭先生为了保护自己做出的下意识反应。从《新京报》对相关人士的采访可以看出,那些女士们先生们毫无自己已被绑架的感觉——他们用几句含糊话就把自己撇清了。那种要在很正常的学术界才能起作用的责任关系，在超市里是根本不存在的。

据我所知，一篇研究生论文在提交给专家评审之前，先要过“电脑验重(复)”关。这道程序是由导师负责的。所以，参与评审和答辩的专家，理所当然地认为交到他们手里的论文已经通过了这道程序，如果还存在这方面的问题，无须他们负责。至于谭先生这篇论文为什么没有被他的导师卡住，现在恐怕已很难查证，能查证也没有意义，又或者当时用来“验重”的电脑软件还不够完善，亦未可知。说到底，这不过是一篇博士论文，现在一个合格的博士应该达到怎样的水平，专家们心知肚明，大家也应该有个合理的要求。即以谭先生所从事的这个专业领域即文学理论而论，翻翻相关的期刊即不难发现，有多少硕导、博导具有正常地、即不是支付版面费而是可以拿稿费地发表论文的能力？真没有多少！导师尚且如此，你要他们带出来的刚毕业的研究生如何？我敢打赌，在和谭旭东同一年获得通过的数千乃至上万篇博士论文中，谭先生这一篇既不是最差劲的一篇，甚至也不是抄得最多的一篇，倒更可能是抄得比较好的一篇。须知抄也有好坏之分。其下焉者，便是那些抄来的别人的观点，在其相关领域里也是些陈旧的、二流三流甚至不入流的观点，或者是已经被人抄过无数遍的观点，读来了无新意，就跟在一些重要会议上听重要讲话时一样让人昏昏欲睡。而谭著所抄的那些引文，却不乏新鲜的、有价值的观点。这至少说明谭先生在阅读方面还是比较用功也比较优秀的。正因为抄得好，才会在参评鲁奖时出现某种阴差阳错。鲁奖是大奖，大奖的评委们在阅读参评作品时都有一种职业的读法。例如在最近一届茅奖中，就有评委供认他“咬着牙用一天半的时间”读完了大约200万字。当然那是读小说。如果用类似的方法读理论专著，尤其是在没有经过“验重”的情况下读，一个最容易产生的错觉，就是把“他认为”和“我认为”弄得浑然一体，遂有妙语迭出、精彩纷呈之感。不让这样的作品得奖，什么样的作品才能得奖？所以它就得奖了。这能怪谭先生吗？不能。能怪评委们吗？也不能。怪谁？谁都不怪。有了前面的凡此种种，就必然会有这样的结果。这个必然性甚至无须论证，不证自明。如果您不明，那不是因为我偷懒，而是由于您糊涂。旁征博引之后，“用”时不着一字，此之谓也。

从这个意义上说，柯棣祖的文章是有缺陷的。他在那可以“验重”的70%上用的工夫很足，但在另外的30%上所用的工夫严重不足。那70%是否具有正当性，是要由这30%有没有、有多大价值来决定的。只有证明了这30%没有或几乎没有任何有价值的开拓或创见，才能证明那70%是抄袭而不是征引。至少，如果谭先生是我的研究生，我会教他这样为自己辩护。而且我会告诉他以此即可稳操胜券。为什么？因为柯棣祖或无论任何人都无法给出咱们要他给出的那个证明。在我们正在经历着的社会生活中，包括但不止包括“学术界”，到处充斥着某种既无法证明其有价值，也无法证明其没有价值的“不明物体”。你能感觉到它不是那个事物“本身”，也不是着色剂、调味剂、防腐剂、添加剂等等，一定要命名，或者勉强可以称之为“填充物”。如果说它还有某种作用，那就是占据总量有限的空间，减少其他有价值的东西的存身之地。但这个是无法证明的。这也好有一比，比如要你证明为什么一些内战中死人很多的地方被命名为爱国主义教育基地，你能证明吗？

是的，谭著中姓谭的那30%确有可能就是这种填充物，但那是需要证明的。

你能证明吗？

马原的观点会引起基督教世界的震动吗？

——《牛鬼蛇神》中关于“上帝没有造水”说

白　草

“牛鬼蛇神”跟“一句顶一万句”等词语一样，皆为“文革”用语，它们具有特定内涵，且已固定下来，基本没有发生什么变化，当言及其中某一词语时，对应的肯定是当时的历史场景、事件、人物或某种氛围，别无歧义。然而，马原先生的长篇小说《牛鬼蛇神》，仅仅借用了一个流传甚广的“文革”用语作为题目，情节方面明显涉及此用语的，如两个主要人物属相，一属牛，又信鬼神，是“牛鬼一族”；一属蛇，又最怕蛇，另外还有阴曹地府中“牛鬼蛇神”为“美差”云云，则此“牛鬼蛇神”已非彼“牛鬼蛇神”。而大部内容，与题目根本上毫无关系。如同刘震云先生长篇小说《一句顶一万句》，《牛鬼蛇神》在取名上不无取巧嫌疑，同时也存在着对读者的诱导和误导倾向，读罢全篇，方觉名不副实。

小说第一卷第一章最后一节“关于上帝造人”，系议论部分，马原先生依据《圣经·创世纪》“起初神创造天地。地是空虚混沌，渊面黑暗；神的灵运行在水面上”，发现了上帝的“疏忽”，由此反复论证、再三申说，“天啊，…… 水居然不是上帝造的”、“所以我说，《圣经》中的上帝没有造水”等等，然后结论道：

“我跟另外一个基督徒谈到这一点，他说我这个观点如果发表出来，可能引起基督教世界很大的震动。因为居然有东西不是上帝造的，就等于说，此上帝仅仅是有限上帝。”“可以负责任地说，这个常识在《创世纪》撰写的年代还没被发现，所以撰写《创世纪》的圣贤在此出现了常识性错误。”

另外小说中还有黑体印刷的一句话：“……作为上帝唯一的儿子，耶稣自己又不是通过有性繁殖来到世界的。”

先看第一个问题“上帝没有造水”。莫非真是自古至今没有任何人发现这一“疏忽”，只有到了21世纪才由中国先锋作家马原先生首次发现了呢？绝对不是。就我所知，公元400年左右，基督教神学大师奥古斯丁在他的《忏悔录》中（周士良先生中译本，卷十二、第二十一节），即对此节经文产生疑问、并作了相应解释：

“如果‘创造天地’包括一切，那末‘天主之神运行于大水之上’，这水怎样讲呢？如也包括在‘地’字之中，则我们所见的水是如此美好，……却不载怎样造成‘水’？……圣经既不载这水如何形成，这水既然不具形相，怎会占有如此崇高的地位？”

奥古斯丁没有给出确切的、令人信服的答案，但他借此强调了对上帝的虔信：

“于此可见，虽则有些东西，《创世纪》不说它们造自天主，但健全的信仰和正确的理智对此不会有所怀疑的；任何有分寸的学说不至于因《创世纪》提到水而未言什么时候创造水，便说这些水是和天主一样永恒。”

国内学者陆扬、潘朝伟著《〈圣经〉的文化解读》（复旦大学出版社2008

年),也发出过自己的疑问,虽远远迟于奥古斯丁且非可同日而语,但也要早于马原先生:

“……既然上帝的灵在造出光之前,就已经运行在水面之上,这水是从哪里来的?……这先天地而存在的水假如不是上帝所创造,假如水在上帝创世之初就和上帝并生,那么它是天外之水吗?……假如这最初的水不是上帝所创造,那么上帝创世整个儿就变得毫无意义。推究起来,真是叫人百思不得其解。”

马原先生“负责任”地发表了可能会引起基督教世界震动的观点,其实早经人道,已不新鲜。

第二个问题“耶稣自己又不是通过有性繁殖来到世界的”。被誉为基督教“护法大师”的汉斯·孔,于1974年出版专著《论基督徒》(杨德友先生中译本,1995年),书中对此有过“坦诚和清晰的解释”,认为“处女生育”不能被理解成“历史的和生物学的事件”,而是一种“有意义的象征”,虽然也是“一个易于误解的象征”,它表明上帝实现了一个“真正的新开端”,“最终地应该从上帝在他的内的活动,而不是从世界史进程去理解”;其象征意义在于,通过神性的“逻各斯”或“道”的观念,最后“道变成为肉身”。这是从神学、哲学的高度对“处女生育”所作的可信阐释。据此可见,“处女生育”或“无玷始胎”在基督教学术中,已被详密论证过,而马原先生却从一个很低的层面,也即汉斯·孔所说“历史的和生物学的”意义上,把人家几十年前已经解决了的敏感问题,当成自己的首度最新发现,这不唯不得体,而且也反映出在一个严肃、重大的学术命题上,未免显得自说自话,有欠严谨了。

金玉之后是败絮？

胡子龙

几年前，在县新华书店里偶然看见著名作家杨志军先生新上架的长篇小说《藏獒》，我毫不犹豫就掏了钱。尽管当时我在经济上非常拮据，可以说花的是基本生活费。但在街边凉荫里读了几节，就由衷地认定，这钱掏得值得，非常值得！正是这份由《藏獒》带来的极大的阅读喜悦，当从新闻媒体上得知《藏獒(二)》问世的消息时，便以最快的速度赶到七十多里外的县城，争先恐后地又买下了。然而，这本作为《藏獒》续篇的《藏獒(二)》，令我大失所望。如果说，《藏獒》让我反复阅读，以至于把一本崭新的书翻破，还不时拿起来再欣赏一遍，并不厌其烦地向周围的文学阅读爱好者竭力推荐，借给他们看，怂恿他们买，使我们这个边县有了一个小小的《藏獒》读者群。那么这《藏獒(二)》，勉强通看了一遍，就被我束之高阁接灰纳尘去了。论篇幅，《藏獒(二)》比《藏獒》长出去了将近十万字，书捧在手上，确实更具厚重感。但是，比起《藏獒》地域文化的深厚、意境的深远、氛围的空灵、叙述的简洁、故事推进的跌宕有致、人物个性和动物特征的丰满，《藏獒(二)》说穿了就是用臃肿的文字进行臃肿的情节堆砌，连一部好作品起码的结构美都严重缺失。没有了上部中堪称精华的东西，只是以蜂群般嗡嗡扑面来的文学一味地呈现獒与狼獒与其他猛兽激烈血腥的打斗场面，是无法扣动读者心弦的。有了这份怅然的失望，于是，当《藏獒（三）》又赫然摆上新华书店的书架上，我就连拿上手翻翻的心思都没有了。

其实，优秀文学作品的续篇败走，不仅体现在杨志军先生的《藏獒》系列，从其他作家的系列作品上我们也能略看出一二。云南著名作家范稳先生的边藏系列长篇小说之二《悲悯大地》，虽然也是一部相当不错的作品，但比起前一部《水乳大地》来，就呈现出相当大的差距，不仅结构流于平俗，在《水乳大地》大开大合的魅力结构面前相形见绌，其内蕴与前一部相比，也有着天壤之别，阅读起来，已经没有了《水乳大地》所能给读者的那种震撼心魂的艺术魅力。甚至，我们还可以追溯得更远。20世纪著名作家艾芜先生的小说集《南行记新篇》，作为续作，比起他之前的小说集《南行记》来，不知道要差去了多少。《南行记》和《南行记新篇》，完全就可以归于经典之作和平俗之作两个跨度很大的档次。而且，就连文学大师巴金先生的《激流三部曲》，后两部《春》和《秋》，比起开门之作《家》，毫无疑问也显逊色。这样的例子，只要是熟悉现当代文学的，可以举出很多个。

这实际上就是作家的积累和积累利用问题。优秀作品的产生，除了文学创作技巧造诣外，还需要作家深厚的生活积累。但往往一部优秀的作品，尤其是长篇作品，也就基本上将这个作家在这方面的积累耗得差不多了。这种情况下，需要作家理智地收手，进行再次的积累，或者毅然转换题材领域。如果缺乏这一清醒的认识，还要继续写同一类题材，就是"难为无米之炊"的"巧妇"了，是很难写出同一水准的作品的，更别说有所突破。很多"续篇"无可奈何地败走，都毋庸辩驳地说明了这一点。而就《藏獒》系列来说，后两部的出现，似乎更值得读者玩味，值得作家们深思。在第一部也就是《藏獒》的最后，草原上经过民主改革，建立了结古阿妈藏族自治县和青果阿妈藏族自治州。随着故事的发展，作者已经对小说中所有的主要人物和主要藏獒完成了塑造，在情节发展上也没有留下读者需要追问的悬念，甚至不惜跨越时空距离，对小说中的主要人物父亲、白玛乌金、丹增活佛、索郎旺堆头人、大格勒头人、李尼玛、梅朵拉姆、藏扎西、巴俄秋珠、送鬼人达赤、上阿妈草原的七个孩子和小说中的主要藏獒冈日森格、大黑獒那日、大黑獒果日、饮血王党项罗刹等的结局，都作了非常清楚完备的交代。特别是对群獒的成功的塑造，别开生面地，为中国文学增添了一系列栩栩如生的动物形象，完全可以与世界经典名著《野性的呼唤》媲美。《藏獒》的结尾是这样的："大黑獒那日去世以后，父亲就离开了他的学校，离开了西结古草原，带着一公一母两只小藏獒回到了西宁……他很快就老了。他总说他要回到他的西结古草原，回到他的学校去，但是他老了，再也回不去了…… 父亲和藏獒，就这样，成了我们永恒的梦念。"也就是说，《藏獒》不仅已经完整地叙述了一个故事，也把作家在这方面的精华积累基本用完了。而且，从以上基本可以判断出，写完了《藏獒》的杨志军先生，是没打算《藏獒(二)》和《藏獒(三)》的创作的。《藏獒》后面没有缀以序数"一"，也可以证明这一点。催生后两部作品的，是《藏獒》发表和出版后在读者中所产生的连声叫好和不断攀升的发行数字。正是这样，才有了后面两部作品。尽管不能说是"金玉"之后的"败絮"，但相对于读者众口赞誉的第一部来说，却可以说成是"狗尾续貂"。虽然，这样的"狗尾续貂"之篇，借助于第一部的成功在读者中产生的轰动效应，无论怎么差，在发行上都会有一个比较理想的数字，会给相关杂志和相关出版社还有作家本人赢得可观的银子。但这样的续作，在我看来，不仅对读者，就是对作家本人，对相关杂志和出版社，都恐怕不是一件太好的事情。

《大武当》《四大名捕》:中国式“神剧”

小 帅

记得年前有个关于张艺谋的采访,他向记者抱怨道,现在拍电影最困难的是剧本,很难找到好剧本。虽然我并非张艺谋的粉丝,但对于他的这个抱怨还是很能理解的。可以说,一个好剧本是电影成功的一半,而一个烂剧本直接决定了一部电影百分之百烂。电影对剧本的要求比电视苛刻严格许多,一部电影的时长一般为两个小时,这两个小时你必须讲述一个完整的故事,这就要求戏剧冲突更加集中,人物更加鲜明,细节更加精致,台词更加准确,编剧一走神,瑕疵都会相当明显。所以,好导演对剧本的要求相当严格,许多名导演不惜花费数年时间来寻找剧本、打磨剧本。可是,却也有相反的例子,导演随便找上了某些烂到一定水准的“神剧”,糊里糊涂便开拍,其结局便是电影一出,观众喊打。比如近期上映的《大武当之天地密码》与《四大名捕》便是典型。

先说《大武当》。时间是民国初年,地点是武当山,人物是杨幂饰演的神秘女子天心、赵文卓饰演的唐教授、徐娇饰演的唐教授女儿唐宁、樊少皇饰演武当俗家弟子水合一,事件是天心和唐教授趁着武当山百年一遇的比武大赛窃宝,杨幂是为了完成家族使命,而唐教授是为了救回患了绝症的女儿之命。故事大体框架似乎还过得去,但是到了细部就漏洞百出,雷区阵阵。举几个例子,天心在飞机上抢比武邀请函,飞机机舱门被打开,风往里吹,东西都被刮走,可是她依旧潇洒地站在机舱门口,一个飞镖,“啾”一声镖住飞出的邀请函。(拜托,人没被卷出去都神奇了,另外,机舱门都打开了,飞机能安全飞行吗?)天心和唐教授拿到了一模一样的藏宝图,在武当山明目张胆地偷,大晚上偷,大白天偷,可是整个武当山的道士安之若素,后来知道原因,原来是那个道长故意让别人把宝物偷走,可是后来他还要拿回来。(请问,你搞懂此道长的逻辑了吗?你以为武当山是你一个人的啊?如果真是宝物的话,就天心和唐教授你们聪明你们来偷?)唐教授的女儿从山崖下掉下来,刚好落入了水合一的屋子里,竟然没死成,"天上掉下一个儿媳妇",水合一的母亲竟然立马想让唐宁当她儿媳妇。(她到底是多想抱孙子啊!)可问题的关键是,编剧竟然让唐宁和水合一谈起了恋爱。(徐娇和樊少皇!因为爱情,老少恋不是问题。)虽然号称是武当山五百年一次的比武大赛,但是来比武的人毫无水准,像唐宁竟然也混进了决赛,而水合一更是神奇,什么也没打直接进入决赛。(赤裸裸的黑幕有木有。)老道长教他了个什么睡功,他一招鲜便无敌了,进决赛和唐宁对决,唐宁在决赛中病发,两人的比武便成了诀别圆舞曲,极尽哀婉缠绵。(很韩剧有木有。)可高潮并不在这里,最后天心和唐教授集合了七宝,可是被道长抢走,在道长的成仙过程中,他们合力将道长打败了,终于抢回定风珠救活了唐宁,可是这时,天心不幸战死。她说了一番令人痛心的临终感言后与世长辞,唐教授和唐宁抱头痛哭,往日的片段不断闪回。(韩剧风再次吹过。)忽然地就天亮了,阳光照在灵芝和神剑上,它们产生出神秘的磁场、放射出的光芒笼罩在天心身上,忽然地,她眼睛一睁就活了。从此,他们过上了幸福快乐的生活。(韩剧都自愧不如了。)电影结束。

请原谅我一边介绍剧情一边吐槽,实在是该剧充分体现了中国式"神剧"的"四无"品质:无常识、无逻辑、无情感、无思想。整个剧情充满疑点和漏洞,情节的推动毫无逻辑,天马行空,胡编乱造;人物之间的感情联系生硬刻意,没什么铺垫就爱得欲生欲死;而电影的主题更显得空洞,在剧中说几句天人合一,就以为掌握了道家精髓,看透世事了?整部电影就像是个巨大的笑话,向观众展示了"神剧"的烂俗是没有底限的。

《大武当》是香港导演梁柏坚的大作,某些在香港混不下去的导演纷纷转移到内地拍烂片圈钱已经不是个别现象了,《四大名捕》同样出自香港导演之手，这回是陈嘉上。陈嘉上早年拍过不少耳熟能详的通俗片，可是近年来水准急剧下降，在香港拍了些赔本片后到内地拍出《画皮》《画壁》等烂片，票房都破亿，赚个钵满盆满。这回的《四大名捕》再接再厉，而且已经做好了拍三部的决心。（不得不佩服导演的自信力。）相对来讲，较之于《大武当》的无厘头，《四大名捕》故事性好上那么一点点，（毕竟这可是改编自温瑞安的武侠大作啊，糟蹋到这等地步已经令人发指了。）但仍显出编剧能力上的极大问题。这是一部古装武侠剧，也是一部悬疑侦探剧，因此吸引观众的不仅仅是江湖儿女的侠义风范，各种帅气的打斗，也有侦破推理过程中带来的智力的愉悦。可是，《四大名捕》毫无侦探与推理，因为编剧将四大名捕“神化”了（或者说“科幻化”了）。铁手，为什么称为铁手，不是因为他拳头厉害，而是他的手比现代化的机器还厉害，会放电，一捣鼓一个会感应的轮椅便生产出来了；追命呢，腿上长了风火轮一般，要找个人就在屋顶上飞来飞去，不一会儿蓦然回首那人便在街角人群中了；冷血呢，和人打斗时时不时就放出一把锋利之极的大刀来；而无情更是厉害，坐在轮椅上就能感应一切，闭上眼睛一想就知道酒楼里有多少高手低手，和人打斗时手脚都不用动，只要用脑子就心想事成，飞镖什么的“刷刷刷”就朝敌人飞去，眼睛对着人一瞪，就能够知晓人心。四大名捕都如此神通广大了，那根本没有什么案件需要逻辑推理的（案件根本不是靠破的，是人家安世耿自己送上门来的），也没有什么危险是不能够应付的，大反派安世耿弄来的西域奇兵砍也砍不死，可是诸葛正我动动手指头他们就灰飞烟灭了。因此，除了打斗之外，名捕们做的事就是一次又一次地吃火锅，内部闹闹别扭和误会，偶尔也吃吃醋；电影除了打斗时的特技和音效尚有那么点可观性以外，其余部分无聊无趣之极。《四大名捕》不过是取了温瑞安小说的壳，它根本就没有魂。

《十面埋伏》《无极》《关云长》《战国》《白蛇》《东成西就 2011》《杨门女将之军令如山》《画皮》《画皮Ⅱ》……诸如此类的“四无”“神剧”真是数都

数不过来，可是仍旧有一部又一部电影前仆后继、争先恐后加入这个阵营。烂片之所以拍得如此脸不红心不跳在于它们尚有市场，我们的观众还不够成熟。影评人在那边呕心沥血地吐槽根本没多大用，相反导演和编剧可能在一旁斜着眼冷笑："怎么样，我票房这么高，气死你。"只希望哪一天，咱观众都能够自觉抵制烂片，让"神剧"什么的都见鬼去吧。

谁杀死了叶蓝秋?

——评《搜索》

何 静

不必讳言,陈凯歌是第五代大导演中受到误解最多的一位,这种现象从《无极》之后愈演愈烈,在某些影评人那里,这种“误解”最后演化为一种讥讽与嘲笑。这种现象的出现,一方面自然是中国一些影评人“不惮于以最坏的恶意来诋毁中国电影”的奇怪心态,但很大部分原因必须归咎于陈凯歌自身。他的电影总放进了大量思考,问题是,电影并不只是思想的容器任你随心所欲想装多少就装多少,如果艺术处理不当,过多的想法只会造成表意系统的混乱,最后要么曲高和寡,要么不伦不类。《边走边唱》《刺秦》是前者,《无极》显然是后者。到了《梅兰芳》《赵氏孤儿》可以看到陈凯歌的调整,但两部电影的烂尾仍旧显示出,陈凯歌的思想掌控欲实在是太过强大了,他用自己的逻辑取代了故事的逻辑。终于到了《搜索》,本来并不抱怎样的期待,反倒有不小的惊喜。虽然陈凯歌还是那个我们熟识的知识分子,只是他不再“摆谱”了,而接了地气。

陈凯歌以往的电影往往立足于历史,有一种向后看的姿态,追求史诗风范,而《搜索》则是一部直接向现实、向当下发言的影片。电影的情节并不复杂。都市白领叶蓝秋诊断患上淋巴癌晚期,她失魂落魄上了公交。车上售票员大着嗓门要她让座,她心神俱乱,没有让座,反倒出言不逊。这一幕被实习记者杨佳琪拍下,后来经由资深电视人陈若兮的推动上了电视。一时间此事件被宣传得沸沸扬扬,叶蓝秋被推上了风口浪尖,引发了民众的集体声讨。叶蓝秋被人肉搜索,人们也在她身上附会了“小三”等种种不堪的传闻。而围绕着叶蓝秋事件一干人也被牵引进来。除了杨佳琪、陈若兮外,还有叶蓝秋公司老总沈流舒,沈流舒的太太莫小渝,以及陈若兮的男友杨守诚等。七天过后,叶蓝秋选择了自杀,所有人方才了解她身患重疾的真相。故事戛然而止,然而,一个巨大的疑问抛在观众面前:谁杀死了叶蓝秋?

所有人首先将矛头指向陈若兮,是她利用公共资源爆料了这件事。但是作为一名媒体人,陈若兮似乎有为自己辩护的理由。媒体人就是要出新闻,要价值中立,不能做情感判断,她没有义务去调查叶蓝秋那天心情的好坏,或她这样做的原委。而当这个事件被炒热之后,陈若兮知名度大增,作为一名苦熬多年、买不起房的小电视人,她终于可以借此翻身了,她拒绝将叶蓝秋道歉视频上传,固然丧失了媒体人的责任,可是媒体“炒新闻”不正是大势所趋吗?那么莫小渝呢?正是她打了电视直播的电话说叶蓝秋是个小三,甚至雇了水军在网上诬蔑叶蓝秋。可是她似乎也情有可原。沈流舒对她已冷淡多年,去了一趟公司就撞上沈流舒和叶蓝秋抱在一起,质问沈流舒,沈流舒却什么理由都不说。她似乎有理由怀疑叶蓝秋是个小三。那么,广大的网民朋友呢?他们似乎也是无辜的。中国传统美德不是尊老爱幼吗?现代社会不正是打击小三吗?因此他们坐在电脑前,发两段批评谩骂的文字,不正是所谓的“站在正义的一方”吗,你怎能把责任都推到他们身上?

可是叶蓝秋的的确确是被害死的。她更何罪之有？当广大的网友义愤填膺地在评论框上写上最难听字眼的时候,他们都以为自己站在正义的一方,他们没有义务去怜悯一个在他们看来“犯错”的人的感受。是的,他们都没错,可他们却都又犯了错。他们看似正确,实则他们联手扮演了一次刽子手,他们共同参与了一场阴谋,将美丽而高贵的叶蓝秋推向了死亡。他们,都是凶手。

借由叶蓝秋死亡事件,陈凯歌深刻揭示了这样一个问题：在我们这个媒体时代,真实的难以得知,以及冷暴力的无所不在、无所不及。媒体时代信息的畅通便捷总让人产生一种错觉,以为自己掌握了更多真相。实际上恰恰相反,正如陈若兮在剧中所说的“什么是真实？同一件事,你看我看就是不一样”,这样一来,视角的不同便呈现出了“真实”的多面性,你接受信息的渠道和别人不同,你所掌握的“真实”便与别人不同,而你和他人所掌握的“真实”,又极有可能与事情的真正面目有着相当的距离。而问题的症结在于,每个人掌握的都极有可能只是“真实”的某一碎片,可是他们却是站在这残缺而破碎的“真实”立场上发言的。网络时代言论更加自由,“发言”随时随地可进行,但却没有相应的责任承担机制。再加上“在这个社会,谁没有点怨气没处撒”,网络成了最好的出口,手揣着点“真实”,找准一个“该骂”的对象,机关启动,火力全开,谁管现实生活中那个被谩骂者本人和他家人正承受怎样的压力和伤害？而更可怕的事是,这样的事件几乎每天都在我们身旁发生,比如某些八卦网站几乎天天都有这样的爆料,从大小明星到普通百姓,而底下的网友跟帖则充分显示了中国国骂的最高境界。叶蓝秋不是活在电影中,而是活在现实中。

《搜索》并没有陷入相对主义的价值泥淖中,它并非要求人们放弃评判的权利,更非要求人们放弃发言,而企图告诫我们,在媒体时代,当真实越发不可得,当任何无心之举都可能上升为一种冷暴力时,我们该如何更负责任地发言。因此,请时时刀下留人,宁可放过一人,也不可错杀一千。

送你一张过去的 CD,听听那时我们的爱情

成　扬

正当《那些年,我们一起追的女孩》在两岸三地热映时,韩国一部讲述初恋的电影《建筑学概论》也在韩国大卖,这部小成本电影竟然有超过400万的观影人次,成为韩国历史上票房最高的爱情片。

《建筑学概论》首先使人感兴趣的是它那奇怪的片名,当豆瓣猜首页推荐这部电影给我时,我和绝大多数人一样把它当成一部建筑学的理论书籍。为什么以之为名,除了导演的那个爱情与建筑相类的理论外,更主要的是男主角胜民与女主角瑞妍的结识是在一堂《建筑学概论》的课程上。在课上,当胜民第一眼看到瑞妍,他就爱上了她。后来的情节与我们所熟知的初恋故事并没有太大差异,向他人打听有关女孩的所有消息,与女孩面对时小心翼翼地对待,会因为女孩的一个热情的举动而欣喜若狂,也会因为女孩不经意的忽视而怅然若失;开始关注自己的穿着打扮,关注女孩的喜好,如同珍视自己的梦想一般珍视女孩的梦想…… 然而,正如一句话所说的"在对的时间,遇到对的人,那是童话;在错的时间,遇到对的人,才是青春",在你往后的人生中伴随你的人,往往不是你第一次爱上的人。美好初恋往往无疾而终,因为那时的我们太过年轻,不谙人事,不懂得如何表达爱,也不懂得如何给予爱。胜民与瑞妍也是如

此。胜民因为误会狠狠伤害了瑞妍,继而离开了她。

电影两条线索并行。另外一条线是 15 年后他们的相遇。这时胜民已经是一个建筑师,瑞妍找到了她,要他帮忙改造老房子。胜民稍嫌尴尬和不安,毕竟当时甩头离开的人是他。相反,15 年后的瑞妍,优雅而从容,她像是摒弃一切前嫌,如同遇到好友一般淡定攀谈。只是,一切是否像表面那样简单,瑞妍费尽心思找来,只是想要胜民帮忙改造旧房子?并非这样。胜民从来不知道,他也是瑞妍的初恋,他不知道,当他偷吻瑞妍时,瑞妍是知道的;他不知道,他扔在垃圾堆里的建筑模型,瑞妍偷偷捡回并珍藏至今。她找上他,是因为想知道他过得怎么样,他要她改造老房子,是想让他亲手为自己完成梦想。可是当胜民知道这一切,已经是 15 年后了。即便他们仍彼此相爱,可是已经流逝的时光,该用什么来挽回?

他们终究没有在一起,这才是真正的现实。胜民带着他的未婚妻到美国定居,而瑞妍则在胜民为他改造的房子里,教学生钢琴,平凡地生活。无疑,这一段失落的爱情着实叫人感伤,可是生活毕竟不是童话,爱情于他们已不只是简简单单的两情相悦,时过境迁,物是人非,他们都已有了各自的人生。或许这才是初恋的美好之处,唯有那个时候,你是最单纯最纯粹地爱一个人。电影的热卖,大概便是这失落的恋爱唤起了观众心中珍藏已久的初恋情结吧。

15 年前,胜民与瑞妍曾一起在楼顶上用 CD 机听一首老歌,当胜民离开她时,瑞妍将 CD 机放在他们约定一起去的房子内。15 年后他们再次分别时,瑞妍收到了一份快递,是胜民寄来的那个 CD 机。她倚靠在落地窗户旁,戴上耳机,打开音乐,飘来了那熟悉的老歌。她目视前方,眼神美丽而哀伤。

《断箭》彰显电影人的勇气

刘 阳

有些人并不喜欢韩国电影，多半是受了韩国电视剧影响，在他们的想象中，韩国电影也和韩国电视剧一样，家长里短，冗长，俗套，甚至不乏狗血。实际上恰恰相反，如果说韩国电视剧有一股大妈习气，那么，韩国近几年的电影却充满青春的气息，它富有朝气、生气勃勃，充满挑战精神与批判力度。本文评介的《断箭》就是很明显的一例。

《断箭》改编自2007年发生的真实事件。成均馆大学数学系教授金庆浩由于在1995年一次入学考试中指出试卷中的一道错题被停职解聘。他提出诉讼要求恢复职位和名誉，但以败诉告终。不服判决的金庆浩最终用弓弩“射伤”当年审理案件的裁判长。但事实上，金庆浩并未真正“射”出弓弩，裁判长联通所有救护人员、审判人员共同造假，污蔑金庆浩故意伤人。种种证据都证实了正义应该在金庆浩教授这边，然而，数次审判中，裁判长仍然在众目睽睽之下倾斜了正义的天平。电影最剑拔弩张、惊心动魄的片段是几次法庭庭审，金庆浩与他的辩护律师提出一个又一个有力质疑，剑剑封喉，咄咄逼人，可是高高在上的裁判长却依旧可以充耳不闻，胡乱搪塞，轻易打发。一种令人无力的愤怒感油然而生，我们眼睁睁看着正义死去，却又无可奈何。

这部根据真实事件改编的电影不难让我们想起《熔炉》(2011)，影片讲述的聋哑学院的校长与教师猥亵、虐待孩子的故事，虽然证据俱全，可是在腐败的司法制度下，被伤害的孩子迟迟无法获得公正的审判。而随着时间的推移，这些事件也渐渐被人们遗忘。好在，韩国仍旧有一些有勇气、有担当的电影人敢于对这些事实发言——即便面临着重重阻碍。与《熔炉》一样，《断箭》同样将矛头直指韩国司法制度的腐朽与败坏，它们都在韩国引起了极大反响，媒体重新大幅报道事件、民众纷纷致函韩国司法部，要求重审案件。所有肮脏与腐败，终究再次曝露在日光之下，它们终于没有被掩盖。

很难想象，类似电影会在中国出现，即便类似的事件一定在中国发生过，甚至发生得更加频繁。但韩国近二十年却出现了不少根据真实事件改编的影片，比如根据韩国三大悬疑案改编的电影《杀人回忆》《那家伙的声音》《孩子们》，都有相当的水准，《杀人回忆》更是多次入选东亚电影十强的榜单。但这只是一方面，更重要的是，这些电影彰显出了韩国电影人的勇气，他们及时地反思历史，他们能够直面现实，他们敢于挑战权威，正是他们为韩国电影赢得了尊严。这样的电影让中国影迷看得心有戚戚，可是为什么我们迟迟无法拍出一部《断箭》？原因，你我都懂的。

在写这篇评论的同时，一位韩国朋友告诉我一个振奋人心的消息，2012年7月5日，电影《熔炉》中那个强奸犯原型被判12年有期徒刑，超出了检方提出的7年。这个案件能够得到重审，绝大程度上是由于《熔炉》的热映。这样看来，《断箭》也有希望得到重审。正义重新得到伸张，这是一部有勇气的电影给它的国民的最好馈赠。

●【直　言】

被马悦然“钦点”的曹乃谦

曹于里

■ 为何曹乃谦作品在马悦然的举荐之前始终不温不火？是评论界集体缺乏慧眼，还是曹乃谦不过只是马悦然一厢情愿地抬高？本文将以曹乃谦最初引起注意也是最被看好的作品《到黑夜想你没办法》进行探讨。

■ 主题的单一和封闭、语言的过分精简导致表现复杂情绪的无力，使得曹乃谦的小说给人的感觉便是小气。他的温家窑只是一个遥远的村落，一个地理符号，一个野蛮文明的标本，仅此而已。

韦勒克·沃伦说：“伟大的小说家们都有一个自己的世界，人们可以从中看出这一世界和经验世界的部分重合，但是从它的自我连贯的可理解性来说它又是一个与经验世界不同的独特的世界。”某种意义上，这种说法是有道理的，我们不难想起福克纳笔下那个邮票大小的约克纳帕塔法县、哈代笔下的威塞克斯、鲁迅的未庄、沈从文的湘西、阎连科的耙耧山脉，还有苏童的香椿树街等等。而今，又有人要将曹乃谦和他笔下的温家窑加入这个谱系中了。

曹乃谦原是山西大同一个默默无闻的警察，37 岁时因为和别人打赌写出了第一篇小说；尔后他开始写作一些有关温家窑风景的短篇，在 90 年代初被汪曾祺等作家看好。即便如此，曹乃谦依旧默默无闻，在那之后十多年时间，他那些获得好评的小说仍然没有出版的机会，批评家们也甚少说起他。直到汉学家、诺贝尔文学奖评审马悦然发现了他。2005 年他将曹乃谦的小说推荐到台湾出版，随后也翻译成瑞典文。马悦然给了曹乃谦极高的评价，他说："在我看来曹乃谦也是中国最一流的作家之一，他和李锐、莫言一样都有希望获得诺贝尔文学奖，我不管中国大陆的评论家对曹乃谦的看法……，我觉得曹乃谦是个天才的作家。"源于中国文学界长期以来的诺贝尔奖情结，曹乃谦一时间成为炙手可热的明星，作品如数出版（曹乃谦并非一个高产作家，至今只有三部小说集，长篇小说《到黑夜想你没办法——温家窑风景》，中篇小说精选集《佛的孤独》和短篇小说精选集《最后的村庄》），访谈不断，表扬不断。曹乃谦真的火了，甚至在今年 4 月，文学界还传出爆炸性传闻（据说是假新闻），曹乃谦入围了今年诺贝尔文学奖复审名单。然而，有个问题如鲠在喉，为何曹乃谦作品在马悦然的举荐之前始终不温不火？是评论界集体缺乏慧眼，还是曹乃谦不过只是马悦然一厢情愿地抬高？本文将以曹乃谦最初引起注意也是最被看好的作品《到黑夜想你没办法》进行探讨。

主 题

首先令人好奇的自然是，曹乃谦那个"独特的世界"温家窑是个什么地方？如同我们无法在地图上准确找到大淖、未庄或者香椿树街的地理位置一样，我们也找不到温家窑。我们只知道它是在山西北部、与内蒙古交界处的那片广袤却荒芜的山地、沙地的某一个村落。这里生态环境恶劣，气候干旱、少雨，土地贫瘠，与外界封闭，是山西省最贫困的地区之一。生活在这里的人们，挣扎在温饱线上。然而，这种极端恶劣的生活条件从来没有磨灭了人们的生存意志，相反，食与性的欲望在越是残酷的情况下越是肆无忌惮地蓬勃。因此，温家窑人并不是我们想象中的身体孱弱、单薄，性情谦卑温顺，相反，他们粗犷，焦躁，始终坐立难安；食与性的欲望不断酝酿蒸腾，只等待着某一个出口，霍霍燃烧起来。

《贼》中板女与奶哥哥偷情。板女结婚，有自己的娃，但是她中意奶哥哥。夜里板女偷偷奔赴奶哥哥家"做那个啥"，她去公社偷了一袋白面，两人在饱饱吃了一顿烙饼之后又做了一次那个啥。板女把衣裳脱光说："来哇。穷人就这么点儿福跟富人是一样的。"两人的丑事被发现后，奶哥哥被判了两年，板女被丈夫打断了一条腿。两年后，奶哥哥刚放出来，板女夜里就急匆匆跑去与她的奶哥哥相会了。这个故事在《到黑夜想你没办法》的30个故事中毫不起眼，然而可以说是温家窑人生活的一个剪影——对食与性这些本能欲望的渴求满足，以及为了满足欲望不惜一切代价。性在温家窑人那里是如此重要，以至于曹乃谦用了近三分之二的篇目反复铺陈渲染这个主题。《男人》中，老柱柱让妻子与自己的弟弟"做那个啥"，两个人分着"用"，半个月这厢，半个月那厢。当然，黑蛋、老柱柱也还算是幸运的，在温家窑中，还有更多的人连这个欲望都无法获得满足。《玉茭》中的玉茭被旺盛的性欲逼得发疯，差点与母亲乱伦；《狗子、狗子》中的狗子强奸了自己的亲妹妹，导致了妹妹上吊自杀……性具有既迷人又可怕的魔力，乃至于温家窑人轻易地被它蛊惑，竟然没有什么精神力量可以超脱于它之上。好在还有食的本能，它在温家窑人心里的地位与性一样崇高而不可僭越。《看田》中的婶婶给了看田的侄子她的身体，换来了"食"；食与性总是这样交缠不清，以至于《吃糕》中的下等兵与五圪蛋两个大男人在饱食之后突然来了性欲，两个大男人你抱住我的头我抱住你的头嘴唇吸得吱吱响。

这便是温家窑风景的一切。逼仄残酷的生存条件下食与性的欲望如沸水般奔突冲撞，烹煮着每一个温家窑人，而他们则淹没其中奋力搏斗、挣扎，声嘶力竭、面目痛苦，却无法自拔。这样的风景令人震惊。只是，我们在感到震惊的同时，却也隐隐感到了不满足。在曹乃谦的笔下，食与性是温家窑的唯一和一切，没有什么样的力量能够与之抗衡，哪怕是发生龃龉，无论是来自乡村内部的乡村伦理，或者来自外界的文明力量。各种偷情、乱伦到处发生，然而除了服从本能以外，那些乱伦者几乎不受任何来自道义或者良心的指责（玉茭是少数的例外）。小说中温家窑事件发生的时间是 1970 年代初，正是"文革"余波未了的时期，然而，政治的动荡似乎丝毫影响不了这个小小村落的一切，除了一个模板式的专制的会计、偶尔闪现的开会场景外，我们见不到"文革"的语言、"文革"的思维对这个村落有什么影响。时间在这里是停止的，而且是封闭的，如同那个"不知有汉，无论魏晋"的"桃花源"，温家窑的生活是日复一日、年复一年的重复，如同宿命一般轮回。简言之，曹乃谦将温家窑本质主义化了。它的内部不是流动的、矛盾的、充盈生命力的，而是固板的、凝固的，是公式化的。在逼仄的生存条件之下，温家窑人除了食和性不会有其他任何的追求，温家窑风景也没有任何改变的可能，它是如此，也只能如此，它将亘古不变地延续下去。也正是因此，我们无法找到一个"例外"的人物，看不到作者有任何冲破这压抑的企图，一切自然而然，温家窑的农民就是永远只匍匐在食和性面前，如蝼蚁般地活过一生。

这便是曹乃谦的温家窑与那些令人称道的小说家笔下那个“自己的世界”的差距，当他将温家窑本质主义化后，伦理、道德、政治、文明等因素便没有存在的空间，温家窑是一个牢不可破的存在，原始，野蛮，封闭。不少人将曹乃谦的这部小说与萧红的《生死场》相提并论，认为曹乃谦写出了“北方人民对于生的坚强和对于死的挣扎”；恰恰相反，二者的对读更显出了曹乃谦的不足。萧红通过食色、生死表达了对女性的同情与悲悯，表达了对男性以及民族国家的理解，同时也表达了对民众真正觉醒的质疑，其文本的内涵远远非食色所能囊括；而曹乃谦笔下的温家窑人始终在食色中打转，实在看不到作为“人”的坚强和挣扎，而更多的是动物性的坚强和挣扎。“曹乃谦用原生态的语言，表达出地方性写作的共性。但他展现的是僵化的、封闭的，看不到历史变动的农村社会。他的写作有意义，但是到不了很高程度。但沈从文的湘西、莫言的高密故乡，就没有完全固守在地方经验上，而是在此基础上展现出对整个时代的关怀向度。”（段守新）也因此，曹乃谦在《到黑夜想你没办法》30 个故事中一而再重复着这样的故事，只让人觉得重复而单一。这样的故事，只读 5 篇和读完 30 篇获得的认知是一样的。温家窑，恐怕很容易让人从威塞克斯、未庄、大淖、香椿树街以降的地理谱系中遗忘。

语言及叙述方式

汪曾祺先生曾这样评价曹乃谦的语言：“语言很好。好处在用老百姓的话说老百姓的事。这才是善于学习群众的语言。学习群众语言不在吸收一些词汇，首先在学会群众的‘叙述方式’。群众的叙述方式是很有意思的，和知识分子绝对不一样。他们的叙述方式本身是精致的，有感情色彩，有幽默感的。赵树理的语言并不过多地使用农民字眼，但是他很能掌握农民的叙述方式，所以他的基本上是用普通话的语言中有特殊的韵味。

曹乃谦的语言带有莜麦味，因为他用的是雁北人的叙述方式。这种叙述方式是简练的，但是有时用重复的句子，或近似的句式，这种重复，近似造成一种重叠的音律，增加叙述的力度。”这几乎成了一个不刊之论了，后继论者论及曹乃谦语言时总是极尽赞扬，却忽视了曹乃谦语言使用上的一些缺陷。

首先是方言写作。评论者常常费尽心思挖掘曹乃谦小说中一些方言词汇，比如雁北方言中“简直简”、“日每日”似的骨鲠，所谓的“泪蛋蛋”、“灰了”似的土味，“穷球的”、“狗日的”似的脏口，以及一些雁北地区特有的民歌，比如“麻烦调”、“山曲儿”、“苦零丁”、“伤心调”、“要饭调”等用来辅证，然后极力将其与赵树理等扯上联系，为其戴上一个高帽。但我赞同南帆早年提出的看法，无须过分夸大方言写作的意义。“在我看来，语言的语音同一个地域的文化心理相距甚远，在这里下功夫未免把力气用错了地方。另一方面，倘若上海作家、福建作家、广东作家只有靠独特的方言语音才能显示出地域文化，这些作家则难免笨拙之讥。”不少读者认为方言更能反映当地人的生活状态，很大程度上是语言陌生化造成的错觉。

其次，便是汪老所谓的雁北人的“叙述方式”。首先我们来看对话。曹乃谦人物的对话都极其精简：

有钱我也不花。悄悄儿攒上给丑哥娶女人。

我不要。

我要攒。

我不要。

你要要。（选自《筱麦秸窝里》）

“吃了？”有人问担水的愣二妈。

“吃了。”

“好了？”

"好了。"

"咋好的?"

"好了。"(选自《愣二疯了》)

这些精简到彻底的对话,没有多余语气词,并以两字、三字的句式形成一种对称、复沓,使人读来有一种古代杂言诗的韵律感。很显然,这对话是经过曹乃谦有意无意修饰删减过的,雁北方言地区的丰富的儿化、语气词和长短句而带来的"家长里短"的气息都消失不见了。汪老认为:"对话也写得好。短得不能再短,简单到不能再简单,但是非常有味道。"我却以为这样过分吝啬的语言使用恰恰使得对话寡淡无味。人物都如此说话,无法区别出性格;其次,刻意追求对称的删减,破坏了语言自身流动的情绪和情感,反倒给人一种阻涩之感。

我们再看曹乃谦的叙述语言,笔者随意从全文中摘来一段:

五圪蛋靠坐在圪塄下,跟前拢着个大火堆,就啃玉茭就骂死鬼羊娃。还时不时地仰起脑袋瓜子瞭三星。瞭瞭三星正了没。

远处。沟那头的坡梁上也有火堆在眨眼。像是颗星星。

狗日的下等兵保险正在吃烧山药蛋。我不想吃玉茭就去跟狗日的换几窝山药。五圪蛋想。

还是活着好。五圪蛋想。(选自《看田》)

句式苍劲有力且短促,结构简单,很少有联接结构,主语词很少,节奏感极强;第二段中不很合语法规律的断句是有意扩展句子包含的时空背景,造成留白效果;两个"五圪蛋想"的倒置使得节奏有更迭变化,句式也产生回环和复沓的效果。不难发现,曹乃谦的叙述语调近似于"古白话",虽然严格说来并不"精密",但对于长期接触已欧化的白话文的读者来说,真像迎面吹来一阵清爽的风（对瑞典人马悦然尤甚）。这样的叙述方式使得小说画面感极强，有一种版画的简洁和硬朗，寥寥数笔便描摹出了温家窑人卑琐却顽强的灵魂。但缺陷也极明显，即“古白话”妨碍了人物复杂内心活动的展开，可以工笔速写，却不能浓墨重彩，因此简洁的同时，也陷入了简单。比如当狗子得知自己的妹妹因被自己强奸而上吊自杀后，曹乃谦这样写道：“他先是立在原地发呆，后来他的心‘圪噔’响了那么一下，紧接住就‘咚嗵咚嗵’乱跳开了。再后来他就给一屁股跌坐在地上。”笔触一直无法进入人物内心，总归是过于粗浅了。

再来看曹乃谦语言上备受赞扬的“重复”性描写方法：

愣二妈跨坐在锅台上，就看愣二裱炕席就想。想一会儿就撩起大襟揉揉眼。想一会儿撩起大襟揉揉眼。（选自《愣二疯了》）

福牛没有拿这耙去耙别人，而是狠狠地抓向自个儿的脸。

“再说爷不好！”他就说就狠狠地抓。

“再说爷不好！”他就说就狠狠地抓。

他就这样不停地就抓就说就说就抓。（选自《福牛》）

这种重章叠句式的语言风格首先自然让人联想到《诗经》，可以看出曹乃谦对于小说内部音乐性的一种追求。其次，他也力图通过重复的句式来表达微妙的感情。某种角度上讲，他确实也做到了这一点。比如《愣二疯了》用重复笔墨描写愣二妈重复拭泪的动作，将一个女人的委屈、隐忍、痛苦表现得入木三分。只是，细心的读者将察觉到，每当人物的心理进入到一个矛盾痛苦的阶段，曹乃谦便故技重演，用人物的一个动作的重复来描述，人物内心那种千言万语说不清道不明的状态便被轻松打发掉了。不难想象，安娜·卡列尼娜自杀前那种复杂细腻的心理活动一旦到了曹乃谦笔下，一定又是一个重复句式，类似于“她想着想着就绝望了。

她想着想着就绝望”之类的。我们不禁要诘难曹乃谦了,他驾轻就熟的背后是不是隐含着避重就轻的倾向?不应否认曹乃谦简洁的语言在当代文坛上的意义,只是,他的这种语言在小说中呈现出的效果却韵味有余,底气不足,一而再再而三地使用也让人觉得单调重复。读者看不到类似于《边城》中对翠翠心理的那种细腻剔透的描摹,也没有《秦腔》式的对农村日常鸡零狗碎的铺展,有的只是一个又一个色调晦暗、布局简单却又雷同的片段。

格局及其他

主题的单一和封闭、语言的过分精简导致表现复杂情绪的无力,使得曹乃谦的小说给人的感觉便是小气。他的温家窑只是一个遥远的村落,一个地理符号,一个野蛮文明的标本,仅此而已。在曹乃谦本质主义思维处理下,温家窑只能是死水一潭,没有什么能够激起它的半点涟漪。因此我们甚少看到冲突,无论是政治伦理与乡村伦理的冲突,还是农民的食、性本能与乡村伦理、政治伦理的冲突,或者更深而远之,现代文明与乡村伦理的冲突,一切都被食、色屏蔽了,曹乃谦一叶障目,不见泰山。其次,《到黑夜想你没办法》虽然题为长篇小说,但实际上是30篇短篇小说的合集,它们之间的唯一关联是某些人物的名字在这里出现,又在那里出现而已。篇与篇之间缺乏逻辑勾连,曹乃谦擅长某一个片段的捕捉,但是他缺乏把握整体的能力,他无力以一个宏大的形式、体魄来包容他对农村的更多的想象。王安忆早就看出他的问题来了,她说曹乃谦的小说应当却未曾带出“呼啸山村”式的大的悲剧力量,“一些小小的风景,无论多么至善至美,至多不过是怨爱与感伤,而达不到哀痛的境地”。这是确评。

然而仅仅凭借着《到黑夜想你没办法》薄薄的一册,马悦然便断言这是中国最伟大的小说家之一,最有可能获得诺贝尔文学奖的中国作家之一,大概只是这个瑞典人一厢情愿的个人感觉而已。除了他是诺贝尔评委之外,他的文学判断能力不见得是高明的,实在不必唯他马首是瞻。我更关注的是曹乃谦的写作何以为继?早在二十年前汪老便说曹乃谦这一路写法最多再写个两年,“一个人不能老是照一个模式写”。然而二十年过去了,曹乃谦依旧在重复着他的温家窑模式,即便换成了自己的故事(《佛的孤独》《最后的村庄》带有更多曹乃谦自己的影子),在写法上,在思想层次上,甚至还不如《到黑夜想你没办法》。曹乃谦与一流作家还是有差距的,但是他迟迟没有有说服力的新作出现,经验的匮乏、写法的单调已经让他陷入困境。曹乃谦会不会又是一个“处女作作家”?从目前的创作现状来看,并非没有可能。如此一来,马悦然的评价再高又如何?只不过又给他人留下口实,多了一个“名不副实”之说,倒不如从来就没有这虚张声势的夸奖。

“是真佛只说家常”

王彬彬

■ 能否用浅显易懂的方式表达自己的学术思考,一定意义上也是检验学者之真假的标准。

■ 今日中国学术界、批评界的那些晦涩之作,往往是在转述异域的理论,有的是二道贩,有的甚至是三道贩、四道贩。转述他人的思想却晦涩难懂,若非是刻意地“装”,那就是其实自己也并没有真把他人的思想弄懂。

安徽省的九华山,是佛教圣地,庙宇棋布而星罗,其中一座,大门两侧是这样一副楹联,“非名山不留僧住,是真佛只说家常”(见袁枚《随园诗话补遗》)。上联意思不大,无非让人想到“天下名山僧占多”这句俗语。下联却意味深长。“只说家常”,当然不是说只讲那种浅显易懂的道理,而是在强调,总是用浅显易懂的方式,解释那些深奥的佛理。

“只说家常”,是“真佛”的特点,也是成为“真佛”的必要条件。能否用浅显易懂的方式向芸芸众生解说深奥的佛理,是检验佛之真假的一种标准。可见,“只说家常”,并非一种技术性的本领,而是一种基本的精神素质。能用浅显易懂的语言解说深奥的佛理,说明自己对那些佛理已经真正懂了,说明那些深奥的佛理已经化作自身的心境、眼光、智慧。

我以为,能否用浅显易懂的方式表达自己的学术思考,一定意义上也是检验学者之真假的标准。能用浅显易懂的方式表达自己对某个问题的思考,说明这个问题你自己已经想清楚了;能用浅显易懂的方式复述他人的某种观点,说明他人的这种观点你的确弄明白了。反之,则说明这个问题你自己并没有想清楚,说明他人的观点你也并没有弄明白。至于文学批评,作为一种“准学术”,就更没有理由以艰涩难懂的面目出现了。

20世纪90年代以来,学术话语的晦涩成为一种时髦。一些从事文学批评的人,也追逐着这种时髦。他们寻找着最别扭、最佶屈聱牙的表达方式。他们不说"小狗"、"小孩"、"小树",而说"狗的幼体"、"人的幼体"、"树的幼体";他们不说"午睡",而说"午餐终结后把身体放平";他们不说"他在散步",而说"他正在进行一种没有目的的行走"……用北京人的话说,这叫"装"。"装",正是不少"学者"的"学术姿态";"装",也是不少"批评家"的"批评策略"。

而一些青年人,一些中国现当代文学专业的硕士生或博士生,则对"装"这种"学术姿态"和"批评策略"十分崇拜。在他们看来,这样才叫有学问,这样才算有思想。这些正在学着做学问的年轻人,往往有一种理论崇拜。在他们看来,"理论"就意味着难懂,"理论"就意味着艰深,"理论"就意味着"装"。"一只小狗在小跑",这话说得太平易,不配称作"学术话语";"一具狗的幼体在以比行走稍快比奔跑较慢的速度向前运动着",这才叫"学问"、这才叫"思想"、这才叫"理论",这才配称作"学术"。

"是真佛只说家常",前辈学者、批评家中,有人以自己的学术实践、批评实践证明了这一点。钱钟书先生的《管锥编》、《谈艺录》是文言著作,另当别论。钱先生的语体文章,堪称"说家常"的典范。我多次在课堂上介绍钱先生的《宋诗选注·序》。这篇以洋洋数万言论述宋代诗歌的文章,实在值得中国现当代文学专业的学生好好读读。钱先生这样表达对"诗史"概念的看法:"因此,'诗史'的看法是个一偏之见。诗是有血有肉的东西,史诚然是它的骨干,然而假如单凭内容是否在史书上信而有征这一点来判断诗歌的价值,那就仿佛要从爱克司光透视里来鉴定图画家和雕刻家所选择的人体美了。"钱先生这样评说南宋诗人的忧国情怀:"南宋的爱国志士最担心的是:若不趁早恢复失地,沦陷的人民就要跟金人习而相安,忘掉了祖国。不过,对祖国的忆念是留在情感和灵魂的,不比记生字、记数目、记事实等等偏于理智的记忆。后面的一种是死记忆,好比在石头上雕的字,随你凿得多么深，年代久了，总要模糊消灭；前面的一种是活记忆，好比在树上刻的字，那棵树愈长愈大，它身上的字迹也就愈长愈牢。”钱先生这样解释为何不选那种当时传诵而现在看不出好处的作品：“这类作品就仿佛走了电的电池，读者的心灵电线也似的跟它们接触，却不能使他们发出旧日的光焰来。”又这样说明为何不选冷僻的作品：“我们也没有为了表示自己做过一点发掘功夫，硬把僻冷的东西选进去，把文学古董混在古典文学里。假如僻冷的东西已经僵冷，一丝儿活气也不透，那末顶好让它安安静静的长眠永息。一来因为文学研究者事实上只会应用人工呼吸法，并没有还魂续命丹；二来因为文学研究者似乎不必去制造木乃伊，费心用力地把许多作家维持在‘死且不朽’的状态里。”

钱先生谈论的问题，都并不简单，而谈论的方式，却极其“家常”。以“家常”的方式谈文论艺，以“家常”的方式谈论那些并不简单的文艺问题却能深中肯綮，前辈学者、批评家中，并非只有钱钟书一人。“五四”以来，这样的“真佛”很不少。鲁迅、周作人、刘西渭（李健吾）、朱光潜、宗白华、朱自清、傅雷、王朝闻、李泽厚等等，都能把复杂的文艺问题谈得妙趣横生，同时又洞幽烛微、谈言微中。

对晦涩问题，我也曾经有过不正确的看法。行文的晦涩，有两种表现。一种文理不通、语无伦次，因而晦涩难解。在这种场合，文理不通、语无伦次是晦涩难解的原因。我认为，这种形式的晦涩，是绝对不能容忍的。另一种情形是，行文虽然也很晦涩难解，但如细读下去，却发现并无语法逻辑方面的问题，虽然别别扭扭，但内在的理路是清晰的。我过去认为，这种形式的晦涩，或许无可厚非。这也不妨成为一种表达风格。康德不就很晦涩么？但几年前的一场论争中，网上一篇文章改变了我的这种看法。这篇题为《谁有权利晦涩》的文章强调：只有表达那种很独特、很原创的思想时，才有权利在表达上晦涩。这种时候，晦涩是一种不得已的方式。你的思想很独特、很原创，以既有的概念系统、用通常的表达方式，难以准确地传达。

为了能把你的思想准确地传达给他人,你只能“自铸伟辞”,你只能创造一些表达方式,于是晦涩便不可避免。康德的晦涩,就正是这种情形。这看法很精当。这也就意味着,如果你没有康德那种独特的、原创性的思想要表达,你就没有权利像康德那样晦涩,也没有权利拿康德说事。

事实上,今日中国学术界、批评界的那些晦涩之作,往往是在转述异域的理论,有的是二道贩,有的甚至是三道贩、四道贩。转述他人的思想却晦涩难懂,若非是刻意地“装”,那就是其实自己也并没有真把他人的思想弄懂。

必须把浅显易懂的方式与那种空话、套话区别开来,必须强调浅显易懂的方式与那种程式化的表达并非一回事。空话、套话、程式化的表达方式,未必就是浅显易懂的。在政治、经济、文化等各个领域,都有不少空话、套话,都有那种千人一腔的程式化表达方式。这些空话、套话,这类程式化的表达,其实并非总因为浅显易懂而被反复运用,倒往往是因其模棱两可、含含糊糊才被不同的人用于不同的场合。“休假式治疗”、“拆除式保护”,如果不是一出笼就遭到嘲骂,是大有希望成为新的空话、套话的。若认为“说家常”就意味说空话、套话,就意味着以那种程式化的方式进行表达,那就是天大的误解。浅显易懂的方式,应该同时是清新、灵动的,或者说,唯其清新、灵动,所以是浅显易懂的。

《新批评》欢迎“向我开炮”

陈歆耕

近日看到一些重要媒体连续发文，谈当下文艺批评存在的“病相”。虽说并非所有观点我都赞同，但当下文艺批评沉疴缠身应是一个客观存在。

文艺批评存在的问题跟我们的社会转型密切相关，过去我们只注意到了社会从计划经济向市场经济转型过程中，如何解决物质生产中暴露的种种问题，如诚信缺失、环境污染等等；但我们忽略了精神产品一旦面临市场的挑战会带来什么样的症候？所谓只要给钱就能把芝麻吹成西瓜的虚假“广告评论”、小圈子的“面子评论”等就是这样应运而生的。而直面精神文化产品真相的批评，则因既无利可图而又得罪人，使批评者丧失言说的激情和勇气。有几人愿意干这种吃力不讨好的傻事？带来的后果是文艺批评本身出现了严重的诚信危机。大量被吹得天花乱坠的作品，几乎无人问津；而在市场热销的作品，却得不到有专业水准的引导。

在《文学报》创刊30周年之际，编辑部同仁便开始酝酿筹办《新批评》专刊，一次集中拿出8至16个版面，刊登批评文章，倡导一种真诚、真实、锐利而又充满善意的批评。“矫枉必须过正”，为了使文艺批评树立它应有的独立品格，针对不实“广告评论”、“人情面子”评论满天飞的状况，编辑部决定起步时“好话全不讲”，只揪住“问题”开火。第一期的主打选题为《贾平凹〈古炉〉三人谈》，北大教授、文学评论家邵燕君和南大两位文学博士分别从叙事风格、创作理念、思想内涵等不同角度，论析了《古炉》创作存在的问题。不能说他们的观点全都精确，但起码可以肯定地说这些评论家和学者，是秉持自己的道德良知发出了真实的声音。我们希望不同的观点在这里交锋、碰撞，通过争鸣、讨论，一步步接近真理和真相。

我们希望《新批评》能对拯救批评自身出现的危机起到一点疗效。让我们感到滑稽、可笑的是，当征稿启事发布后，大量的“面子评论”、廉价的表扬稿仍源源不断地塞满邮箱，编辑不得不花很多精力来删除和清理这些“垃圾稿件”。我们在征稿启事中还明确提出，反对不痛不痒的泛泛而论，可是这样的稿件偏偏在来稿中占有很大比例。也有人发出质疑：你们是真批评，还是虚晃一枪啊？那么，答案已在6月2日推出的《新批评》版面上了。还有人问：你们批评外地作家，上海本地作家你们敢“碰”吗？这问题够尖锐的。毫无疑问，对《新批评》来说，她批评的对象理应不该有什么地域限制，上海作家的作品，只要艺术上有值得探讨之处，就没有道理享受被批评的“豁免权”。同时我也相信，只要是真诚、善意的艺术探讨，上海作家是会有承受批评的雅量的。《新批评》刚刚上路，她将会以什么样的品位、品格呈现在读者面前，请继续观察……

在这里，我作为《文学报·新批评》主要策划者之一，可以真诚说一句：欢迎作家、批评家，以及所有读者对《新批评》进行批评——可以对其中的文章发出针尖对麦芒的不同声音，也可以对《新批评》自身的办刊理念存在的问题“向我开炮”，无论是“踩”或“顶”，只要是真诚的，是为了文艺园地更加枝繁叶茂、缤纷璀璨，是为了中国文学艺术跃上新的高度，是为了使创作和批评真正形成良性的互动，都是我们热诚欢迎的！

贾平凹的“硬伤”

唐小林

众所周知，在当代文坛上，余秋雨先生素以“文化大散文”著称。同时，也以其书中的文史差错之多闻名遐迩。在余秋雨的书中“唐代的吕洞宾，成了道家的始祖；明初的沈万三，住进了后人筑造的沈厅；未曾结婚的林和靖，有了妻子和孩子；感佩清帝的金圣叹，成了大明的忠臣”。诸如此类的文史知识差错，在余秋雨先生的书中，可说是比比皆是。诚如金文明先生所说，真是“前无古人”。笔者在阅读当代著名作家贾平凹先生的作品时吃惊地发现，贾平凹先生作品中的文史“硬伤”，可以说是一路直追余秋雨，甚至让人难分伯仲。

贾平凹先生在其《沈从文的文学》一文中曾说，“中国的作家是从来不缺乏天才的，比如李白，苏东坡，曹雪芹，鲁迅”，“学中文的人，搞汉语写作的人，我们必须了解他们的人生，熟读他们的作品，这是最最基本的学业修养”。然而，就是在这篇为西安建筑科技大学师生们所作的演讲稿中，贾平凹先生自身的学业修养却在读者面前暴露无遗。贾平凹先生说：“他（沈从文）到北大后认识了张采和。张是一个美女加才女，他爱的（得）不行，给人家写求爱信，张采和却看不上他，把信交给了蔡元培，蔡元培说：沈从文能给你写信，这是难得的好事呀！后经蔡尽力合作，他们成了夫妇。”且不说贾平凹在文章中汉语基本知识的错误，“的”、“得”不分，贾平凹先生连沈从文先生的夫人究竟叫什么名字都没有搞清楚，就居然敢在文章中大谈沈从文的婚恋，并当着大学校园里的莘莘学子大谈沈从文的浪漫奇缘，这样的勇气，在当代中国作家中，至少可以说得上是极为罕见的壮举。

事实上,沈从文与其夫人张兆和的相识,并不是在北大,而是在上海。当时,身为上海吴淞中国公学校长的胡适先生虽然知道沈从文只有小学学历,但还是大胆地聘用沈从文先生为中国公学的中国文学讲师。在爱才如命的胡适先生看来,沈从文是天才。对于天才,理应破例。而当时的张兆和正是该校大学二年级的学生,沈从文恰好正是张兆和的老师。在这里,沈从文不能自拔地爱上了他的学生张兆和,并向她写出了一封又一封的情书。但对于张兆和来说,沈从文的这些情书,纯属是他一个人的单相思。为了尽快摆脱沈从文的“纠缠”,张兆和将沈从文的这些情书拿去找胡适先生,希望他能够转交给沈从文。因为在当时,学识渊博,大名鼎鼎的胡适先生,早已成为了青年们的导师和偶像。在此之前,沈从文也将自己内心的苦恼诉说给了胡适先生,因此,面对怨声载道的张兆和,胡适先生却是尽量地撮合说:沈从文是天才,他非常顽固地爱你。但张兆和却气恼地说:我顽固地不爱他。正是因为沈从文先生锲而不舍的追求和胡适先生的巧妙撮合,沈张二人的这段一波三折、峰回路转的爱情才最终修成了正果。在我看来,如果贾平凹先生在撰写此文时只要稍稍查一下资料,核对一下基本事实,而不是那么浮皮潦草,仅仅靠想当然和捕风捉影,恃才傲物地写文章,就绝不会出现如此张冠李戴、无中生有的错误。

尽管贾平凹的名字在当代文坛早已是如雷贯耳,但其文史知识的欠缺,却无可避免地暴露出了贾平凹一望便知的根底。金文明先生在谈到余秋雨文史差错的病根时曾一针见血地指出,余秋雨之所以屡屡闹出笑话,正是因为其“自视过高,掉以轻心,想要不通过潜心的研究和深入的查考,只凭原有的学问功底或者个别学者的无根之谈,遽下评断,放言纵论”。从上我们可以看出,贾平凹先生与余秋雨先生简直是灵犀相通,犯的恰恰是同样的通病。在接受著名记者张英的采访时,贾平凹就自我感觉非同一般地说:“我的古典文学修养不是很深,要真拿一篇古文问我一字一句是啥意思,我也不懂,但我能理解。我可以毫不夸张地说,我的领悟能力好,有些字我不一定认识，但我马上能知道它的意思。我曾系统地看过先秦文学，每一个代表人物的著作我都看过一遍，如张岱、归有光，就不仅仅只看选集，而是把他全部著作都看过。”看了贾平凹先生这段答记者问，我真替贾平凹先生感到汗颜。既然贾平凹先生连古文一字一句的意思都不懂，又怎么谈得上能够理解。或许正是因为这种一知半解的浮躁学风，贾平凹先生才稀里糊涂地将明代中叶的代表作家归有光和晚明小品的代表作家张岱误认为是先秦代表作家。说到贾平凹的古文底子和理解能力，这里我们不妨来看一看贾平凹在书上的一段题字：

> 我为人谨慎、作文放荡，为了艺术，我可以丢弃一切，此书窃了天与人之隐，寡人便是一例。
>
> 贾平凹 1993 年 7 月 28 日早记

何谓“寡人”？凡是学过中学文言文的人都可以不费吹灰之力就可以知道，即古代君主的自称。贾平凹先生的父亲既不是什么古代的皇帝，自己又不是什么古代皇帝的二世或者三世，贾平凹先生怎么能够君临天下地自己称自己为“寡人”呢？

一个作家的文史功底差并不可怕，可怕的是那种自我感觉良好，而不去认真学习，甚至误以为自己的脑袋比别人聪明，一看都能理解。在阅读《贾平凹谢有顺对话录》一书时我们看到，两位先生看似侃侃而谈，但由于贾平凹先生文史知识的欠缺，却不时出现一种让人啼笑皆非的胡扯淡和张飞杀岳飞似的瞎忽悠。如：

> 谢有顺：有一句话说得非常好：诗歌是什么？诗歌是翻译中失去的那部分。
>
> 贾平凹：这样实现你的抱负，天时地利、先天后天的都得具备呀。

> 我们是先天后天都不足，你空有一腔雄心壮志。我尤其是这样。孔子说，学然后知不足。确实是这样。我有时在写作中想得蛮好，却表现不出来，我怨恨自己，老怀疑自己。

如果说贾平凹先生不知道“学然后知不足”这句话究竟出自何处，那么著名的新锐批评家、博士生导师谢有顺先生总应该知道吧。如果谢有顺先生是当面碍于情面，不好直接指出贾平凹先生的这种低级错误，那么在出书时总可以进行修订吧。遗憾的是，谢有顺先生却没有。难道谢有顺先生也和贾平凹一样，真的不知道这句话的出处？这里我们来看一看儒家经典《礼记·学记》中的这一段名言，就可以清楚地知道“学然后知不足”究竟出自何处：

> 虽有佳肴，弗食不知其旨也；虽有至道，弗学不知其善也。是故学然后知不足，教然后知困。知不足然后能自反也，知困然后能自强也。故曰：教学相长也。

我们知道，《礼记》成书于西汉年间。试问贾平凹先生，生活在春秋时期的孔子，怎么会说出西汉时期成书的儒家经典中的话呢？在《贾平凹谢有顺对话录》一书中，我们看到，诸如此类驴唇不对马嘴的文史“硬伤”居然让贾平凹和谢有顺先生浑然不觉。在该书中贾平凹说：“《道德经》上说大恩不言谢，人类是知道小恩小惠的，但太阳呀，水呀，这些永远没有谁感谢过。老子知道这个世界的规律，芸芸众生只知道一天天活着就是了。”贾平凹先生哪里知道，总共八十一章，累计五千多字的《道德经》里老子根本就没有说过什么“大恩不言谢”这样类似于丹们的心灵鸡汤似的话。在该书中，贾平凹还对谢有顺谈到：“在《古文观止》上，我们看到那些抒情性散文真好，比如柳宗元的、张岱的、归有光的。”我想，贾平凹先生或许根本就没有认真读过《古文观止》这部经典的古文选本。贾平凹先生不妨打开《古文观止》瞪着眼睛仔细看一看，由清代吴楚材、吴调侯叔侄俩编选的这部经典选本里哪里找得到张岱文章的只言片语？

说到贾平凹的"硬伤"，我们不能不提到其另一本看似很有文化韵味，实际上却到处是"伤痕"累累的《老西安》。在这部书里，其文史差错之多，真让人不敢相信，这样的书竟是出自当代文坛一个著名作家之手。在叙述西安古代的历史时，贾平凹写道：令"三宫六院无颜色"的杨贵妃在马嵬坡断魂后，唐玄宗逃往川西还在半路上夜闻驿站风铃响有贵妃呼他"三郎"之声而痛不欲生，但长安城里人人只去马嵬坡贵妃坟上抓土回家养花，认为花能开艳，以致将坟丘抓平，抓平了修复又再抓平。读过唐代著名诗人白居易的诗歌《长恨歌》的读者，无不为杨贵妃的绝色美貌所倾倒。其"回眸一笑百媚生"的天生丽质，竟然使"六宫粉黛无颜色"。国学大师金性尧先生在《唐诗三百首新注》中解释说："六宫粉黛，指皇宫内所有后妃。六宫，本专指皇后寝宫，后也指妃嫔居处。"贾平凹先生哪里知道，在唐代，根本就没有什么"三宫六院"这样的说法。所谓"三宫六院"泛指帝王妃嫔，那已经是到了元代以后的事情。

由此我们可以看出，贾平凹先生在读书时是多么的囫囵吞枣。在《老西安》一书中，我们还看到这样一段描写：周秦汉唐一路下来的时光隧道里，一切都变得湿漉漉的，伸手可以触摸的，你就会把放大挂于墙上的兵马俑照片认做你自己，该去吟唱李白的诗了："秦王骑虎游八极，举剑向天天自碧。"我想，唐代的诗人李贺要是生活在今天，恐怕早已和贾平凹打起了官司，要回作品的署名权。难道李白的名气比李贺大，贾平凹先生就可以将李贺的诗歌任意署成李白的名字？贾平凹作品中所说的这两句诗，实际上是出自李贺的《秦王饮酒》一诗。原诗为："秦王骑虎游八极，剑光照空天自碧。"由于贾平凹先生随性将诗中的"剑光照空"改成了"举剑向天"，李贺诗中那种磅礴的气势便顿时因这一改而消失殆尽。这真可以说是当代文坛上化神奇为腐朽，点金成铁的一个最好的例证。

记得韩石山先生曾痛感贾平凹的不读书，并苦口婆心地提醒贾平凹先生“还是要多读书”。对于贾平凹读书时出现的病象，韩先生写道，“悟性好，模仿力强，一方面也说明了他会读书，别一方面也说明他的读书，始终停留在一个低浅的层面上，学习写法，学习文句的摆布”，“骤然而至的成功，给了他错误的指引。读书是别人的事，他只需要写。或许也还读书，却别有所图”。对此，我不知道贾平凹先生究竟有何感想，但愿韩先生的话，不会被贾平凹先生当成了耳边风。

批评家的自我救赎
——读丁帆《缺“骨”少“血”的中国文学批评》

王志清

笔者曾多次思考：中国还要不要文学批评？还要不要文学批评家？

笔者写过一篇文章《怎样拯救堕落了的文艺批评》(《探索与争鸣》2008年8月)，那篇文章主要是从批评的生态上来说事的，把批评危机的症结归咎于环境，或者说，主要不是归咎于批评与批评家。然近来思忖最多的是“批评家何为”的问题。笔者十分欣赏《文学报》近年来的“新批评”建设，这是一种救弊，是一种批评回归真正批评的策划，是想在批评的大环境不甚景气的情况下而营造小环境的积极尝试。“新批评”让笔者看到了批评的意义和前途，看到了批评家在大环境尚未尽如人意的情况下的批评作为的可能性。近读丁帆发表在《文学报》“新批评”上的《缺“骨”少“血”的中国文学批评》(2012年7月19日第18版)，更是喜不自胜，情不自禁地为批评家的自我救赎而击节喝彩！

毋庸讳言，批评的堕落，是批评家的责任，是批评家与作家的合谋。批评家弄脏了批评，也弄脏了自己。因此，批评要有前途，首先是批评家要忏悔。丁帆在《文学报》上整版著文《缺“骨”少“血”的中国文学批评》，认为当下文学批评存在堕落现象，并且具体概括为“三种堕落”：一种是依附于体制内某些部门控制批评的话语权，对文学创作进行着指鹿为马的所谓批评；另一种是拜倒在金钱的足下，把批评作为商品进行交易，做了“资本家的乏走狗”；还有一种就是既要体制内某些部门的话语权利，又要拜金的“双料掮客”，他们成了“权力寻租者”。丁先生在诊断出当下文学批评堕落“综合征”之后，发聋振聩地指出：

> 我需要指出的中国当下文学批评的问题症结是——就中国文学创作的现状而言,能够值得歌颂的作品实在是乏善可陈,而一大批老中青作家的艺术感觉还尤其好,那么一大批评论家为之摇旗呐喊、摇唇鼓舌,吹喇叭、抬轿子,更使他们昏昏然而不知天高地厚,仿佛诺贝尔文学奖都在为之倾心相邀、拱手相让呢。而此时此刻,有一位真正的批评家或评论家站出来指出中国文学创作和批评的病灶吗?"皇帝的新装"堂皇畅行天下。说实话,即使有人有这样的胆识,也未必具有那样的人文学养和文学思想的洞察力。恕我直言,当下的中国没有一流的文学家,也更没有一流的批评家和评论家。二流加二流,最终还是等于二流!这一切不得不归咎于我们的文学生态环境和人文环境培养出来的基本上都是夜郎自大的昏庸作家和固步自封的昏庸批评家了。

笔者不想对当下批评的堕落与灾难现象做另起炉灶重新概括,之所以这么大段地引述,态度是认同,是首肯,是欣赏。笔者以为,丁帆这样概括的评价,是清醒的,是中肯的,是实事求是的,也是一针见血的。

一般而言,文学批评的堕落,是"缺"了什么?或云缺骨少血,或云缺钙缺德,或云缺失良知,或云现场缺席,或云失语失准,如此等等。文学批评,到底"缺"了什么?笔者以为,当下批评最缺的是批评家的自我救赎精神!

丁帆良心发现,他在《缺"骨"少"血"的中国文学批评》认真地自责起来,他说:

> 现在看来,我的许多观点还是很浅薄的,需要进一步反省批评主体的自身问题,当然,其中更多的是对自我内心世界的认知反省。

丁帆接着又说:

最近一直在重读以赛亚·伯林的许多“论文”，作为一个思想家、哲学家，他不但以其洞明世事的思想穿透力征服人心，而且还以独到的艺术见地和优美的艺术笔法评判了大量的作家作品，体现出一个思想家的艺术修养之宏阔而精细的风范。……读了这些文字，我感到羞愧，甚至不敢动笔了。反躬自问：我们这些人配称作文学批评家或者评论家吗？妄自菲薄吗？是的，我们没有素养，我们没有素质，我们只会喊口号、贴标签，我们只会拾人牙慧，我们只会技术层面的操作，我们唯独缺乏的是独立的人格和自由的思想！

丁帆，大名鼎鼎的南京大学教授，国内批评界也算是个大腕级的批评家吧！丁帆，他忏悔啦！这是何其难能可贵的清醒和勇气啊！让我们看到了批评家的良知，看到了批评家的良心。

文学批评家，到底是一些什么群体？文学批评的精神关怀职能要不要继续承担？文学批评对于精神救赎和社会批判的功能有没有必要继续坚守？这是时代对批评家的追问。老子曰：“知人者智，自知者明；胜人者力，自胜者强。”孔子曰：“好学近乎知，力行近乎仁，知耻近乎勇。”文学批评家，是群众审美的领袖，是社会认知的良心，是比一般人更应该讲学修德的高智人群，是需要修成就君子人格的人文科学家。批评家的忏悔，具有了“知耻近乎勇”的自省，才会对当下批评以及批评中自身站位做出实事求是的准确评估，才有可能真正具有明辨是非的尖锐，具有辩论邪正的定力。文学批评家，在当下文学批评大环境不景气的情况下，应当常怀一颗羞耻之心，知耻惜荣，正身养气，从我做起、从自身做起而改变批评生态，这就很需要一种勇敢而真诚的自我救赎的忏悔啊！然而，在公开的场合像丁帆那样自责自忏的，笔者还不多见，这正说明了我们所面临的文学批评生态的恶劣。

自20世纪80年代社会向市场经济逐渐转型之后，原有的文学批评话语系统被彻底颠覆，消解了文学批评原有和应有的功能，最严重的负面后果就是消解了文学批评的庄重性与严肃性，批评家也随之而迅速地粗俗化，甚至是堕落了。批评危机！批评堕落！批评灾难！批评告急！这绝非危言耸听！

克罗齐认为，文学评论的终极价值在于对于真理的接近性。（克罗齐《美学原理·美学纲要》，朱光潜译，外国文学出版社 1983 年版）杜夫海纳也说：一个有价值的、有基本道德的文学评论家，应该恪守的道德底线就是“不伤害，不摆姿态，不虚伪”。（杜夫海纳《美学与哲学》，孙非译，中国社会科学出版社 1985 年版）车尔尼雪夫斯基《论批评中的坦率精神》中指出：“批评如果要名副其实成为批评，它就应该更严格些，认真些。”（《车尔尼雪夫斯基论文学》中卷，辛未艾译，人民文学出版社 1965 年版）笔者敢于断言，世界级的文学批评家，譬如丁帆所力荐的赛亚·柏林等，他们所以崇高和不朽，是因为他们“不但以其洞明世事的思想穿透力征服人心，而且还以其独到的艺术见地和优美的艺术笔法评判了大量的作家作品”。对比这些批评家，看看当下我们的那些批评家们，他们显得是多么的渺小与可怜，批评家人性的失落，道德的退化，造成了他们创造性思维的低下，他们不仅不能抵制市场对精神的侵犯而维护文化的尊严，而且需要通过媚俗、迎合和卖弄来卑下地讨生活，实际上是自己把自己降低到了“娼妓”的地位。然而，当文学批评之堕落依然没有出现什么转机的时候，批评家忏悔式的自我救赎，则像一道光亮划过了批评界阴郁的天空。

多么可贵的忏悔啊！这是自我救赎的一种道德净化，是批评家的良心发现，是批评家心生敬畏的自新自律，是批评家为批评堕落而痛心疾首所生成的救弊冲动和作为。批评家知耻惜荣，从我做起，慎独守真，多了些应有的社会责任和道德承担，不仅不做玷污批评学术纯洁性的亏心事，而且竭力维护批评的尊严，积极建立良好批评生态的健康新秩序。

读罢丁帆的新批评，从其自我救赎的忏悔中，我们看到了未来批评的亮色！这对于当代中国批评的发展来说是何其重要和珍贵啊。

物质依赖症中的文艺乌托邦
——评格非《春尽江南》

卢虹贝

《春尽江南》中，男主人公谭端午的经历，与作者格非颇有相似。格非坦言，“端午这个人是我的梦想”，因为他坚守着八十年代的价值观。在格非看来，那是令人怀念的黄金年代。而谈到现在，不乏愤世之语：“在现在社会，你只有两个选择，自外于世界或自绝于人民，做一个穷光蛋，要么你就庸俗一下，往上爬。”格非把当代人一分为二：在清贫中坚持理想，抑或庸俗地追名逐利。他赞赏前者，认为谭端午属于此类。

实际上，格非和谭端午，都不能划入任何一类。他们有安逸的物质基础。格非是著名作家、名校教授；谭端午靠着妻子的高收入，物质丰足。格非遗忘了自身所在的真实立场：中产阶级“文艺中年”。所谓“文艺中年”，与其前身“文艺青年”相对。在八十年代，文学最吃香时，他们迈入了文艺青年的行列。二十年后的今天,作家的头衔已大幅贬值,他们仍在创作。

而此种立场,正是小说的存在基础,不仅影响了素材和角度的选取,甚至影响到作品风格和修辞方式。这种立场,让格非在小说中营造了一个物质依赖症中的文艺乌托邦。

一、“这个世界的贫瘠,正是通过过剩表现出来的”:中产阶级的过剩物欲

小说描绘了当代都市生活物质过剩的繁华图景,不加掩饰地流露出中产阶级对品质生活的追求。可以参考对谭端午家的描绘:轿车、佣人、带花园的住房、等离子彩电、专门储存茶叶和咖啡的冰箱、只用农夫矿泉水泡茶……

小说中还充满了名牌商标的罗列,宛如植入广告。举例言之,在女性衣饰和化妆品方面,出现了如下品牌:LV 坤包、CD、兰蔻、香奈儿、ARC'TERYX 外套、Burberry 斜纹丝巾、UGG 翻毛皮靴、Estee Lauder、GUCCI 包……

ARC'TERYX、Estee Lauder,不用常见的中译“始祖鸟”、“雅诗兰黛”,而用外文词,未免刻意。又如,提到立顿红茶,写作“泡了一杯 Lipton 红茶”;介绍电子管,是“美国西电公司(West Electric)1996 年生产的复刻版的 300B”,细致入微到要在公司名后加注英文;两次提到便利店,都点明是 seven-eleven。这些细节本可省略,但作者意在强调其洋味。

“拜物教”的物质中毒症,是当代都市症候群。以各种品牌名炫人,当代许多小资作家深谙此道。但格非作为“纯文学”的前辈作者,在切入现实时竟也选择了这种方式,更加耐人寻味。

小说中有这样一个情节:谭端午与庞家玉离婚的前一天,绿珠约谭端

午去“天厨妙香”喝禅茶。当她开着“白色顶棚的 Minicooper”来接他时，正好遇见骑车回家的庞家玉。谭端午装作没看见妻子，夸张地吹了个口哨，大模大样地钻进汽车前排。

这一刻的谭端午，显然有种报复的快感。除了情人比妻子更年轻美貌，这种快感也建立在隐秘的物质优越感之上：绿珠开着 Minicooper，而庞家玉曾经开本田车、现在只剩自行车；绿珠常去“天厨妙香”、“荼靡花事”这类小资场所，喝禅茶和进口葡萄酒，而庞家玉爱去“棕榈岛”喝咖啡和啤酒。

谭端午与绿珠的婚外恋，是小说的主线情节之一。作者试图强调其不俗的精神成分，有别于其他充满肉欲的男欢女爱。但实际上，这段婚外恋始终建立在小资的物质基础之上。

例如，他们两次重要的见面，都在私人会所“荼靡花事”。这里洋溢着古典的小资气氛：庭院里的石拱桥和天井、穿旗袍的服务员、青花香碟里燃着印度香、有人弹奏琵琶……绿珠点了清蒸鲥鱼、木瓜炖河豚、葱烧鱼肚、白灼芥蓝、智利白葡萄酒。酒喝完了，河豚尚未吃完。她感慨道：“这个世界的贫瘠，正是通过过剩表现出来的。所以说丰盛就是贫瘠。”

这看似富于哲理的隽语，由她说出，颇具讽刺意味。她的这桌美食，最终是由姨父陈守仁买单。在饭桌上，她和谭端午刚谈到陈守仁买地、导致棉纺厂的工人被迫下岗。而谭端午之妻接触过棉纺厂的下岗工人，其悲剧处境令人心酸。一边是下岗工人的贫困和艰辛，一边是河豚过剩的奢侈、男女私情的小资情调。其中的讽刺，小说人物显然没有意识到，或许作者也没有意识到。

诗意建立在丰厚优渥的物质基础上。其背后隐秘的暗面，是过度消费之后留下的、充满垃圾的贫瘠世界。而谭端午和绿珠们，习惯了无视甚至美化这个贫瘠世界。于是谭端午对着办公室窗外“乌黑发亮，臭气逼人的古运河”，也能感到“死水微澜的浮靡之美”。

二、"失败者"的胜利：无处不在的文艺价值尺度

格非在访谈中，把谭端午这类人称为"失败者"，甚至说"我感觉到自己是一个失败者"，写这部小说是"想代表一些失败者"，"文学就是失败者的事业，失败是文学的前提"。他充满失落地认为，当今社会，所有人的梦想都是"一觉醒来都想变成千万富翁"，而他写这部小说的目的，是为了"寻找那些不那么在乎钱的人，那些所谓的失败者"。

但实际上，小说中的"失败者"绝不失败，反而大获全胜。这源于作者使用的价值尺度。格非不满于单纯以物质经济作为价值尺度，便在这道尺度之外，开辟了一道更隐晦的价值尺度：文艺尺度。而后者是第一位的，效力远胜于前者。

这两种价值尺度，分别存在于物质层面和精神层面，但在中产阶级的消费模式下，它们并不矛盾，还呈现出和谐的同质关系。物质尺度的表现之一，是商业品牌的堆砌。文艺尺度也体现在文艺符号的堆砌。

例如，为了表现谭端午的古典音乐修养，小说中出现了众多音乐家名和曲名。仅计音乐家，就有德彪西、舒伯特、迪斯考、海顿、瓦尔特、贝多芬、莫扎特、巴赫、古尔德、勃拉姆斯、鲍罗丁、勋伯格等。小说中大量的文学作品名和作家名，囊括古今中外。从《诗经》《左传》到《红楼梦》，从《浮士德》《荒原》到金斯伯格、史蒂文斯，不胜枚举。这些文艺符号，大多像浮在水上的油沫，并未融入文本，也并非必要。

作者在命名时，也不乏文艺情调。别墅叫"呼啸山庄"，私人会所叫"荼靡花事"，打网球的地方叫"醉花荫"。设计院所属的工作室，要取个洋名，speed-cape(此词在英语中并不存在，属于生造)。就连绿珠之名，也文艺得不合时宜。谁会用一个坠楼而死的家妓，来给女儿命名？但作者喜欢这种

香艳而古典的美人传奇。于是，绿珠只能是绿珠，甚至从未提到她的姓氏。

作者对文艺的一往情深，在人物设定上颇有流露。例如，除了谭端午，很多人物都会写诗：徐吉士、王元庆、绿珠、冯延鹤、宋蕙莲。就连最庸俗市侩、行为猥琐的商人陈守仁，人性中最后的“纯净”，竟也要通过写诗来体现——他临死前念念不忘的，是写给绿珠的几百首十四行诗。

文艺元素的强行加入，还造成了前后矛盾：以“妈的”“靠”为口头禅的庞家玉，买房时首先考虑楼盘名，对文字无比敏感挑剔；把唐卡换成裴勇俊电影招贴画的李春霞，与庞家玉初次交谈，便聊到《一千零一夜》中的“阿月浑子”；怂恿庞家玉把鹦鹉弄走的姜老师，粗俗不堪，但她说起手托鹦鹉的谭良若，发生的联想竟是“要是他手里再有一只雪茄，那就活脱脱的一个希区柯克”。这些细节虽不符合人物设定，却符合作者的文艺趣味。

最能体现文艺尺度的人物，当属谭端午。接受专访时，格非坦言对他的偏爱。但他对待本职工作，是尽可能旷工溜号；对待家庭，是懒到给家养热带鱼喂食都不肯。为了证明他的价值，作者把众多文艺符号集中烙印在他身上。

为了反衬出他的文艺，他的身边伴随着一些小丑般可笑的庸俗人物。比如，在他读出生僻字时，需要由小史来表达她“愚蠢的担忧”。又比如，徐吉士把“鸲鹆”读成“句谷”，遭到两个女生的嘲笑。谭端午发现后，笑着纠错，还要加一句：“你没读过《聊斋志异》吗？”

但这个幽默段子存在破绽。徐吉士曾是“享誉全国的青年诗人”，八十年代末出版过诗集，曾在鹤浦文联上班，后来在鹤浦晚报当新闻部主任。这样的人，即使不知道“鸲鹆”怎么读，也不至于读成“句谷”被嘲笑还茫然不知所以，直到被人指出，才恍然大悟。小说中，徐吉士的文艺水平忽高忽低：他能随口引用《左传》，把冷小秋噎得一愣一愣；面对年轻的女下属，能痛斥她的稿子文理不通。但到了男主角面前，便化身文艺白痴。不然，何以体现谭端午的高明？

所以，喜欢读于丹和易中天、听理查·克莱德曼的唐燕升，与喜欢读《新五代史》、听古典音乐的谭端午明显拉开了档次。谭端午对理查·克莱德曼的音乐，“厌恶地皱了皱眉，用无可置疑的口吻”，把它宣判为“垃圾”。

此种价值观，也借小说人物之口说出。庞家玉瞧不起谭端午这个无用的诗人，但当她把“人”进行划分时，仍然认为他高人一等：芸芸众生，比如她自己，死了之后就烟消云散；而谭端午这样的作家，死后还有文名传世，还会被人提起。这显然是作者的意识流露。

除了这些隐蔽的价值判断，谭端午也因其文艺而受到命运垂青。他物质上的安逸，全靠妻子。而他能娶到她，很大程度上是由于他曾是光环在身的文艺青年。甚至到后来，文艺已不再吃香，他依然借此得到优待，例如，轻易捕获了绿珠的芳心。不仅美人为此倾心，上司也因此器重：因为读对了生僻字，他得到冯延鹤的青睐，最终获得无故旷工的特权。简而言之，他丰厚的物质基础、美妙的精神恋爱和悠闲的工作待遇，都拜文艺尺度的强大效力所赐。如此幸运儿，怎能叫做“失败者”？

作者不仅给符合文艺尺度的谭端午和绿珠安排了许多好运，还要借由命运来惩罚被他们鄙视的俗人。谭端午鄙视的庞家玉和绿珠鄙视的陈守仁首当其冲。

庞家玉的生涯充满了不幸。最初恋爱时，她被谭端午当成一夜情对象遗弃。婚后她努力工作，养着工资只够烟钱的懒惰丈夫，为全家提供经济基础。与此同时，还要忍受可怕的婆婆的折磨，痛不欲生。当她试着提出离婚，谭端午只问了一句“你这么说，是认真的吗”，她痛哭一场，从此绝了离婚之念。最后，她得知自己患上绝症，独自走向死亡。

同样，辛勤工作的富商陈守仁，是情场上的冤大头，最终还惨死在始终没有揭秘的“神秘人”手下。积极进取、努力工作的“俗人”，都不得善终。就连勤奋学习的小女生戴思齐也患病住院。

综上所述，格非所谓的“失败者”，其实是真正的成功者。但这并非根据现实的逻辑,而是由于作者作为上帝,行使着现实中并不存在的强大文艺尺度,顺者昌、逆者亡。

表面上,小说似乎试图消解乌托邦的理想,以接近现实。而实际上,作者暗中营造了另一个以文艺尺度作为主宰的乌托邦。但这个乌托邦毕竟是过时的幻影,八十年代的文艺黄金时期已然逝去。所以,小说中充满了对"旧"的缅怀、对"新"的恐惧。冯延鹤把他不喜欢的人一律称为"新人",谭端午也拒绝跟随时代前进。这造成了整篇小说的错位和割裂:前台展现了最现代、新潮的物质条件,纸醉金迷;后台却隐藏着八十年代的文艺价值尺度。作者用最新的外衣包裹起来的,是一颗陈旧的心脏。

三、"寄生虫一样的生活":物质依赖症中的病态

现实中,作为中产阶级消费品的标签式文艺,无法离开物质基础。如果没有妻子的高收入,谭端午用他那微薄的工资,如何在养家的同时继续文艺?如果绿珠不得不为衣食计,如何继续清高?简而言之,按照当今社会的主流标准,文艺"无用"。

作者也坦言,他之所以钟情于八十年代,是因为在那时,"做一个无用的人是可以的"。小说中也亟须确立"无用"的正当性。于是,作者让冯延鹤搬出一套庄子的大道理,论证"无用"的合理性,甚至赋予它优越感。所以,谭端午才能对自己的"无用"上瘾,"喜欢这种'正在烂掉'的感觉"。

但即使在作者营造的乌托邦中,"无用"依然无法摆脱对物质的依赖。作者的无意识在行文中时有流露。例如,高谈《庄子》的冯延鹤,别人借了他两块五毛钱的菜票,他在两个月后竟还记得催人还钱。

就连谭端午身上,也可以捕捉到此类蛛丝马迹。例如,陈守仁开着凯迪拉克,把谭端午送回家,还送给他"黄鹤楼"牌香烟、"五大连池"的大米等

礼物。于是,谭端午"忽然觉得这个呵欠连天的老朋友,也不像他以前想象的那样俗不可耐"。是否俗不可耐,与精神交流无关,只与凯迪拉克和礼物有关。又比如,庞家玉知道自己罹患绝症之后,对待家人的态度发生巨大转变:带儿子出去玩;为家人准备丰盛的早餐;带鲜花回家;饭后喝茶聊天;全家人一起去电影院……这些改变,谭端午都平静地接受了。真正让他生出"初恋般波涛汹涌的幸福感"的,是庞家玉为他买了一对价值不菲的信号线。初恋的感觉,还是要靠物质来实现。

所以,庞家玉瞧不起诗人谭端午,却羡慕诗人宋蕙莲,因为宋蕙莲有优渥的物质基础,文艺是锦上添花。所以,她对庞家玉炫耀时,既谈到文艺方面,也强调物质方面。同样,谭端午在参加诗会时,遇到的职业诗人们,其炫耀方式,也是谈论自己在世界各地所见的异域风情,甚至不屑提及初出国门的人才会去的地方。

虽然文艺必须有物质基础,但谭端午和绿珠对钱的态度很是奇特。对为自己提供物质基础的人,他们不但毫无感恩,还充满鄙夷。谭端午瞧不起俗气的庞家玉,生气时甚至把她划为"非人"一类。绿珠对陈守仁的鄙视更是赤裸,却毫无愧疚地肆意挥霍他的钱,过着"寄生虫一样的生活"。在和人谈钱时,她甚至强调,如果第一笔资金不够,她可以让陈守仁再多投一点,"反正他有的是钱"。

在他们心目中,在经济方面,坐享其成是理所当然。所以,谭端午在单位拿着工资,尽可能溜号旷工,还对此颇为自得。作者也赋予其正当性:"端午当然有理由为自己置身于这个社会之外而感到自得。"更有甚者,他们似乎认为,窃取他人财物理所当然,近乎对被窃者的恩赐。这种神奇的逻辑,源于八十年代文艺青年的崇高地位。小说中声称:在八十年代,诗人们从别人的口袋里拿钱,不仅不是冒犯,还是友谊和亲密的象征。所以,谭端午与李秀蓉发生关系之后,偷偷拿走她身上所有的钱,留下她发着高烧、只身在郊外。他觉得,"这当然不能算偷"。又比如,徐吉士打算搞个诗歌研讨会,需要资金。他与谭端午合计了半天,寻找可以利用的苦主。后来,有人愿意出资,但要求有所回报。徐吉士做出承诺,转身却对谭端午沾沾自喜道:“会议一结束,老子拍拍屁股就走人。其又能奈我何?”就像孔乙己义正词严的理由:窃书,不能算偷。

罹患物质依赖症的“文艺”,既自命清高,又必须依赖于物质。矛盾之中,它患上了分裂症。小说中与文艺有关的人物,几乎都有或轻或重的病态:曾被视为文学天才的王元庆,后来住进精神病医院;冯延鹤有洁癖和强迫症;绿珠有严重的抑郁症,自称靠吃药活着。就连谭端午,也自言“从某种意义上说,我也得过这种病(指疑病症)”,还特意加上一句,“得这种病的人,除了我之外,基本上都是天才”。看似自嘲,潜台词中不乏自傲。他当然有理由自傲,在他和绿珠那里,病态又是文艺情调的一种。比如绿珠的抑郁症,作者用诗般优美的笔调来描述:“悲哀就像一条小蛇,盘踞在她的身体里,温柔地贴着她的心,伴随着她一起长大。”

谭端午也有诗人式的悲观忧郁。庞家玉觉得,“端午成天躲在阴暗的角落里思考着这些阴暗的问题,对健康没有什么益处”。后来,当庞家玉开始“被无端的忧虑折磨得坐卧不宁”,谭端午反而夸她有进步。在追求病态的忧郁这点上,谭端午与绿珠自然能够一拍即合,惺惺相惜。

《白雪乌鸦》的失当之处

吴娱玉

迟子建以“忧伤而不绝望”的调子数十年如一日地讲述着她的温情故事。此种“满蕴着温柔,微带着忧愁”的笔调,能把“清水洗尘”似的家长里短写得活色生香,也能把一部伪满洲国史安置得有条不紊。2010 年,她挑战自身极限似的,正面强攻起一场发生在一百年前哈尔滨的吞噬了数千生灵的鼠疫,写下长篇小说《白雪乌鸦》,让人不禁为她捏一把汗:她那支温情、灵动的笔能处理如此深重的灾难吗?拜读之后,我发现我的担心决非杞忧。下面就让我逐一道来《白雪乌鸦》的失当处,每一种类型仅举两三例。

一、用词不当和文法混乱

1. 迟子建这样描写卖艺人彼洛夫:“别的卖艺人,大都蓬头垢面,衣着破烂，放浪形骸；彼洛夫则是面目洁净，衣衫整齐，就连放在脚边的接纳施舍者零钱的铁皮盒，也擦得锃亮。”姑且不论铁皮盒当然是用来“接纳施舍者零钱”的，根本不必费心地、累赘地点出，迟子建就连“放浪形骸”这样普通的、无歧义的词汇也会用错。《兰亭集序》曰：“或因寄所托，放浪形骸。”形骸放浪了，灵魂也就高扬了，飞升了，“放浪形骸”说的正是王羲之一样的不受礼法约束的旷达、潇洒。迟子建用别的衣衫褴褛、邋里邋遢的卖艺人来衬托彼洛夫的清爽和沉静，这些人怎么可能是“放浪形骸”的？迟子建真是糟蹋了那么迷人的魏晋风度。

2. 迟子建为了凸显于晴秀的“能诗善文，境界不同凡响”，让她笑吟吟地写下一副酒联：“一碗忘忧不说人间尘俗事，三碗轻身总把银河做长笛。”这副酒联让秦八碗目瞪口呆，令傅百川如见天书，连称奇人，从此害上了热烈的相思。姑且不论一个做点心的厨娘怎么就有了旷世奇才，单看这幅酒联，根本就不对仗、不入流嘛，如何就能看出了不起的才华来？或许，这已经是迟子建才华的极限？

二、情节失真

1. 金兰的儿子继宝出疹子，高烧不止，翟役生趁王春申和金兰都不在的时候，去防疫卫生局汇报，防疫卫生局的医士就把继宝拉走隔离了。金兰知道消息后暴跳如雷，因为孩子原本已经危急，现在又被隔离在鼠疫病人之中，性命肯定不保。在这十万火急、性命攸关的时刻，金兰出门寻子，临行前“狠狠地瞪了翟役生一眼，说：‘你可给我看好门，等我回来，客栈要是少了一根针，就拔你的屌毛当针使！’说完，扑哧一声乐了”。三天以后，继宝果真死在疫病院。一个女人就算再放荡，也不会在儿子危在旦夕的时候对自己的杀子仇人开这样的色情玩笑吧？她怎么可能“乐”得起来？有人批评迟子建的小说“一苦二黄三温暖”。我认为，小说不是不可以色情，毕飞宇的小说甚至是色意盎然的，但是，色情也要色情在地方啊，哪能像迟子建似的滥用和误用。

2. 秦八碗是大孝子，煮好粥了，母亲说馋面条，他就立刻和面，母亲晚上睡觉时咳嗽了，他就立刻翻身起来，打开菜窖，取来萝卜给母亲祛痰。鼠疫爆发时，母亲正好安然地往生，秦八碗要送母亲遗体归葬山东。但是，医官严令，鼠疫期间一切遗体只能就地安葬，不得迁徙。秦八碗"大概怕母亲独自在异乡入葬"，孤单得慌，就剖腹追随她了。擀面条、取萝卜确是孝子所为，剖腹殉母则比"老莱娱亲"、"郭巨埋儿"、"卧冰求鲤"等"二十四孝故事"变态、荒唐太多了。鲁迅早就批评过"二十四孝故事"拿肉麻当有趣，"以不情为伦纪，诬蔑了古人，教坏了后人"，迟子建却还要活画出一幅新世纪的越发肉麻、可笑的孝子图，让"五四"的志士仁人们情何以堪啊！

三、局部溢出

1. 小说第一章便写到道台府，其后又多次提及，均未细说，到了第十一章，迟子建却非常突兀地花费近两千字的篇幅，顺着大堂、二堂、三堂，将道台府详详细细、洋洋洒洒地描绘了一番。如果这是巴尔扎克式的用典型环境烘托典型人物的写法也就算了，如此详尽的、巨细无靡的环境描写，竟然跟于道台这个人物形象毫无关联，而且，于道台本是小说的次要人物，哪里需要为他花费如此多的笔墨。那么，迟子建打哪里来的这一股闲情逸致？当我搜索"道台府"这一词条时，终于懂得了她的思路——迟子建对于道台府的描写，大抵照搬"百度百科"里的"道台府"词条，迟子建原来犯了"材料消化不良症"。要是有人说我找茬，别急，请你先百度一下吧。

2. 被逐出宫门的太监翟役生是贯穿小说始终的小丑，迟子建一直没有深说他的来龙去脉，却在小说快结束时浓墨重彩地回溯了他在宫中的辛酸往事。这一回溯足够有趣，却非常的不合时宜。你看，鼠疫的烈焰终于被压住了，阴霾渐次退去，大地即将回春，哈尔滨这座苦难之城该有多少创痛要抚慰，也该有多少劫波渡尽的欣悦要抛洒，可是迟子建不早不迟，偏偏在这个时候花了好几千字的篇幅来交代翟役生的过去，不明就里的人还以为他在看一本宫廷秘史而非一座城市的灾难史呢。如此突然增生出来的赘疣，除了满足一下读者的猎奇的胃口，还有什么用？

四、温情的限度

迟子建以温情著称，在许多读者看来，她几乎就是“洒向人间都是爱”的爱神。《白雪乌鸦》写鼠疫，鼠疫中的人们当然更需要温情，需要爱，于是，迟子建无所不用其极地渲染着温情，抛洒着爱意，就连可怕的鼠疫也可以拥有奇异的美丽，比如，在伍医官的想象中，鼠疫竟然像极了霜花：“霜花美得就像一个白日梦一样，闪现在他眼前。他从中看出了枝叶婆娑的树，飞舞的云，奔流的河，和壁立的山岩。他知道自己所判定的肺鼠疫，很像眼前的霜花。人们即使看到了它，却都带着不信任的眼光，认为那是虚幻的。”姑且不论“却都”用错了，应该改成“也会”，单看肺鼠疫像霜花一样的虚幻，就是生硬的、轻薄的、比拟不伦的，甚至是残忍的——肺鼠疫像什么不好，要像那么美丽的霜花？虚幻的东西难道只有霜花这一种？温情的背后其实是残忍。不仅在虚构的世界里，就是在现实中，对于亲人，她也是温情、滥情到残忍的程度的。比如，《白雪乌鸦》的后记提到，在小说写作的过程中，迟子建的外婆去世了，她飞回去奔丧，看到外婆的遗容并不安详，“甚至有点扭曲，可见她离世时，经历过痛苦的挣扎。这样的遗容，让人撕心裂肺。”人世间最大的悲痛莫过于“子欲养而亲不待”，而且，迟子建在她的许多作品中告诉我们，她的外婆多么的慈祥，那么疼爱她的外孙女，现在，外婆走了，走得如此痛苦，外孙女一定会有“撕心裂肺”的疼痛吧。可是，外孙女转念一想：“午夜时分，月亮周围竟然现出一团一团的彩云，我明白了，那晚的月亮是个新娘，飞来的彩云则是它的嫁衣。外婆可能在这个日子变成了一个花季少女，争着做月亮的伴娘去了……想着外婆停灵于明月之下，飞雪之中，想着她一手抓着把好月光，一手抓着把鹅毛大雪上路，天宫的门，该不会叩不开的吧？这样一想，我的心便获得了安慰。”如此剧烈、深重的疼痛都可以不算什么，转念一想，也就化解了，释然了，这一转念是不是太轻薄了？而且，早已过了不惑之年的迟子建不是一个听童话故事的懵懂小儿啊，外婆离世的创痛，使她不再害怕进入鼠疫的情境，她重新回到书桌前，下笔如有神助，她不由感慨：“看来哀痛与疾病不是坏事，它静悄悄地给我注入了力量。”外婆离世这样的坏事也可以变成好事，变成力量之源，外婆如果地下有知的话，该是五味杂陈的吧！

我并不是要求迟子建具有鲁迅式“横眉冷对千夫指”的决绝，也不是要求她像加缪在《鼠疫》中所做的那样，探究人类面对困境、劫难的方式，我只是很谦卑地、最底线地要求：不要把屠夫的残忍和世界的荒寒化为轻佻的一笑，不要把哀痛和疾病都升华为好事，好吗？

《神探亨特张》：一位便衣的活着

芷　宁

不出意料，这部由非专业演员出演的低成本国产影片看得本人精分(精神分裂)了。因为片中多位友人的主演或客串，一看到他们的脸以特写的形式出现在银幕上，就很容易出戏，大笑不止，但是，这些欢脱的笑声只是一种表象，遮盖不了这部影片主题的深沉。

看上去光鲜亮丽的偌大都市里，隐藏着很多充满“负能量”的故事，就像向阳和背阴处共存一般，那个由老六张立宪饰演的总被“负能量”冲击的中年片警张惠领，在观影亲友团笑得前仰后合的时候，其形象也渐渐变得丰满立体生动起来。于是一边在出戏中欢笑，一边在入戏中沉思，体会了一次奇妙的观影感受，不精分才怪。

撑起一片森林的有参天大树，也有衰草，影片很容易让人想起尼采的话：“让我们认识到生活于当下时刻的至关重要。其实人跟树是一样的，越是向往高处的阳光，它的根就越要伸向黑暗的地底。”生活在都市里的人们，既要接受其绚丽的一面，也要容纳其阴暗的一面，至少梦露也这么说过：“如果你无法接受我最坏的一面，你就无福消受我最好的一面。”

影片取材于现实，也拍得现实，摇晃的镜头，残破的画面，不唯美的街拍，抖动的跟拍，给出了一个不适于出现在官方形象片中的北京。据说，为了让这些非职业演员自由发挥，导演高群书从不拘泥于预设镜头走位，“演员们”从不知道摄像机在哪儿，只管演好自己的戏。这种仿若隐藏摄像机的做法，似乎取得了不错的拍摄效果，参演者按照自己对角色的理解，自行发挥，丝毫没有拘谨地奉献了银幕处女秀。而这种拍摄方式的迷人之处也在于抓住了那些不可能重新制造的瞬间。

似乎画面里的颓丧，表现的恰是对生活的热情，专门和偷摸拐骗作斗争的便衣张惠领，显然不属于“重案六组”，他管的片儿不算大，却很重要，属于海淀区的核心地段，他每天接触的事情，负面琐碎闹心，有些还触及人性底线，他每天必须以极大的工作热情驱散那些负面情绪，也必须用坚定的信念支撑着病体继续奋战。

可以说，这个几十年如一日蹲守在第一线的人物，是个十分接地气的角色，所幸主演老六生就一副街头巷尾的亲民形象，虽就身手而言，明显不是个，但作为文人，他演出了不错的内心戏，其中面对北京台法制节目采访

时说的话，以及看到监控录像中货车对四岁女童的反复碾压后的心境，老六的拿捏得很到位。

在接受采访的那场戏中，人民的好便衣提到了“负能量”这个词，此时光部分地打在老六那张苦大仇深的脸上，眼中的疲惫、困惑、思辨以及那么一丝丝的愤懑，尽数展现在那张沧桑的脸上，在那一刻，突然发现老六还挺经得起长时间特写镜头考验的。当看到女童被碾压的监控后，张便衣脸上有了片刻停滞的表情，这个停滞仿佛一种瞬间的窒息，再现着张惠领的难以置信和出离愤怒，虽然之前他不断地接触着“负能量”，但他始终相信着人性中美好的一面，于是这个镜头的出现，令观众仿佛听到了老张内心的沉重。

迪特里希·潘霍华说过：“为孩子们所做的一切应成为衡量社会道德的标尺。”如今，都市里流行着一种病，叫做冷麻症，冷漠，麻木。冷麻症最可怕之处不在于让人毫无感受不能去理解他人，它还会不可逆转地恶化到更严重的地步。即，人们慢慢习惯了冷漠麻木的状态，便开始淡忘甚至厌弃美好的东西，以致失去自我，沦为没有道德感的迷失者。影片在这方面所设的拷问并不那么生硬直接，却深入人心，就像片中所用的周云蓬的音乐，带给你思考的余味。

片尾，夜幕降临的北京华灯璀璨，通体明亮的高楼大厦和阴暗凉薄的犄角旮旯共享着这片旖旎的夜色。那些形容美西某城市的句子似乎也可以用来形容此时的北京，“像一个经历过于丰富的人，既复杂又脆弱。它仿佛从漫长的黑魔法中醒来，终于可以平和地自处，却也必须重新面对那些尚未解决的难题。”

活着，就是用一种焦虑代替另一种焦虑，看上去总在思考人生的焦虑老六演了部不错的电影。

《爱情公寓3》：请让我一笑而过

陈令孤

只有不赚钱的电影，没有赔本的电视剧。从诞生之日起，电视剧在艺术品位上就干不过电影，直到今天，它依然被定位在文化娱乐的概念上。如果说电影是精英的话，电视剧就纯粹是屌丝。从题材上看，电视剧也比电影丰富，古装、武侠、青春、伦理、军事、职场、警匪、传记等都出现了很多精品。自从《武林外传》造成轰动效应之后，情景喜剧的创作也风起云涌，收获了一大批粉丝。随之而起的《爱情公寓》以它的三贴近——贴近网络、贴近青年、贴近娱乐——赢得了众多年轻人的欢心。目前，它的第三季开始热播，且不提它对《老友记》的模仿和对网络段子的抄袭，它所创造的自由随意的喜剧风格的确给观众带来了很多快乐。它通过情节拼贴的方式，以小品为骨骼，以相声为血肉，以制造雷人的桥段来达到雷人的目的，以自嘲的苦肉计来形成麻醉神经的效果。其剧本的编排很好地掌握了幽默的各种路数,故事翻来覆去进行变换,看似推陈出新实则陈旧老套,但依然趣味丰富。

表演是喜剧的基础,《爱情公寓》捧红了一批上戏毕业的年轻演员,他们在电视里的独特个性迎合了这个时代的玩世不恭。曾小贤的耍贱、吕子乔的好色、关谷神奇的笨拙、陆展博的卖萌都颇具喜感,相比之下,女性角色在戏里面的喜剧效果就没有男生好。除了胡一菲大包大揽的圣斗士形象外,其余的女生都是时尚有余,韵味不足。在第一季中很讨人喜欢的甜妞林宛瑜在第三季中暂时还没有回归,曾小贤依然是制造笑料的核心人物,他像《天天向上》节目中的钱枫一样,扮演被别人嘲弄和欺负的角色,自己却浑然不觉,反而极为享受,他在第三季中将“贱人”的意义诠释得更加透彻。关谷神奇的表演愈加自然,他的戏份增多,在搞笑中的作用似乎已经盖过了吕子乔。由于他扮演的是外国人的角色,文化的差异使他身上呈现出更多的幽默素材。

在场景布置、服装造型、道具设计上,《爱情公寓 3》要更加华丽,尤其是女生的妆容、发型和衣服极为时尚,处处彰显着白富美的特质。虽然是几个拼凑住在公寓里的青年,但他们生活的环境,都绝不是普通人所能驾驭的。就像我们从《奋斗》中看不到奋斗的影子一样,我们从《爱情公寓》里也看不到公寓屌丝的模样。《爱情公寓》里的男主角即使称不上是高富帅,但也绝对是可以打八分的俊郎。而女生普遍性感美丽,处处展示妩媚风采,就连时常被曾小贤戏弄为男人婆的胡一菲,也渗透着狐妖的精气,她是最有女人味的尤物。但是在妖艳外衣遮掩下的其实是一颗屌丝的心。曾小贤想要成为名主持却处处受人嘲笑,胡一菲的博士身份让她成为第三类人,多情幽默的吕子乔在泡妞过程中洋相百出,来中国发展的关谷也破碎了画家梦。他们每个人都在追求自己梦想的东西,但是生活的荒唐让他们一直蜷缩在公寓里,自娱自乐,自怨自艾。他们的精神世界总是沉沦在屌丝的层次,以三分的智商来迎战五分的生活,所以制造了无穷无尽笑料百出的故事。就像春晚中的小品经常在最后一分钟进行煽情一样,《爱情公寓》在丑化和绝望了一切之后,也给了每个人希望,让他们的争风吃醋和勾心斗角如浮云一般消散,最终还是快乐地住在一起,继续寻找爱的圆满。

其实,对于情景喜剧来说,探讨它的内涵是没有意义的,它的价值就在于娱乐,在于它编剧的想象力和演员表演的味道。这样的电视不可避免地要对当下的社会现象和网络热点进行戏说,如促销广告、电视节目、女博士、微博、山寨、苹果、增高垫等等,通过无厘头的搞怪来达到讽刺的效果,观众不会严肃对待,只求"一笑而过",而绝不会计较"你伤害了我"。《爱情公寓3》在贴近时代上做得很好,它对许多经典话语的改编形成了绝妙的台词张力,有些话语还能引人深思。它的进步空间在于讽刺的力度上还可以加强,直白的搞笑和黑色幽默可以交替设计,在保持轻松与时尚的基础上,稍微进行思想加工,就不至于造成审美疲劳,此为笔者的愚见。

谁能垄断影片的作者权？

张杨（导演）：西班牙使用电影《向日葵》所付的转付使用费，导演10.42欧元，编剧19.34欧元，钱虽然很少，但体现了对电影作者的尊重，而我们的著作权法里，导演居然不被认定为电影的作者，真是荒诞，强烈呼吁著作权法应该尊重电影作者的二次取酬权。

李少红（导演）：协会已经正式向国家新闻总署版权局法规司提交了修正提案，明确了我们的诉求：1. 导演应该是影视作品作者；2. 作者应该拥有二次获酬权；3. 知识产权保护应该延续至70年。如果立法机构采纳我们的申诉，我们将改写历史，表明我们社会的进步！希望同行为自己的权益发出我们的声音！

何平（导演）：电影业有各个专业的协会、学会等组织，这些组织应该为该会会员及从事本专业的未来从业者争取利益，希望其他专业的朋友将你们的诉求提供给所属协会、学会等相关组织，由他们为你们的诉求服务。中国电影导演协会只是在会长的主持下尽力为电影导演服务并按照国际惯例争取权力与权利。很多编剧朋友在权益方面有看法，应该敦促自己的协会为其争取，不要怨天尤人，付诸行动最重要。

林莺（编剧）：如果导演可以要求产品版权，那摄影、演员、制片、美工等可不可以？如果都来蚕食，那投资方还怎么获利？谁还来投资？每年五百多部国产片，上院线的只一百多部，许多都是一日游，亏损者众。导演们，请不要做压垮中国电影的最后一根稻草！皮之不存，毛将焉附？编剧们应联合起来支持制片商（投资出品方）！

汪海林（编剧）：编剧本来应该跟导演站在一个阵营里，现在，大多数编剧支持制片人中心制，取代导演中心制，为什么？导演中心制在电影领域形成的高风险，已经让市场警觉。而导演中心制形成的导演霸权，也伤害到了艺术合作者，可以说，目前的导演中心制处在众叛亲离中。前景如何，真不好说。

赵宁宇(影评人):著作权问题的关键,在于中国绝大部分电影、电视剧导演,都已经在相当程度上变成了编剧的一部分。出品方要求导演参加或者领导编剧工作,已成惯例。大量出品方买下的剧本,水平低下,由导演在拍摄前和拍摄中使用种种方式修改,亦成常态。而编剧对于导演"篡改"剧本的声讨,真假虚实,需要一分为二。

晴天雨(影评人):目前普遍的现状是电影投资人向编剧支付的费用是编剧的版权买断(已向政府出具此项证明),编剧收钱后不再享受剧本的版权保护。导演属于影片作品的创作者,投资人也是一次支付了创作费用,我认为导演要想成为影片作者享有作者权,先期就应将自身利益和投资人捆绑,即酬金只从分账款收取。

车径行(电视剧导演工作委员会副秘书长):在影视剧的创作中到底是编剧重要还是导演重要?答案很简单,都重要,因为影视艺术是集体的艺术。这种口水战没有任何意义,拍出好作品才是王道。

刘和平(编剧委员会):个人觉得首先界定清楚两个概念:1. 著作权;2. 版权。剧本与小说、诗歌、散文、音乐、绘画等作品一样享有著作权,而形成视听产品则产生了综合艺术的版权。我理解导演同仁目前争取的应是版权中的权益,而非争夺早已形成法定共识的文学著作权的"作者"。

●【争　鸣】

知识的滥用和批判的幻觉
——评罗岗《时尚的秘密就是资本的秘密》及学院新左派的若干修辞特征

吴　亮

■ 学院新左派惯于似是而非地表达一些听起来很富于正义感的言论。他们通常很少论证他们的偏执观点，不知道这是人出了问题还是观察世界的方式出了问题。

■ 只有马克思的说服力和召唤力不可替代；相比之下，如今那些马不停蹄在全世界高等学府之间飞来飞去的新左派知识分子，怎么看都像洛奇为我们勾勒的西方教授，洛奇将那个小圈子称之为“小世界”。

修辞不能代替逻辑的证明，几件事实的陈述不能代替更多的事实，批判的武器不能代替武器的批判，如果你的批判已经切中要害，那你的或你们的下一步行动纲领是什么……这就是你和我同样信奉（在我是曾经信奉、现在已不再完全信奉；在你则可能是刚刚从字面上开始信奉、看来还非常皮毛非常不彻底）的马克思的逻辑和马克思的教诲！

“时尚的秘密就是资本的秘密”，好啊，一个自以为聪明而漂浮的题目，模仿马克思的句型却没有学会马克思的力度，你的含义是双重的：不仅告诉我们作者已率先获悉了时尚的秘密，而且还已经率先破解了躲藏在时尚背后的那个资本的秘密。而更加了不起的是，你能从前一个秘密身上直接发现（难道不是吗，你充满把握地说“就是”！）了后一个秘密，并且大声地宣布出来——好吧，就让我们来看看这是一个（或者两个，甚至更多）什么秘密……

时尚不存在什么秘密，它只是一组对日常文化现象的诸种定义；资本也不存在什么秘密，剩余价值是马克思一度撬动世界秩序、如今又被全世界的经济政治活动搁置的伟大发明，在今天早已成为文科大学尽人皆知的历史教科书熟语——将时尚简单地宣布为不过是资本为了攫取最大利润的欲望再生产，这一阴谋论思维只能导致一种哗众取宠倒果为因的表述，并不符合时尚史，也不符合时尚与现实运作及与社会人群互动之真实状况；作为日常生活的文化现象，无论意指奢华时髦还是意指前卫流行，无论其规模大小，时尚均起源于一种人类的群体心理，对时尚秘密的探究，应该是心理学和社会学的任务，而决不能在经济学甚至仅在其中之一脉的剩余价值理论的狭隘思路中缘木求鱼。

人们并不能随心所欲地创造历史，人们只能在给定的历史条件下创造历史……资本也不能随心所欲地制造需求和新的欲望，任务只有在产生这一任务的历史条件已经成熟之后才能提出，“资本的本性就是攫取最大的剩余价值”，但这绝非是对资本的唯一定义。马克思说：资本没有人去推动就是一堆“死劳动”，只有在人的推动下，在“活劳动”的推动下，“死劳动”才会“增值”才会产生“剩余价值”。但是马克思只强调了工人对“死劳动”的推动，却没有提及资本拥有者对“死劳动”的推动，马克思撇清了资本拥有者在整个社会化生产中的主导作用，这是他惊世骇俗的伟大发明。马克思尖锐而辛辣地指控了资本的贪婪，但他认为这不是资本家的道德问题而是资本的本性，马克思一方面将资本主义生产描绘为“非人化”和“异化”，另一方面又将资本的本性“拟人化”。事实上，马克思应该很清楚，资本是一回事，资本家又是一回事，马克思的终生挚友和战斗伙伴恩格斯就是一个工厂主，一个毕生追求正义为人类解放献出一切的思想家，同时照样可以是一个资本家；就像马克思本人虽然从来不认为教授和知识分子是他心目中的无产阶级成员，但是恰恰是这么一个就其出生和职业隶属而言并非无产阶级的小资产阶级知识分子，给全世界的无产阶级指出了一条壮丽而充满历史教训的未来道路。

尽管如此，马克思对资本所下的这一重要定义依然是有缺陷的，因为这与他的个人经验不符,恩格斯的例子不是孤立的,以自己的"剩余价值"所得支持一个立志消灭剥削消灭剩余价值的思想家和革命家,并且毕生参与其中,这足以表明"资本的本性"其实是它背后的那个拥有者所支配所定义的,既然是"一堆死劳动",既然"资本"无人推动不过就是一具僵尸,僵尸又有什么本性呢?离开了人,离开了形形色色的人,又何以谈论被形形色色的人所支配的资本之"唯一本性"?

无独有偶。创立基金会的卡内基是大资本家,创立诺贝尔奖的诺贝尔是大资本家,一百多年来,全世界大大小小的私人基金会,私人捐建的学校、图书馆和博物馆,哪一个不是用"每一个毛孔流着鲜血和别的肮脏东西"建立起来的?据说资本家捐钱只是为了"攫取更大的利润",是这样吗?如果真是这样,那就只有彻底"剥夺剥夺者"了——不捐钱是吝啬贪婪,捐钱则是伪善狡诈,是"放长线钓大鱼",反正资本家都是为富不仁,反正天下乌鸦一般黑,是这样吗?如果真是这样,那就只有拉登才是正确的:他做石油生意军火生意攫取了数十亿美元,终于有一天他明白了,他的敌人是资本主义世界,他于是投身组建基地组织发动舍生忘死的反美圣战,直到流尽最后一滴血……可是且慢,作为一个曾经的大资本家,他的资本怎么就突然放弃了"攫取最大利润"的唯一本性,这究竟是怎么一回事?难道资本的本性是能够改变的吗,而能够改变的本性还能叫做本性吗?亲爱的罗岗教授,亲爱的虽然在列宁的阶级定义上作为小资产阶级知识分子却始终在同情无产阶级命运的罗岗先生,请你回答我。

在这篇书评的开始,罗岗教授这样为我们描绘出一幅蒙太奇画面:

> NBA 某个明星出战总决赛,他脚下的名牌球鞋也许出自亚洲血泪工厂的童工之手;纽约某个白领女性下班回家,她揿下自动洗衣机的按钮,这台洗衣机的电脑芯片可能由中国南方的打工妹安装调试……更不用说硅谷的 IT 精英,看似风光无限,可如果没有大量的拉丁裔、非

裔和亚裔移民甚至是非法移民，廉价且毫无保障地从事保洁、家政、餐饮等服务业，承受着经济和超经济的双重剥削，他们所谓“高品味”的生活大概无法得到保证吧……

这些被刻意剪辑的镜头究竟想说什么？是不是要让NBA明星为这种巨大的收入反差和不公平待遇感到汗颜？让纽约白领为她们的所谓现代生活深感歉疚？让硅谷的IT精英为一小撮人的风光无限而良心不安？或者，这些被刻意剪辑的镜头暗示了一种必须要予以改变的现实，即必须取缔“也许”的亚洲童工，必须给“可能”的中国南方打工妹增加工资，必须将“如果”的拉丁裔、非裔和亚裔移民甚至是非法移民从承受的经济和超经济的双重剥削中解救出来……发表了一番慷慨激昂一番几乎不需要支付任何成本的正义言辞之后，我们的教授本人突然消失了，不见了，无影无踪了，有人看到教授在轻飘飘地说完这一切就扬长而去，他搭上了飞往西方学院的航班，他兴致勃勃地去参加一个什么问题都解决不了的有关资本主义危机的学术讨论会，尽管他收到的邀请和将受到的风光无限的款待，花费的依然是资本主义基金会的“剩余价值”，他或许也无暇顾及他的家里同样雇用了一位收入菲薄的家政保姆，此刻正揿下自动洗衣机的按钮，一边给他的太太洗衣服一边做家庭保洁呢！

被罗岗高度评价并忘情发挥的《高科技无产阶级的形成：真实世界的虚拟工作》一书，作者乌苏拉·胡斯，英国赫特福德大学教授，据介绍是一名女权主义者和社会主义者，研究劳工与全球

化问题，兼一家研究咨询公司负责人。这本貌似材料丰富、论证充满缺陷尤其是价值观自相矛盾的论文集并非专著，而只是胡斯女士从20世纪70年代至21世纪初为各种相关学术会议提交的11篇论文，作为书名的《高科技无产阶级的形成：真实世界的虚拟工作》不过是其中的一篇。这是一本虽然非常认真但又非常糟糕的书，作者的同行科林·利斯教授也许因为“政治正确”或出于“理解的同情”，为这本缺乏真知灼见的书写了一个草草了事的短序，其中引用了胡斯书里的一段话（罗岗又在他对该论文集的书评中二度引用了同一段文字），这三位教授的见解以及背后的逻辑如此相近，非常值得我们玩味：

> 1993年迈克尔·乔丹仅靠允许耐克使用他的名字和肖像来推广产品就赚了2 000多万美元——这笔钱比印度尼西亚生产1 900万双耐克鞋的劳工成本总量还要多。传统的经济学理论认为，最后一只鞋之所以只有非常小的一部分可以归功于制作劳动，是因为对弱势工人群体的超级剥削；但“新经济学”则完全让工人群体消失不见。可是，生产过程中的劳动分工在本质上并没有发生新的变化，可以将它视为过去至少一个半世纪以来生产过程不断演化的延伸。迈克尔·乔丹挣的钱也许要多得多，但他对最终产品价值的贡献在类别上其实只是相当于世纪之交时出现在皮尔斯香皂广告中的那些小女孩的贡献，或者就好像王室贵族对橘子酱产品做出官方首肯，允许厂商使用其纹章一样。（见科林·利斯的序，或罗岗的书评）

谈论发生在巨大而复杂的经济运行系统中两个虽形式相同（比如都涉及个人收入）却未必有直接联系的现象时，切不可忽视这个系统在运行中所涉及的所有领域与环节，仅仅提取出两个现象进行超历史超社会的表面比较是很危险的，因为这样的比较在政治宣传中常常会非常有效，“朱门酒肉臭,路有冻死骨”作为杜甫的千古名句,从逻辑论证上来说虽然并不能成立,但是人们总是容易简单化地将某些人贫困的原因归咎于某些人的奢侈。然而持这些简单观点的人们却没有考虑到,如果奢侈品真的是导致一部分人穷困的原因,进而杜绝一切奢侈品的生产,那将迅速导致所有与奢侈品相关的制造业和其他企业倒闭或萎缩,紧随其后的就是灾难性地大量裁员——即失业——至于那些依此逻辑和价值观而用强制力全面禁止奢侈品的地区或国度并不遥远,甚至就在我们的亲身经历中,那样一幅貌似没有贫富差异的图景至今还历历在目,平等,太平等了,只要人人平等,即便是普遍的赤贫我们也甘心忍受,你真的甘心忍受吗?

看来直至今日,那种急于表达偏执观点而疏于论证,以引用代替论据人云亦云的轻率作风,在某些沙龙意识形态教授那儿依然随处可见。不仅于此,这种未必真正对改变世界抱有热情的新左派知识分子,既无可奈何又趋之若鹜地寄生于全球性资本制度之下的学府讲堂,却不能在荒谬现实中大展彻底颠覆资本制度的宏伟蓝图,现在我们尚不清楚这一奇特的依附关系究竟是学院新左派对资本的游戏性讽刺,还是资本对学院新左派的宽容性讽刺——如果真像罗岗最愿意相信的那样,资本是有本性的,是可以人格化的,此刻的资本本性除了攫取最大的利润之外,它还像猴子模仿人类一样,学会了讽刺与宽容。

学院新左派惯于似是而非地表达一些听起来很富于正义感的言论(尽管他们很聪明地也很有自知之明地不再像马克思那样给世界开药方,他们只是一般地批判资本主义以及质疑可以归在资本主义名义之下的一切事物,他们永不厌倦地、装模作样地和不用承担任何风险地提出问题,并且永远不打算给予明确的回答——不仅胡斯教授的那本书几乎每一章都以一连串的问题结束,罗岗教授的书评结尾干脆为“提出问题比回答更重要”做了金蝉脱壳式的辩护,甚至认为“给出正确回答”都不是关键),他们通常很少论证他们的偏执观点,不知道这是人出了问题还是观察世界的方式出了问题。假如我们暂时撇开人的本性，或者我们干脆根本就不相信人会有一个超历史的本性，那我们就可以谈谈方法论的问题。我愿意相信学院新左派和我的不相容绝非是他们的人性和我的人性有不可调和的冲突，就让我们先把自己想象为一个非人格化的方法论者，如同罗岗不厌其烦地谈论资本的本性那样，我们不妨谈谈方法论的本性。

操纵学院新左派的方法论有诸种特征——这一方法论的本性究竟为何物，我不能像罗岗扔出一句"给不出正确的回答"就溜之大吉，让我从它的某些特征开始描述——其特征之一，即"滥用分散的事实和破碎的知识"，将它们编织成一个互为因果的故事，这很容易在看多了通俗电影、情感倾向易于被剧情拖着走的人群产生错误的认同，有现成例子为证：

> 1995 印度尼西亚有一万两千名女工受雇制造耐克鞋，一周工作六十个小时，很多人的酬劳低于政府规定的每天一点八元的最低工资。据估计，即便将工人的工资增加到每天三点五元，每双鞋的劳动成本依然会低于一美元（见罗岗书评对胡斯著作的引用）。

一幅清晰的全景图加上一组清晰的数字，再联想起前面曾提到乔丹仅靠允许耐克使用他的名字和肖像来推广产品就赚了 2 000 多万美元，我们的恻隐之心和我们的不满很容易就被这样的对比式描述所俘获，被剥削的还是第三世界无产阶级，剥削她们的罪魁不再是生产商而是美国明星乔丹，这是时尚的秘密，但归根结底还是资本的秘密……但是且慢！你们再仔细看看上面那几个触目惊心的数据，是不是发现其中好像缺了一些什么，好像还应该有更多，对，你们发现了那幅全景图只有两个镜头组成，你们并没有看到一双耐克鞋的整个设计过程、推广过程、生产过程和营销过程，你们只是被告知"每双鞋的劳动成本依然低于一美元"而"乔丹一年赚了 2 000 万"这样一份看似触目惊心的对比表，一份故意忽略了消耗在每一双耐克鞋中的其他投入和费用（原材料采购、工厂地租、设计、购买设备和设备更新、维修和保养、开发市场、技术与工艺改进、劳动培训、管理、运输物流、仓储、广告、营销、行政、后勤、保安、纳税），每一个项目每一个领域都需要配置劳动力，每一个细节都要花钱，这个巨大而复杂的生产系统的每一个环节每一个人员都必须支付相应的劳动成本；也许新左派知识分子还是坚持认为一双耐克鞋单靠流水线上的印度尼西亚女工就能生产出来，至于那些作为脑力工作者的白领们并没有直接创造物质财富，因为他（她）们属于“小资产阶级”（按照列宁的古典定义），他（她）们不过是假借乔丹品牌之名，共同“攫取”了印度尼西亚女工创造“剩余价值”（按照马克思的古典定义）！是这样的逻辑吗，罗岗教授？如果不是这样的逻辑，那么这个对比表究竟想表达什么？你转引它到底是想说清楚这个问题，还是想模糊这个问题？这里再顺便一问，在谈到何谓时尚秘密的时候罗岗教授用嘲讽的口吻说“顾客买鞋不是为了保护脚而是为了提升形象”（是啊，穿裤子也不是为了形象的提升，而是为了遮羞），又说“‘知识’嵌入了制鞋工人的技能中”，但是“必须要有工人实体存在才能生产出新的圆帽”（是啊，你写了一本书，只不过把“观点”嵌入了你的U盘，必须要有工人实体存在才能印刷出你新的大作），是这样吗，亲爱的罗岗先生？

“滥用分散的事实和破碎的知识”作为一种方法论，在胡斯这本书里比比皆是——选择性引用、删除不利证据、价值标准摇摆不定此一时彼一时、用问题代替结论，诸如她对家务、家用电器和有偿家政服务所流露的批判和不满前后自相矛盾，既怀念传统家务的温情又对无偿家务劳动心存愤懑；对高科技无产阶级的定义模棱两可判断犹豫不决，对他们的表现怒其不争悲观失望；作为消费者她对更多的新科技进入日常生活增加了家庭开支充满抱怨，转而又站在公允立场认为上门服务的工人收入太少——“滥用分散的事实和破碎的知识”作为方法论，在罗岗的书评中不断以三项指控出现，即“最低工资”、“奢侈品”和“童工”，将这三个感性十足的词并列在一起的时候,也许会很容易唤起我们的良心不安、同情与极大的愤懑;但是关于这三个棘手问题,我们所能找到的具体事实、其他思想家的描述以及一些非政府组织的深入调查要远远比罗岗教授的信手拈来复杂得多。

2006 年,小布什政府顶不住民主党不断提案的压力,终于颁布了"最低工资"不得低于每小时 7 美元,这一看起来非常简单的"政府干预下的低保政策"此前之所以长期没有被通过,绝非因为共和党政府和资本贪得无厌的本性沆瀣一气,而是因为在美国,大资本家手下每小时工资 7 美元的员工早已绝迹,通常只有那些小本经营的中餐馆或开劳动密集型的制衣厂的中小老板才会雇佣那些缺乏高学历高技术的廉价劳动力;若增加最低工资,首先受到打击的将是小老板而不是大老板,经济规律必定会发生作用:小老板为了继续"攫取最大的利润",他们将开始裁员,把原来 7 个人的活交给 5 个人做,100 个人做的活交给 80 个人做,这一预测果然立即应验——最低工资增加了,就业率却下降了。同样的情况也发生在中国,因通货膨胀家庭保姆中介机构不断提高最低工资底线,已使相当一部分大城市家庭以减少家庭钟点工工作时间的方式减轻开支,今年暑假到来后大量保姆由于找不到工作纷纷返乡,其直接原因是有相当数量原来请保姆的"白领阶层"教授们都放假了,他(她)们辞退了保姆自己承担起了家务劳动。

再回到"奢侈品",听听其他哲人怎么说(请用理性的耳朵听,不要用感情的耳朵听)。孟德斯鸠在《论法的精神》中写道:"奢侈绝对有其必要,富人不挥霍,穷人将饿死。"亏得孟德斯鸠说得出那么无情的话,那么,该如何理解杜甫名句"朱门酒肉臭,路有冻死骨"?按照孟德斯鸠的逻辑,如果"朱门"无"酒肉",或许"路有"更多"冻死骨",经济学的冷酷法则在他看来就是如此——老板一破产,工人就失业。电视里"市场原教旨主义"经济学专家警告,如果欧美经济长期衰退消费能力下降(当然包括对奢侈品的消费),中国的外贸出口将随之锐减,必将引起相关产业的紧缩与就业率大量下降——和孟德斯鸠的同时代人柯耶说得更生动更诡辩:"奢侈就有如火,它也许有益,也可能有害。它毁灭富人的住宅,却维持我们的工厂。它吞没挥霍者的遗产,却使得工人有口饭吃。它削减少数人的财产,却使多数人走向富裕。里昂的原理、织锦、黄金面料、花边、镜子、珠宝、马车、精致的家具、美味佳肴,如果这些都遭到禁止的话,那么,不仅数百万人将无所事事,而且同样多的人将面临饥馑。"(柯耶还不懂什么叫"时尚秘密"什么叫"资本秘密")我可以想象,学院新左派看了这一段肯定会"义愤填膺",是啊,所以你们总是自诩的正义的化身,你们的"口是心非"我也理解,除非将堆满了沾满鲜血之罪恶奢侈品的大英博物馆罗浮宫凡尔赛宫故宫冬宫统统用推土机推倒;既然我们无法像项羽火烧阿房宫那样做到这一点,就只好将奢侈品作为我们人类历史上一个永远的污点和魔鬼加以诅咒,无论你怎么称呼它,"时尚的秘密"也好"资本的秘密"也好,统统不过是不及物的言辞批判之幻觉。

最后简单说说"童工",罗岗教授虽一笔带过,我则觉得有必要举例……1992 年,有报道说沃尔玛进口了孟加拉国童工制造的衣服。美国工会于是威胁禁止从存在童工的国家进口产品。由于这种威胁,导致成千上万孩子被孟加拉的纺织厂开除。国际组织随后进行的调查显示,很多孩子转移到了更为危险、工资更低的岗位,一些孩子还成了妓女。在另一个相似案例中,根据联合国儿童基金会的统计,对尼泊尔地毯业的抵制,导致5 000 多女孩被迫去卖淫。作为发达国家的瑞典也有过童工的历史,瑞典的非政府组织"拯救孩子"一直试图给有关童工的辩论中带进某种程度的中庸和理性,针对童工现象,瑞典"拯救孩子"组织不会提议抵制或制裁之类与贸易有关的措施。经验证明:"那些由于这类措施而失去工作的孩子,其处境很可能将会更艰难,其职业对他们的健康可能更有害。抽象地断言童工是好是坏没有什么意义……将所有职业都视为不可接受的,是将一个复杂的问题简单化了,使我们难以集中力量反对最为恶劣的剥削形式。瑞典的童工主要不是通过禁令而是通过经济增长才被消除,经济发展到一定程度,父母就有能力让他们的孩子接受教育——这样也可以使孩子的收入在未来最大化。除此之外，机械化使手工劳动无利可图。正是这些发展最终使得瑞典有能力从法律上禁止残存的童工，而不是相反。由于地区发展不平衡的历史原因和现实原因，对待童工的依然存在，最好的政策是通过其他途径，包括在政治论坛上施压，而不是废除也许最为有效的解决办法——贸易。”

全世界的学院新左派通常都是表述混乱的，他们的言论混乱比现实的混乱有过之无不及。新左派中也有写作才华出类拔萃的学院翘楚，能用他们的渊博、幽默、反讽和娴熟的辩证法修辞将他们的混乱观点掩饰起来，遇到有才华的新左派文章（凤毛麟角）通常我都会爱不释手，只因我的“马克思情结”和“巴特情结”，为他们的写作貌似“及物”其实“不及物”，他们是戴着米歇尔·福柯面具的罗兰·巴特。“不及物”就意味着他们不再奢望撼动世界，意味着他们心里明白通过一场革命推翻资本主义制度的激进时代已经远去，如今发生的“红蓝白革命”则是另一回事，也是让新左派左右为难的新问题——新左派的历史困境决定了他们的这一混乱不可避免，其原因在于：做一个真正的左派必须彻底，但是今天的学院新左派却无法做到彻底。左派只要不彻底，要么就陷于自相矛盾，要么就沦为言行不一，而混乱的观点和混乱的表述就成了他们共同的宿命。关于这个问题看来我们有必要重温马克思的两段话：“批判的武器当然不能代替武器的批判，物质力量只能用物质力量来摧毁；但是理论一经掌握群众，也会变成物质力量。”“哲学家们只是用不同的方式解释世界，而问题在于改变世界。”马克思践行了他的主张，只有他才最彻底，只有他最有力量，只有马克思的说服力和召唤力不可替代；相比之下，如今那些马不停蹄在全世界高等学府之间飞来飞去的新左派知识分子，怎么看都像洛奇为我们勾勒的西方教授，洛奇将那个小圈子称之为“小世界”真是入木三分——这帮有口无心的教授们既没有像样的“批判的武器”，也没有像样地“解释世界”，遑论“掌握群众”？遑论“改变世界”？算了吧你们！

批评的“八股”与“八卦”

何 英

■ 八股大体指学院派的文风，自我缠绕在一些不是理论的理论里、踩空踏空不及物、自我增值不自觉……八卦大体指媒体批评，他们常常东鳞西爪地“胡说八道”，为吸引公众的目光没有不敢说的。

■ 好批评不惧怕理论、好批评不拒绝神采、好批评是一个实践问题、问题意识以及它犀利的思想性。

什么是好批评？以前文学理论还不发达的时候，一些美学家和作家型批评家把持了文学理论的讲台，倒是留下了许多经典的好批评。宗白华的《流云》集、《美学散步》，是公认的中国体验美学的高峰，再后来无出其右者；沈从文早就说过：“写评论的文章本身得像篇文章。”他以作家的眼睛和心灵发现：“一首诗，告诉我们不是一个故事，一点感想，应当是一片霞，一园花，有各样的颜色与姿态，具各样香味，作各种变化，是那么细碎又是那么整个的美……”这是我至今关于什么是诗的千百种说法中印象最深刻的说法；李长之的《道教徒的诗人李白及其痛苦》现在看起来，都真正体现了一个批评家不人云亦云的独见；李健吾的随笔批评常常有发人不能言的别才别趣，他说：“有的书评家只是一种寄生虫，有的只是一种应声虫。有的更坏，只是一种空口白嚼的木头虫。”他大概不会想到，对于批评界来说，这三虫大概是永远不会消失的……更不用说鲁迅杂文批评的尖诮卓吾；朱光潜融通中西美学的入乎其内和出乎其外；钱钟书《管锥篇》的学统风度；而周作人晚明小品文式的平淡冲和，也许倒是这个喧嚣急躁时代的一剂猛药……

后来文学理论“发达”了，大学里、社科系统一夜之间冒出许多持有西方最新理论武器的理论家，可是大浪淘沙、披沙拣金之后留下的好批评反不多见了。是何道理？西方文论界自20世纪80年代中期以后，开始反抗理论、抵制理论、反省理论的限度，后理论时代来临了。向以引进、输入西方理论的中国理论界也便突然陷入理论匮乏，大量引进来的跟中国现实、文学实践关系不大的理论问题、理论术语因其不接地气、文不对题开始渐渐淡出。找到中国文论自己的问题域、实现中国文论的自主造血以及如何从传统文论中汲取营养转化生成现代文论成为真正的理论问题。

民间不管批评界的三分法（学院派、作协派和媒体批评），只按文本的文体风格，将现今的批评大体分为八股和八卦。八股大体指学院派的文风，自我缠绕在一些不是理论的理论里、踩空踏空不及物、自我增值不自觉……但有些准学院派、拼命向论文看齐的作协派、媒体派也很能八股，八股起来不输于学院派，因我们的学术生产机制就是这样，晋身提升惟论文是举；八卦大体指媒体批评，他们常常东鳞西爪地“胡说八道”，为吸引公众的目光没有不敢说的。但有些学院派动不动预言一下全球化时代理论的未来、后理论时代中国文论的历史走向等等说不清道不明的理论时，也显得很八卦；而作协派由于跟作家走得太近，摆起作家的八卦向无人能及……不管是哪一派，就文体风格而言，八股和八卦的分野倒是呈泾渭分明状。

在批评界纷纷反思批评本身的时候，不揣浅陋地往上加一根柴，也算是为批评共同体在共有话题上的“接着说”。因为每个人都要另辟话题，话题太多自然不集中，每个人都要驳倒别人提出新见，新见太多，最后每个话题都没有说透说明白。撇开身份派别，就批评的八股或八卦，引出以下的“接着说”：好批评不惧怕理论、好批评不拒绝神采、好批评是一个实践问题、问题意识以及它犀利的思想性。

一、好批评不惧怕理论

批评的八股和八卦是不是本就不该有什么绝对的分野？那些倾向于

批评的八卦的论者应该研究点理论，免得在指点文坛江山的时候，显得过于意气用事，让学院的八股们打心眼儿里看不起：卑之无甚高论。你说、你认为、你觉得有什么了不起，你有相关知识学问的积淀吗？有相关学科的前理解吗？了解相关场域的最前沿信息和动态吗？你有爱智求真的科学态度吗？你在有所发现的时候附着上逻辑缜密的科学论证了吗？如果这些都做到了，再配合上你的发现、创见、新见，也许就是站得住脚的批评了。理论很多时候惹人厌烦，并不是理论本身，而是那些运作理论的人的误用和滥用，在不该六经注我时乱注，毫无创见、断章取义地抄袭沿用，跟理论两张皮扯不到一块地瞎用。用得好的理论应该是跟理论保持紧张的张力关系，相互增值的理解深化，是站在巨人肩膀上的远眺，是与巨人对话辩论的理与智，以及尊重知识场域学问增长的知性。理论的系统和深度本就是相关学科的知识场，大家都要在这个场域里"接着说"，所以场域里原有的传统是学术增长的基础和原料，是相关学科已知已证的"真"，要进一步阐发这个"真"，就必然离不开相关的理论。因此，好批评不惧怕理论。当相关理论了然于胸、自如运用、有所发现和创见，离批评所追求的真谛更进一步，差不多就是好批评了。

二、好批评不拒绝神采

学术生产的论文机制短时期内不可能改变，但改变论文空洞陋乏、僵化平庸的八股味儿是可能的。就连西方文论的生产机制也同样遏制了自己的优秀文论：本雅明的论文《德国悲剧的起源》曾被法兰克福大学否决，但后来此书却成为20世纪文学批评的经典。尼采、福柯、弗洛伊德都曾在自己的学术生涯中蹭蹬过。但是真的学术，哪怕是有争议的学术，总会穿越时代证明自己的价值。马克思曾给恩格斯写信，宣称"要把《资本论》各卷写成一个艺术整体"。蒙田的随笔，几百年来就滋养着西方后世的哲学家、文学家；尼采的哲学之前不被承认，因其行文像疯癫的诗，可是人们最终被他诗一样的语言才能穿透的深刻思想折服——内心深处，哲学家都以被当作诗人为荣；福柯在法国高师的论文就写得过于文学化而饱受诟病，但谁能否认这位思想家的文章魅力；西马文学理论家伊格尔顿以及海德格尔、苏珊·桑塔格、赛义德等等，要说理论，理论是他们的职业，但他们的大部分论文都不是不忍卒读的类型。

不能想象一个做到“真”的批评文本，没有做到“美”，将是一个多么大的损失。美是一种价值，世界上的很多事情都是审美的，而现阶段更是一个以审美、消费及个体为话语特征的中产阶级时代。对批评来说，在发现“真”的层面之上，表述得更有神采、更有形式之美、更有情趣，这个情趣包含论者的个性、幽默甚至智慧、性灵，不是使批评有如一个生命体一样活起来吗？“文体”之“体”，从词源学上追溯，就与人的生命体之体有总属关系。李泽厚告别学术之作《该中国哲学登场了》，后又出版《中国哲学如何登场》，不管其间的哲学思想是否还要商榷争鸣，起码作者立足中西哲学的互通有无以及中国哲学在这个世纪的传承与更新的问题意识就令人钦服。而其哲学著作，没有佶屈聱牙专事吓人的术语缠绕及狂轰滥炸，中式汉语思维控制之下的学术论述清晰晓畅条分缕析、知识学问经由生命经验点化之后的深入浅出旁征博引、真正的大家也许恰恰不拽八股，反而力争表述的个性情趣。引这个例子只为说明，连哲学论著都可以做到令人可亲，文学批评有什么必要灰头土脸面目可憎呢。如果不能做到言说有神采，劝君不做批评也罢。

三、好批评是一个实践问题

最近，关于批评自身的批评层出不穷。最后自然就聚焦在批评的有效性上。这个命题的提出，显然有之前的批评都不怎么有效的意思，倒晓然有声独排众议。可是细细思量之下，发现其实没说什么，说了也白说——因这是一个实践的问题。有效还是无效不是按开关，说有效也没见谁论证出来，说无效也许若干年后倒见出效果。有效还是无效本身要经过实践的检验，一切都在历史化的过程中，没有谁能突然叫停历史。

批评你只要本着良心在做着，认真关注了一个时代的文艺思潮以及代表作品代表作家，提出了自己融真与美的批评看法与分析，比做那些大而无当空说没劲的大讨论有意义得多。说到底，批评是一个实践的问题。真正令人尊敬的批评，可以是那些宏观的总体的史的批评，也更是对某个文学问题、甚至小到对某位作家的精彩评论所做的贡献。中国的批评界还有个有意思的现象，英美新批评派、法德结构解构派、苏俄车别杜、后现代主义和后殖民批评等各帮各派，都有自己在中国的铁杆追随者，也常常为各自的学统自以为正宗。这倒也不奇怪，武林争霸从来争的都是谁是正宗，谁是旁门左道。但批评也这样小性子，让我们这些门外人看不明白——难道我们大家最后不都得说中国自己的批评么。知识是用来积累交融和转化生成的，不是用来相互排斥自囿门户的，尤其关于文学的知识，有什么难以交流、对话的盲区？只要大家都是人类，关于文学的共通点应该是最多的。要是谁有本事既通英美新批评、也通法德结构解构，还通苏俄车别杜，更通后现代主义和后殖民批评，同时不忘中国自己的古典文论，在应对具体文学问题时，哪套适用，或者融会贯通地打出一套无影拳，才是高手呢。

四、好批评的问题意识

批评应该有自己的问题意识。也许是对问题惧怕了吧，人们经历了批评被政治牵着跑、现在被商品经济引着跑的历史，不论是学院派还是作协派就都自然地转向文学内部，在文学内部专注于玩形式，一批作家的创作在搞纯形式的大比拼，干巴巴冷冰冰的文本试验形式追新永无止休，最终不过追新至死。批评也在文本的内部打转，成了最稳妥也最“学术”的策略。以前听惯了批评动不动“社会”、“时代”的，现在则又几乎听不到了，这也不正常。连哲学都承认是靠政治过活的，没有哪种社会意识或者文化艺术能脱离社会和时代。批评要是与现实生活无关，无怪乎无效；批评要想有生机和活力，就得搞清楚这个时代和社会。

可是不论是作家，更是批评家在脱离社会和时代。批评家要是懂得这个时代农村的变化，从物质到精神的一系列最深刻最细微的变化，就不会对《秦腔》众口一词地全部说好。没有一个人提出不同意见，甚至质疑一点点不同？好像大家都长着一个脑袋。《秦腔》只写出了一个戏剧化的、粗略的、符合寓居在大都市的教授们想象的农村。真实的农村远比《秦腔》表现得深厚、复杂、荒诞、寂寞和不可知得多。为什么寓居在大都市的教授们会惊奇地说，天哪，这就是中国现时段的农村啊。就像瞎子摸象，摸到哪截算哪截吧。贾平凹自己对乡村也早已是一个客入者的身份了，能将他有限的感性经验抽象成《秦腔》也算尽力了。

但是不是就没人能写好现时段的农村？在民间名不见经传的人多得很，他们对农村的谙熟使他们写出来的作品完全超乎想象，这样的作家是存在的。可是我们的文学，我称之为无情的文学，眼睛只盯着几个功成名就的作家，就只能是这样一个结果。

批评的问题意识还体现在，一些应该关注的问题没及时关注，不是问题或一时不可能说清道明的问题却引起空头热议。七十年代出生的作家作品早就应该找出其典型性代表作家，作文化研究也好、文本分析也好地予以集中关注了；八十年代出生的作家作品也除了批评他们的商业化写作，并没有真拿他们当回事，没人深入研究他们的写作与我们这个时代的关系，而他们也许恰恰是时代症候群的集中体现者。还有一些别的问题：边缘写作者的身份识别、50后、60后作家造就的写作模式和接受模式的因袭是否应突破、中国文学如何重新找到情之根本、作家并不缺想象，反而是哲学的抽象能力渐弱……

五、好批评的思想性

思想也快成陈词滥调了。心理学上说，人一般没有什么就嚷嚷什么。叙事的平面化、削平深度、认为语言是终极目的的风潮，使思想离人们越来越远，越来越习惯于成为不思考的娱乐的奴隶。有穿透性思想深度和新意的批评少见了，多见的是语言上缠绕术语和修辞、看的时候似乎言之凿凿，看完毫无触动的消费性文本。

以前中国人文史哲不分家，后来学科细化，古代、现代、当代、中国文学、外国文学地一分，各人管各人一块自留地，不得越界。培养出来的博士其实不博，质量好的也只能算很小一块自留地的专门家。这样的知识背景有什么可值得狂妄甚或炫耀的？大学里的教授自己说的，为什么当代难以产生大家？知识积累到了今天，全靠门口一块自留地混饭当然产生不了大家，大家绝不仅仅是知识和学问的技术操作，大家是要有对时代的思想贡献的。当然，专门家是需要的，但紧紧地只抱着文艺学是不行的，在专的基础上更需要博，需要哲学、美学、历史学、社会学、心理学都能通一点，不然很难想象能写出有思想深度的好批评。这是为什么宗白华、朱光潜这些美学家谈起文学，更令人心动，因为他们有历史、现实视野，他们的哲学功底、融通中西美学的学术积淀，使他们的表述更有穿透力和思想上的超迈。

要超越前人做出思想上的贡献是困难的，但发挥中国式思维的优势，在体验美学的范畴里，本身像一个作家一样去体验写作过程，从而返身出来批评，一定会有跟文本更贴近的思想收获。宗白华本身也是一位书法家、艺术家，所以他对中国书法、建筑的艺术批评总是那么令人折服。美术界、书法界、戏剧界都可以堂而皇之地要求批评家也去创作，他们的名家大部分都身兼双职。文学界倒没人敢大张旗鼓地倡导批评家也去搞搞创作。因为批评家会不屑地说,我没吃过猪肉,还没见过猪跑吗?谦虚一点的也会承认,我们确实是一帮自己不会炒鸡蛋,还要教别人炒鸡蛋的人。

也许到了批评家也该去搞搞创作实践的时代了。

置疑格致散文的诚挚性

孙仁歌

《散文选刊》2012 年 3 月上半月刊集中编辑选登了格致的一组散文，认真拜读了之后，感受和体验十分复杂，遭遇最为胶着的文体冲击就是：格致到底是在写散文，还是在进行自由的心理探秘实验？如果写的是散文，那么读者的阅读却很“隔”，无论是在感情上，还是在文体意识上，都很难与作者实现直接的碰撞与融合；如果是在进行自由的心理探秘实验，那么又有何必要打上散文的标签？与其拎着散文灭散文，倒还不如撇开散文、自创一种文体进行心理层面的探秘与呈示，为此，或许更为息事，也更为宁人一些。

然而，格致散文不管算不算是散文，可如今似乎已被广泛接受，而且还饱受褒奖。笔者固然也很欣赏格致的文学才华和富有现代意味的创新胆识，但对于格致全面颠覆散文文体并践行一种实验性的散文文本的先锋行为，却不敢恭维。不客气地说，格致散文的内容是非常好的，但一定要说那是一种散文，就有些牵强了。此前，笔者曾读过格致的《转身》，这篇文章曾被散文界的一些知名人士誉为“新散文”的优秀代表作。实话实说，笔者阅读《转身》的真实感受是：文章写得的确很有意思，许多地方都耐人寻味。

但这是写实、还是写虚？是真实的生命经历、还是借梦游玩一把以虚夺人的美妙？《转身》亦真亦幻，虚实相生的特点，给笔者留下这样一种信号：作者固然也给读者带来了一些真实的生命经验，却也遮蔽了许多东西，如果说作者的心灵好比一轮圆月，那么左一半风清月白，右一半却又模糊朦胧看不清楚，俨然，被虚“食”了一般。严格地说，散文是不能存在遮蔽性的，只要遮蔽性尚存，也就意味着散文文本的诸多“生命体征”乃至种种游戏规则都蒙受“戏弄”与“亵渎”。

从散文文本的角度说，《转身》一文中的“我”，就是格致，而不可能是他人。但从另一个角度说，又不尽如此，文中的“我”可能是格致，也可能不是格致，因为文中的“我”对于袭击自己并有明显强暴意图的歹徒所持的态度，实在不符合实际情理，无疑带有鲜活的自由主观的虚构痕迹，正因为这种自由主观的虚构理念的悄然渗透，格致才成为“格致”。也就是说，格致也正是以颠覆散文文本属性诸如知性与感性等为代价才引起广泛关注的，这就在于格致把散文文体置入了现代社会一切都可以“改头换面”的多元语境之中，从而赢得了浮躁社会心理的频频喝彩！《转身》颇有“痴人说梦”的意味，文中的“我”本来是一个普通女人，却被作者自我夸饰为一个堪比基督一般的神。鉴于当时社会的生存环境与文化背景，一个普通女人的文明程度和人文精神尚未达到一种与狼共安的境界，所以一个弱女子能在遇险的角落里突显厚德载物之姿，居然能施大恩大德乃至大爱大善于一个恶意满怀的歹徒，无论如何，这个故事只能当作小说去读，而不能当作散文去读。格致的过人之处就是有勇气把散文写成了小说，然后又毅然标榜为散文文体。于是芸芸喝彩者便顺水推舟冠以“新散文”的标签，从而就让格致变成了“新散文”的领军人物。

如果说《转身》一文中的“我”并非“格致版”，那么《转身》中的歹徒也不是散文中的“歹徒”，而是小说中的“歹徒”。因为那个“歹徒”也是美化中的“歹徒”，与现实生活中的真歹徒格格不入。要么他是一个精神分裂症患者，要么他就是一个现实“圣人”精神突然短路，否则，他的表现也太离奇。纵然散文可以自由一些，随意一些，但一旦自由、随意到令人质疑的程度，显然就是给散文文体致命一击。《转身》一文洋洋万言，正面故事所占篇幅并不多，大量篇幅却都是回忆性、疑梦似描写。看似作者就在现场，但在事件的亲知亲历中，其实文本中带有浓厚的梦幻色彩，最起码作者虚实兼顾，其以实立事，以虚夺人的造文策略显然易见。所以文中不吝篇幅、那些喧宾夺主的虚构性文字就在一定程度上给作者提供了让人不易觉察的“假面具”和“影身衣”的“保护”，从而才能在叙述中自由自在，以致两面的格致交替作“秀”，虚实参半，有如真假孙悟空双双重现，让人真假难辨，看似真悟空在讲生动的故事，实际上那却是假悟空的“冒充”，以假乱真，居然不真也变成了真。对此，最有力的证明人还是格致自己，她在《转身》中开篇就坦言：“这段文字写于两年前，是我小说的开始部分。”看来写小说的格致出不来，于是就把小说写完了之后，当作散文去传播，结果就成功了。自此，散文虚构也就能够成立，而且还不乏为之喝彩乃至击掌叫绝者。由此可见，《转身》作者的心灵生态并不是无条件全线裸露着的，其中虚构性的一面就是其被遮蔽的一面，只有能够完全识破并穿透被遮蔽的那一面哪怕所占空间就一点点（足以遮蔽一颗灵魂的二分之一的一点点），我们才有可能全知全懂格致的另一面。否则，《转身》只给读者一半的真实，被虚构性遮蔽的另一半是否真实，那就要大打折扣了。的确，《转身》中“我”的历险记未必就是格致的历险记，文中所有的小说式的故事情节及其虚实相生的心理图式，都具有遮蔽性因素。

格致散文因为全面背离散文原理及其文体规范而另驰，注入了大量的对于散文文体来说不啻于毁灭性打击的虚构性描写，如此，存在一定的遮蔽性也就在所难免。所谓遮蔽性，也就是近几年散文界所强势张扬的“在场主义散文”的一种声音，积极倡导敞亮、本真、去弊是“在场主义散文”的核心观念。倘若以“在场主义散文”观去检测格致散文，那么格致散文也就不成为散文了。只是需要说明的一点是，“在场主义散文”观也不是什么新的东西，就“中国式散文”的发展史而言，从古至今，其基本属性就离不开敞亮、本真乃至去敝等等，仅仅是说法不同，其基本精神与原则自古以来都是一致的，不变的，并且具有传承性。所以“在场主义散文”观不过是对前人散文观以及已经约定俗成的散文伦理的重复抑或翻新，并非是一种全新的前无古人的理论思潮。因此笔者对格致散文的质疑也决非是为了迎合“在场主义散文”观的“去蔽”说，而是应散文文体自身的原性及其游泳规则的呼唤才率而操觚而为之。

排除一切干扰，而散文写作的“去蔽”说是可以成立的。散文文体强调的是“散文是一切作家的身份证”，散文文本强调的是作者与读者之间实现心与心的交换，情与情的互动，思与思的交流。散文写作强调的是在场，亲知亲历性及其敞亮、本真、去蔽，散文写作中只要存在遮蔽性因素，其内容的真挚性无论表面上“秀”得如何天衣无缝，却也会给读者留下了许多存疑的空间。

较之《转身》洋洋万字篇幅，而《散文选刊》今年 3 月上半月刊所选登的一组格致散文就没有那么冗赘了，的确可以肯定这一组散文立意冷峻、用语老到、笔意先锋、形姿飘逸的同时，也不难发现一种挥之不去的“非散文”的元素——即虚拟性痕迹悄然粘贴其中。尽管这一组散文的虚拟性色彩较之《转身》稍稍淡化了一些，但仍然不可排除有小说虚构元素参与乃至渗透。鉴于虚写程度有异，所以这里把虚构性一词转换为虚拟性，以区别对待。虽然虚拟的情节轻于虚构，但虚在字里行间的那种直觉，总让人敏感到散文被格致“玩弄”了，如果一定要当作散文去读，怎么读却也不好读，甚至读不下去。

如《任金谷粒丢失在风里》开篇就写：“这次，梦的主角是一座建筑——我小时候居住的房子。梦安排我做了这个主角的观众——我被放在与房子相对的位置上，看着它。”接下来，作者娓娓道来的都是梦中所见、梦象意象以及梦中所思，虚拟的对象世界被描述得十分细腻、绵密，虚大于实的人物事物在作者梦游般的笔下演进着、变化着、丰富着，时间是其中的关键词。梦了而文了，掩卷之际，笔者不禁要问：世上有如此完整而连贯的梦吗？纵然格致是做梦大师，也不至于能把梦做得像一篇文章。与其说作者是在记梦，还不如说作者是在主观自由虚拟现实，是在挑战读者的阅读习惯以及长期心理积淀的散文记忆抑或"集体无意识"情结。与此篇风格近似的是《此生我将翻越多少次田埂》和《两节火车厢》，都是由梦入笔，不管是写"我梦见春天，水稻田里的水是白花花的，上面还没有一棵秧苗"并由此而描写梦中嬉闹以及插秧的梦中生活，还是写"梦见火车了，而且走进了车厢"并浓墨重彩地描述梦入车厢的奇妙以及某些形而上的思考，皆梦了而文了，让读者掩卷之后甚是愤愤不平：干吗硬是要把这种以虚夺人的文体说成是散文呢？散文文体所不可或缺的诚挚性，在这种"痴人说梦"般的文字里还余额几多？诚挚性是权衡文学真伪的终极尺度。从小说的文体说，诚挚性强调的是真实可信，排斥虚情假意；从散文的文体说，诚挚性强调的也同样是真情实感，并更加排斥无病呻吟、说梦弄虚。当然，任何文体都可以进行心灵的探秘抑或寻觅心灵的"城堡"，但这似乎更符合小说文体的使命，而把这一使命强加给散文文体去驾驭，就等于让一个少不更事的孩童去做苦工，不管怎么关照他，老板也难免会挨人骂。另两篇《水暖工》和《女孩快跑》似乎多了些避梦而写人之笔意，散文的意味也稍微鲜明了一些，但由于有"说梦"的"前科"为证，所以笔者在阅读这两篇文章时，"读梦"的感觉动辄取代了"读实"的感觉。《水暖工》固然多了些写实的质地，可凭直觉那依然更像是小说文本中的写实，而不尽如散文文本中的写实。主要原因还在于"隔"，难以激活抑或催化读者的情感参与及其评价系统。也就是说读者的参与系统受阻，文中的那个"水暖工"和快跑的"女孩小娴"离读者好像很远很远，他们似乎只属于作者，而不属于读者，如此，自然也就难以实现彼此心与心的互动与交融。

笔者绝非出于哗众取宠、刻意要质疑格致散文的诚挚性，的确是一种阅读直觉乃至一种不自觉的理性检测行为。格致散文由于存在虚拟的痕迹，由此也就存在遮蔽性，而被遮蔽的正是散文文体的第一生命特征——即诚挚性。诚挚性不存，还谈何散文？笔者也并非眷恋陈规，拒绝创新，在日常教学与科研中也十分警惕思维上容易形成的“定势套板”，但对于散文却持有一种不变的态度：散文就是作者向读者打开心灵的一扇门，能与读者实现直接的交流并发生情感上的碰撞，这一点是任何创新都不能逾越的底线！而格致的散文显然就逾越了这一底线。她面向读者的那扇心灵之门，虽然也打开了，却还半掩着，让人难以完整而了然地窥视到格致真灵魂的余额部分。格致俨然手持一把文学“手术刀”，一朝横空出世之后，便冒天下之大不韪给散文作了“变性”手术，让散文变得男不男、女不女，或许格致的出发点是好的，试图通过自己的创新与突破去改变人们固有的散文观和积淀，让文学史改写散文卷。恕笔者直言，假如格致真的心存此念，那么就大错特错了。从“集体无意识”的理论说，在读者的阅读习惯及其心理积淀中，已经定格的散文观念和心理图式，就有如耳熟能详的大熊猫“团团”和“圆圆”，而轮到你说话时却一定要说那不是大熊猫“团团”和“圆圆”，而是大猩猩“团团”和“圆圆”，试想想，人们怎么会一下子就被你这一点微弱的力量而误导了呢？

这里，笔者无意再用中国传统的散文理论去检测格致散文，倘若如此，格致散文就更加面目全非了。诸如“中国式散文”所推崇的诗性话语与意境，尤其为情而造文的诚挚性特征，都为格致散文所不及。格致散文斩草除根般地颠覆了“中国式散文”的一切法宝，进行一种完全自我的先锋实验，把散文置入虚拟的深渊而不能自拔，于是干脆就自我羽化成了一种属于散文的“逆行精灵”，并疯狂扬起转借而来的虚拟文体之“利刃”，不由分说，便有声有色地狠狠地割断了散文生命之血脉，这就是散文与生俱来就践行“去蔽”而崇尚“本真”的天性！

有人捧杀格致，把格致说成是“一位来自中国北方的杜拉斯”，笔者为此专门从网上调阅了杜拉斯的文献略加以比较，发现并不对称，那种有过之誉无异于一种“恶搞”。

以笔者之见，格致或许一心一意地去侍弄小说文体更得心应手一些，与其让散文直逼卡夫卡的“城堡”情结、乔伊斯的意识流、马尔克斯的魔幻现实主义等小说大师们的某些小说笔法，倒不如直接写小说更省心，也避免了承担扼杀散文生命的“罪名”。虚拟与延宕虽然是散文的致命伤，却是小说文体的看家法宝。笔者比较看好格致的文学才华尤其写小说可能具有的更大潜力，但50年之内不会恭维格致的散文，如果说格致的散文就是一种散文，那么以当下乃至今后相当长一个时期的文化生态论，充其量只能算是一种“自我实验品”，任你怎么捧，也捧不上名正言顺的散文殿堂，因为“新散文”的“新”实在太过了。至于何时才能赢得文学史的“橄榄枝”，或许不要50年，或许过了50年以后还有人跟你较真，除非那时候文学真的死了，文坛随之也就“闲话关闭”了。

如此表现知青缺失历史反思
——我看电视剧《知青》

陶东风

电视剧《知青》塑造了“文革”时期的一个“君子国”、“好人国”、道德理想国，这个“理想国”不但在经验意义上是不真实的（这方面的评论已经很多），而且在价值意义上是误导国人的。它的危害，就是通过把“文革”时期的知识青年、普通百姓和领导干部，塑造为明辨是非、心明眼亮、道德高尚、勇于和“四人帮”和极“左”路线殊死搏斗的“好人”，从而把“文革”和极“左”分子他者化、异在化乃至异族化、异类化，仿佛整个“文革”灾难是“上面”的一小撮野心家和下面的一小撮小丑在那里瞎折腾，和百分之九十九的中国人民无关。通过这样的“文革”叙述，本剧达到的只能是忘记“文革”，回避反思“文革”、反思自我，大家共同推卸历史责任的效应。

电视剧中的这些“好人”好像完全生活在另一个时代，一个世外桃源，一个兄弟姊妹的天堂。除了偶尔吹过来的“反击右倾翻案风”，“文革”和他们其实没有任何关系（电视剧中守边疆的这几集真的已经完全没有关系，变成了一个超时空的浪漫故事），“文革”的极“左”意识形态根本没有对他们的古朴民风和内在德性造成任何实质性的影响和破坏。既然如此，这些今天依然活着的“好人”为什么要反思呢？他们的子女又为什么要记住这段历史呢？

家庭出身歧视是本剧的核心主题和情节之一。虽然包括本人在内的大量知识青年都因为所谓的“家庭出身”而被打入另册，就以我本人的经历而言，我的爷爷是所谓“地主”，因此尽管我的爸爸是中学教师，但我和哥哥的家庭出身就只能是“地主”，我哥哥因此被剥夺了上高中的资格，我的父母一直背着这个阴影生活了三十多年,我和哥哥则背着这个耻辱生活了二十年。直到1978年我考上大学,我的政审表“家庭出身”栏目还是只能填写“地主”。关于这件事,我在博文《情系丹崖山》中有记叙,但《知青》通过周萍的形象却告诉我们:家庭出身歧视在当时中国压根儿就没有市场,无论干部还是群众,无论是知识青年还是老百姓,都根本不看重什么“出身”(除了那个被妖魔化的、受到所有人排挤的、语言和行为都如同外星人的吴敏)。成分论根本没有群众基础!剧中的每个人都没有什么“家庭出身”这个概念,都在与“成分论”进行着斗争,他们心中也没有什么“阶级斗争”这根弦。

其实《知青》给人的感觉是:正因为周萍是“资本家”出身,所以她才受到几乎每个人的喜欢和保护,每个人对周萍都表现出不可思议的偏爱,赵天亮一见到她就在众目睽睽之下背她,刘站长一见到她就不可思议地认定这是好人,不遗余力地护着她、帮助她;兵团女排长更对周萍说,“该怎么生活还怎么生活”,“我们的国家不可能永远这样”,“目前许多情况都不正常”。这些人不但道德完美,而且政治理论水平也超乎寻常,几乎人人知道这个“不正常的时代”不会长久。

如果真的是这样,如果“文革”中的一切正是如此不得人心且受到一致抵制,那么请问:这场历时十年之久、几千万人遭殃、几乎全民参与的闹剧、悲剧,怎么可能发生呢?

其实剧本要告诉我们的正是:“文革”完全是一场和中国——包括它的政治、经济、文化,它的人民等等——无关的莫名其妙的“悲剧”。本剧在人物塑造和情节处理方面的一个基本特色,就是把极“左”灾难(唯成分论给人们造成的灾难和痛苦)他者化、异在化,把极“左”分子(吴敏、公社和县“革委员”个别领导)另类化、妖魔化、漫画化,他们不但衣服穿得和一般人不同,行为与一般人不同,语言也完全不同。整天背毛主席语录的吴敏就是典型,别人说的都是人话,就是她说的是“鬼话”,言行举止完全像特务和小丑。这样,吴敏等人仿佛不是人,是入侵的异族,是和“我们中国人”完全不同的两种人、两类人,两者之间没有任何可比性!他们坏得不可思议。他们完全不是我们这个民族和文化培养出来的,不是这个社会和体制生长出来的人,因此,他们的错误、他们的荒唐之举,他们的种种恶行,他们造成的灾难,也就与当时“正常的中国人”无关,“文革”“左倾”仿佛不是我们自己的民族内部、体制内部、文化内部生长出来的毒瘤,因此也就根本没有必要反思。“文革”灾难是“天外来客”,不可思议,无法解释,之所以有“文革”,完全因为“个别人”疯了。

除了把广大知青、基层干部在道德上加以美化外,《知青》还极大地美化了当时的基层党组织和政府组织。电视剧中涉及基层组织,无论是黑龙江生产建设兵团的团组织和连组织,陕西坡底村党支部,还是山东屯村党支部,全部没有受到“左”倾势力的控制,而且想尽方法排除“左”倾势力的干扰,或保护资本家出身的周萍,或者与县革委会的造反派周旋,斗智斗勇。也就是说,电视剧给人的印象是:“文革”时期我们国家的基层组织仍然完好无损,基层干部几乎没有跟着“左”倾路线跑的。

经过这样的处理,“文革”实际上被处理成为一个与中国、中国人无关的怪物。仔细观察就不难发现,《知青》经常把极“左”势力对农村社会(以坡底村为代表)的“侵犯”描写成类似外族入侵的场面,比如公社革委会、县革委会的人到坡底村搜查所谓“反动书籍”的情节,就极为类似抗日电影中的“鬼子进村”,而坡底村人和他们的对峙也极似人民和日本鬼子的对峙:这是两类人和两种人的对峙,是外族入侵者和反抗者的对峙。这样,中国社会内部发生的极“左”灾难,就被表现为类似异族入侵的民族灾难,完全和我们民族内部因素无关,和我们的人民大众、党、政府、体制、文化无关,因此也就没有必要进行深入反思。

最后,我希望读者朋友,特别是没有经历过“文革”的朋友,能够好好看看其他描写“文革”和知青的作品,比如老鬼的《血色黄昏》,比如王友琴的

《文革死难者》，它们会告诉你另一个“文革”和另一个知青的故事，你会知道知青当中有多少像吴敏这样的“异类”，知道多少军队和地方干部利用职权胡作非为（包括以回城、推荐上大学为条件糟践女知青），比那个牛主任还坏一千倍，知道那些做出不可思议的打老师、抄家、批斗、告密等兽行的人，其实就是普普通通的大多数，而不是什么不可思议的外来入侵者，也不是无法解释的极恶分子。他们就是中国的文化和体制培养出来的普普通通的中国人，他们和我们其实没有根本差别，我们和他们不是什么两种人或两类人，只是处在不同的文化和体制环境而已。

只有这样，我们才能深刻认识到“文革”是一场在中国大地上发生的、有自己的社会文化土壤的、必然的、中国内部的灾难，反思这个灾难，是每一个中国人，包括“文革”时期没有做过坏事的和压根儿没有经历过“文革”的中国人的责任。

●【直　言】

这样造“星”有何意义？

李祝尧

从2011年11月开始，由国内某知名文学杂志社和江苏某出版发行集团主办，由天下阅读网承办的“星生代90后文学大奖赛”历经9个多月的时间，已经落下帷幕，分别评出了星生代文学冠军1名，亚军3名，季军5名。

开始，主办方在大赛首页上谈“创赛意义、背景”时说：“每一代人都有属于自己的青春记忆与文学偶像，他们一现身，便成为一种强有力的存在，并且引发着不可忽视的文学风潮。比如方兴未艾的80后文学，便如飓风般迅猛抵达世人面前，成为文坛不可回避的焦点。而技术时代的到来，也使得90后这一群体对于世界与人生有了属于自己的独特认识，他们创作出了个性鲜明的文学作品。”因此，引起了我这位73岁的老作家的关注，因为这次活动关系到我们的文学事业后继有人的问题。没想到这次90后文学造星活动，在评奖办法、协办单位和评委等方面多次更改变动，引起我对评出结果的严重质疑。

这次90后文学大奖赛，开始公布的协办单位有清华大学、北京大学、复旦大学等7所名校，后来不见了；接着，某位首席评委换成了另一人；第三，原来评奖方法规定“读者投票占40%，评委投票占60%”，后来把读者投票占的40%取消了，完全由评委说了算；第四，原规定参加决赛的9名参赛者，赴南京集中统一命题作文，改成了“再给评委会传一篇5 000~10 000字的文章，最后由评委集中评选”。

经过8个月的初选、复赛，大奖赛组委会于今年7月9日，在网上如期公布了这次90后文学大奖赛参加决赛的9人名单。我看了顿生疑惑：这9

篇作品全是小说,那么多散文却没有入选。我用一天一夜的时间看了这9篇作品,除个别作品的思想性和艺术性较好外,多数作品并不是那么好,有的甚至不知所云。我当即就给首席评委发短信质问:“这次大奖赛你们是怎么评的?既然是文学大奖赛,为什么评出的9篇作品只有小说,没有其他体裁的作品吗?”他当即回复我,“我没有参加,不知道此事”。这不由得让我感到蹊跷起来,首席评委竟不知道最终评的结果,肯定是搞了暗箱操作。一气之下,我给组委会发了电子邮件,质问他们:“大奖赛的决赛名单,为什么首席评委不知道?既然你们说,从复赛中选拔参加9名决赛名单的方法是,‘读者投票占40%,评委占60%’,为什么不公布每个参赛者的得票数,即每个参赛者,评委和读者投票各占多少分?按说每个人的作品,都应该附有读者评论和评委的评论意见,你们却没有,只是笼统地公布了9个人及其文章的名单。其中有两名作者的文章,读者既没有投一票,也没有任何评论,也堂而皇之地进入决赛了。这对知名文学杂志主办、7所名校参加协办的首届90后文学大奖赛,简直是讽刺和污辱。”

他们接到我再次写的邮件之后,立即给我发邮件致歉,并发表声明,承认内部有人从中捣鬼,并处理了有关人员。因他们心虚,所以,决赛名单公布不到一天,就在网上删掉了。

为了引起主办单位的重视,我又托人找到主办单位之一的江苏某出版集团董事长办公室主任的电话,立即打过去。我严肃指出:“首届举办星生代90后文学大奖赛意义非常。它起着引领90后的孩子们创作的作用。如果你们这样搞暗箱操作,影响太坏了。这样的评选结果,会给孩子们造成什么影响呢?”同时,我还指出:“参加初赛和复赛的作品都是自己用电子邮件发上去的。作品是不是作者自己写的,还是自己写、让名家修改过的?即便有的请代写,你们也查不出来。这样稀里糊涂造出来的9名所谓‘星’,还要给予重奖,并在百家媒体宣传包装,岂不太盲目了吗?如果你们宣传包装的‘星’是假的,能达到大赛的初衷吗?希望组委会认真审视这次大奖赛的做法，真正做到公开、公正、公平，选出真正的90后的文学新星。”主任说，他们已经发现了评选中的问题，立即制止了。

开始规定：“参加决赛的90名选手于8月8日集中到南京，用三个小时的时间，封闭起来，集中命题作文。”经过这次波折，2012年7月31日主办方再次公布晋级决赛名单。然而，这9名选手不再集中命题作文了，而是改成了：“在8月10日24点之前，再向组委会提交一篇自己写的决赛作品，要求5 000～10 000字，体裁不限。”然后，9位选手和评委于2012年8月中旬（拟定8月15日）聚集南京，评委召开现场评选会，当场评出本次大赛冠、亚、季军。

由此看来，他们依然否定了原来规定的决赛办法，由集中命题作文，改为再上传一篇文章。初赛、复赛的作品是自己传上去的，就检验不出是不是作者的原创，人们期待着最后的命题作文也被改掉了，依然是自己再上传一篇，同样不能验证作品是不是作者的原创，这就真假难辨了。试问，如果高考也用这样的办法，考前上传一篇作文，能看出每个考生的真实水平吗？

既然这次评选活动改变了初衷，就表明他们并不是真想评出优秀的90后文学之星。他们想评选哪些人，广大读者和参赛的90后的作者们就不知道了。我认为，如果主办者抱着个人的目的，想制造90后文学之星，就没必要这么堂而皇之地搞得这样轰轰烈烈了。让这么多孩子参与你们的造假活动，影响太坏了吧？

关于“茅盾名言”
——对王彬彬《蔡翔〈革命／叙述……〉指谬（上）》的一处指谬

赵　牧

6月7日《文学报》的“新批评”版发表王彬彬《蔡翔〈革命/叙述……〉指谬(上)》(以下简称《指谬》)一文,其中,引述了蔡翔的《革命/叙述:中国社会主义文学-文化想象》(以下简称《革命》,北京大学出版社2010年版)中的一段话作为所犯“知识性错误”的一例:

> 一面固然是荒淫无耻,然而又一面是严肃的工作”,这一被《青春之歌》反复引用的茅盾名言,显示了这一时期的中国文学的某种写作特征……

据王彬彬的判断,“一面固然是荒淫无耻,然而又一面是严肃的工作”这句话的“版权属于爱伦堡,流播之功则归于鲁迅,与茅盾没有关系”。他所列举的证据是“1935年3月出版的《译文》月刊第二卷第一期,刊登了苏联作家爱伦堡的《论莫洛亚及其他》一文(黎烈文译,原文标题是《最后的拜占庭人》)。爱伦堡的文章中”,有“一方面是庄严的工作,另一方面却是荒淫与无耻”之语,而就在“《译文》出版的同月,鲁迅为田军(萧军)小说《八月的乡村》作序,其中三次引用了爱伦堡的这句话,遂使此语广为流传”。经查,收有《田军作〈八月的乡村〉序》的2005年版的《鲁迅全集》第六卷,在297页的第三条注释,大概可以看作王彬彬这段陈述的信息源:

爱伦堡(1891—1967),苏联作家。这里的引文见于他所作的《最后的拜占庭人》一文(据黎烈文译文,载1935年3月《译文》月刊第二卷第一期,改题为《论莫洛亚及其他》)。

王彬彬先生的上述论述应该是对这条注释的改写,并在自己的一条统计("三次引用")之外,做了"遂使此语广为流传"的引申。之所以做这个引申,他的用意,明显要强调鲁迅的"流播之功",此功越是巨大,蔡翔作为一名现当代文学专业的博导所犯的"爱冠茅戴"的错误就越是不应该,他所感到的"怪异",也就越是理所当然了。

是否就因为鲁迅的三次引用而使得"此语广为流传"呢?当然,不是没有可能,毕竟鲁迅作为文学大家,在杨沫写作《青春之歌》的20世纪50、60年代仍受到广泛的推崇。置身游行队伍中的林道静想起的"一边是神圣的工作,一边是荒淫与无耻"这句话,或许真如王彬彬所指,是从黎烈文所翻译的爱伦堡的那句话中"衍变"而来的,但要得出这个结论,却起码还需提供更多的佐证。

对此,我这里倒可以提供一个补充材料:1936年4月,距离黎烈文那篇译文的发表已经过去2年了,鲁迅在寄给汪金门的字幅中,还专门录了这句话,足见他对爱伦堡这句名言的喜爱及流播的热心。并且,何其芳于1937年6月写成的《还乡杂记·代序》一文中,也提到鲁迅的"一方面是庄严的工作,一方面是荒淫与无耻"这两句话,对他的心灵"像两根鞭子"一样地抽打,终于使他从感伤颓废转向现实人生的关怀。在1957年出版的《向伟大的鲁迅学习》,也借用这句话肯定鲁迅给"九一八"到"七七"的中国所画的"正面与反面的脸谱"。所以,种种迹象表明,林道静所想到的那句话,应该与鲁迅所流播的黎烈文所翻译的爱伦堡的名言有极大的血缘关系。正因此,"这句话的版权属于爱伦堡,流播之功则归于鲁迅",王彬彬的这个推断大致可以成立。

但问题是，以上所有的分析，都指向的是“一方面是庄严的工作，另一方面却是荒淫与无耻”，而并非蔡翔所引的“一面固然是荒淫无耻，然而又一面是严肃的工作”。即便是能够从语义上或从句式上解答了这两句话可能有近亲，却也不能成为断定蔡翔所引的那一句跟“茅盾没有关系”的理由。而如果这样的理由不存在，无论他有关这句话的掌故叙述得多详细（事实上，并不详细，因为他所有的材料不过是鲁迅全集中的一条注释而已），那都是徒劳无益的知识性的盲目炫耀。

王彬彬批评蔡翔犯下的“知识性错误”，当然，就会将普及知识为己任，但他的一条来自《鲁迅全集》第六卷注释的知识及相应的推论，却忽略了另一个基本的事实：

> 真的，这里是什么都有的：富有者的荒淫享乐，饥饿线上挣扎的大众，献身民族革命的志士，落后麻木的阶层，宗教迷信的猖獗，公务员的腐化，土劣的横暴，女性的被压迫，小市民知识分子的彷徨，“受难者”的痛苦及其精神上的不屈服——从中国的每一角落，发出了悲壮的呐喊，沉痛的声诉，辛辣的诅咒，含泪的微笑，抑制着的然而沸涌的热情，醉生梦死者的呓语，宗教徒的欺骗，全无心肝者的狞笑！这是现中国一日的然而也不仅限于此一日的奇瑰的交响乐！然而在这丑恶与圣洁，光明与黑暗交织着的“横断面”上，我们看出了乐观，看出了希望，看出了人民大众的觉醒，因为一面固然是荒淫与无耻，然而又一面是严肃的工作！
>
> ——茅盾：《关于编辑的经过》，《中国的一日》，上海生活书店1936年版，第7页。

事实胜于雄辩。这句似乎有些陈腐的格言在这里却最能发挥它的作用，因为上面所引的一段话，正出自茅盾为《中国的一日》所写的《关于编辑的经过》一文的结尾，而其中的最后一句，则正是蔡翔引述的，除最后的一个感叹号被舍弃之外，简直是丝毫不差。该书很多大学图书馆藏有影印本，该文也被收入茅盾全集，且被选入各种选本，所以应该不属于偏僻的史料，但不知道为什么王彬彬教授在对一条注释展开叙述和分析的时候，就没想着先找来《茅盾全集》做一个起码的检验工作？

既然林道静可以在游行的队伍中想起鲁迅流播的爱伦堡的格言，那么，作为文学大家并且和鲁迅与黎烈文都有过密切交往的茅盾，为什么就没有理由对这个格言进行一番改造呢？也许是意识到了这一点，所以，王彬彬在宣布了蔡翔所引述的那句话"与茅盾没有关系"之后，便紧跟着来了句："其实，只要对茅盾有基本的了解，就知道这种话不可能是他说的。那么温谦、明智的人，怎么会说出这样激烈的话？"且不说这句话所透露出来的武断，它还包含着某种刻薄，因为这明明是在暗示，"误将"这句话归入茅盾名下的蔡翔对于茅盾缺乏"基本的了解"，而最起码有"三次引用了爱伦堡这句话"的鲁迅，则不是一个"温谦、明智的人"。无奈茅盾偏偏就说过这样的原话，不管这话是否受鲁迅的影响，都无疑充满讽刺意味。

尽管我在这里并不愿意放大这一讽刺意味，但我还是要指出，只要对20世纪30年代中期那个时代有基本的了解，就会知道，即便是"温谦、明智"如茅盾者，有时也不免会说出这样激烈的话。20世纪30年代，是一个左翼运动风起云涌的时代，尽管有多种不同的声音的存在，但知识界的普遍"向左转"却是一个不争的事实。许多政治色彩并不那么明显的书店，纷纷出版和发行左翼文学作品，许多以盈利为目的的电影公司，也竞相投资拍摄左翼电影，而国民党有关的书刊和电影审查机构，也对如何处理"左倾"文艺态度暧昧。一个时代或许只有一个问题，会成为这一时代的标志，而对置身那个内忧外患的时代觉醒了却无路可走的知识分子（尤其是青年知识分子）来说，似乎革命就成了他们不得不直面的时代主题。茅盾只是无数向往革命的知识分子中的一个。纵令他的为人处世中有王彬彬所谓的"温谦、明智"的一面,但他的冲动、愤慨的一面,却也为时代的主题所激发。即便不去阅读他在那个时代所写的一系列小说,他的茅盾这个笔名便是一个证明。但今非昔比,在如今这个"后革命的时代",理性设计未来的虚妄,无论其初衷如何,结果都会造成人性自我放纵的灾难,成了我们对革命的"总体性表述",而一直致力于反思"革命悲剧"的王彬彬,则以这样的"总体性表述"为前提,想当然地以为能说出或热心传播这句话的,只有像鲁迅那样的极端的人,却将茅盾也为那个时代的革命主题所感召的常识给忘了。

《听风者》：风再起时，人已逝

公元 1874

《听风者》这样一部电影，有着麦兆辉、庄文强之前的《无间道》《窃听风云》等系列珠玉在前，很难让人不对这样一部同样充满着正邪的谍战电影充满期待。

若要追溯这部电影的前世今生，大可以翻开麦家拿了茅盾文学奖的原著小说谈起，而这本小说也已经多次改编成影视剧作品。这次到了麦庄二人的手里，以香港导演的视角来出发，这部电影发生了一些奇妙的变化。

最显著的改变，是在意识形态上。站在香港导演的角度，他们显然不会专注去拍摄一部讲述共产党人是如何跟敌特做斗争，保卫人民生命财产不受威胁的主旋律电影。所以在这部《听风者》里，故事从原著的 60 年代末移到了矛盾冲突更加激烈的 50 年代初，而整部电影只有在一段特别加进来的香港戏份里标明了“1949 年”，从此以后便再无年份的提示，全靠观众自己去想象。

刻意模糊年代的做法，显然有着想把意识形态降低，而去专注讲述一个故事的出发点。所以，在这部“反特”电影里，首次没有通篇出现领导人的大幅画像，和众多鼓励人心的宣传口号。十里洋场如同30年代一样繁华糜烂，家居的装饰丝毫没有“又红又专”的年代感，甚至连破译密电码的总部里也没有那些能够让观众猜测出年份的事物，甚至，连最能代表意识形态的国旗，都仅仅只是在电影的最后一幕集中出现。

所以，既然把“意识形态”降到了最低，那么麦庄的这种做法，显然就是想把“故事性”提到最高。所以在整部电影里，梁朝伟饰演的何兵，他原来的身份，他特殊的技能，他如何工作，他如何恋爱……《听风者》这个片名已经将整部电影要讲述的故事概括：这就是一部展现听风者何兵的电影。

于是在这样的情形下，整部电影的重点不再单单的只是“谍战”。周迅饰演的“学宁”和范晓萱饰演的“沈静”与何兵之间的情感故事成为一条重要的故事线，占据了电影相当大的篇幅。对于这段戏的处理，麦庄或许是为了避免某些不能触碰的禁忌，让三人在情感和个性上都十分完美。于是，这段“三个完美的人”的三角恋，走得平淡似水，戏剧性不强。十分遗憾，看电影的时候我一直在猜测，如果沈静真的是敌方卧底，那么整部电影情感的纠结程度和故事性就会更加强了——可惜，看到最后，在开场部分似乎有着无数可能性的沈静，最终也只是沦为一个陪着何兵睡觉、给何兵做饭的“酱油”角色。

在这样的情感线处理之下，故事主线也不得不围绕着何兵做文章。整部《听风者》过于强调何兵本身的能力，以至于我看完的第一感觉就是：何兵瞎了，电台就能找到了；何兵不瞎了，电台找不到了；何兵又瞎了，电台又找到了。在这样的故事构架之下，在这样过于强调听风者的个人能力而忽略了谍战整体布局的情况之下，故事就显得比较单薄。这也和麦庄之前的《无间道》《窃听风云》里复杂的人物纠葛、精致的故事脉络相去甚远。

不过即便是这样的情况,《听风者》仍有着许多可以被称道的地方。香港导演站在“第三者”角度来看待国共内战、对于“主旋律”题材的“非主旋律”式阐述,乃至对于找寻电台的“文戏武拍”,都让《听风者》有了和过去的同类作品不一样的地方。至少和柳云龙版的《暗算》相比,梁朝伟的形象对于他自己也是一种突破——相对于《无间道 III 终极无间》里开场梁朝伟眼睛的“惊鸿一瞥”,一向以电眼魅力征服观众的他,这次扮演一位盲人,的确能让观众回想起过去《地下铁》时期的他。

片尾排山倒海般出现的蒙太奇剪辑结局亦是《听风者》的一大亮点,抛弃掉了原著灰暗的结局,故事在最后留下了一个开放式的未完待续。何兵完成了他个人的成长,对张学宁的敬礼与香港演员扮演的“敌特”们倒在红旗之下,形成了本片最后也是最大的隐喻。风再起时,斯人已逝;红透了的大地,还能容得下用黑布蒙住眼睛的何兵吗?

《人山人海》：现实主义不是看新闻

揽雀尾

内地有一部分自称“严肃”的导演喜欢强调所谓的冷静、克制，他们说：这样做既是主题上的要求，也是拍摄手法的技术性体现。

《人山人海》的编剧和导演在接受采访中都非常有自信地强调这部电影的“务虚”成分，说是电影虽然以传奇的千里追凶为蓝本，但是最终呈现出的作品却基本抛弃了故事性，他们放掉了这条可能生产市场的策略，转而走向展演底层社会的路子，导演的原话是：“放弃猎奇性，选择了真实。”如果这是创作团队的初衷和目的，那么《人山人海》应该得到赞赏和推崇，特别在当前的环境中。

电影作品如果做到“文以载道”，那一定要比纯粹娱乐大众的作品强。这个观点必然遭致很多人的反对。不过，我说是前者比后者强，并非前者比后者更高端，后者比前者更低俗。“强”的意思是，对比娱乐大片来说，同时为精神输送营养，为身心获得健全，“文以载道”的电影所搭载的信息量和对观众的实质性影响来说要强于娱乐片无数倍。更简单地说，一部充满经验、带有命题、传递价值、引领思考的电影凭什么不比一部娱乐片要强？难道阅历和思想的价值不应该得到更好的保护？

谈观众需求，娱乐片和艺术片没有差别。而之所以会有人顶着被骂“清高”的压力呼吁艺术至上，甚至不惜贬低娱乐，原因在于当前环境的确已经出现了“娱乐至上”的征兆。人人都喜欢娱乐，同时，如果有人在时刻警惕沦陷，这是幸事。《人山人海》的创作者就是警惕的，他们负责任地传递与主流人群表面无关但却息息相关的真实。这不能被解释成服务于知识分子，为他们提供发表“精英见解”的段子。在主流话语权已然被垄断的既定环境中，如果忽略非主流人群的真实，那他们只能被任意边缘化了。

现在，话要说回来了。《人山人海》最终呈现出的电影品质却让人怀疑它选择“现实”的动机。现实的创作可以有很多种，新现实主义传统是底层现实，但没有一部不是感人至深的，他们没有煽情，却因为故事的丰富细节而打动内心；达内兄弟的电影是现实的，同样冷静克制，却因为演员生动自然的表演而让人感同身受；迈克尔·哈内克的电影是现实的，冷静克制的手法更是运用到极致，但它们因为有跨越历史、击穿人性的宏大诉求，令观众不得不佩服；贾樟柯的电影是现实的，不仅展现了一幅幅底层的原生态画卷，还通过小人物与大世界的对比，或者超现实的点睛之笔传达出一种普遍焦虑，因此得到广泛的认可；甚至李沧东的电影也是现实的，但是他用极度饱满的性格化人物和两三个诗意的镜头，带来沉重而不失灵动的天然感，品读的欲望无休无止。

而《人山人海》有什么？有没有丰富的故事细节？有没有塑造出饱满的人物？有没有生动可信的表演？有没有宏大深刻的主题？有没有高屋建瓴的设问？有没有人物与环境的互动和辉映？这些问题问出来是很吓人。在其他现实的电影作品中呈现的质素和品格，《人山人海》一样都不具备！当然，创作者或许会辩解，我的作品不具备这些东西，但这恰好就是我自己的风格。电影是一种区别于其他艺术形态的思想载体，它既然自立门户，单独成体统，就应该有属于它自己独特的表现方式和诠释现实世界的一套技术。缺少这些方式和技术，那还是电影吗？

从兄弟被杀踏上追凶征途、到遭遇诈骗、到投奔老情人、到内蒙古小旅馆、再到最后的黑煤窑，《人山人海》的几个现实段落没有任何关联性，想说的东西完全就不搭调，它们既不具备串联起来成为一条线索的作用，也不具备推动主角追凶这条主线发现的作用，更不具备融汇起来成为当前中国社会典型样本的作用。这其实是创作者在选择社会写真的素材时出现了偏差。原因在于创作者本身对于社会现实的理解不够深刻，调研不够谨慎和全面，过分相信自己对中国底层的肤浅认知，并且，他还无意间贬低了大众的良心——相当一部分人的底层触感其实要比编剧和导演深入得多。于是，本来有力量的现实素材因为过于碎片化而无法形成主题，变成走马观花的展览。

不过在采访中，导演和编剧说他们在拍片前做了“类似人类学或是社会学的调查报告”，包括当地人的家庭构成、经济状况、人际关系、子女教育情况、周边村落的地貌等方面。他们做了调查或许不假，但请问这些调查名目跟电影中所展示出来的有多少关系？半个小时的六盘水段落，除了摩的和矿山带些当地质感，其他的该交代的不作交代，不用交代的被生硬地交代出来，完全无助于了解男主角的境况和当地的人文信息。

另外，《人山人海》为底层而底层的获奖企图昭然若揭。例如，菜市场的鱼霸形象根本就不靠谱，完全是从黑帮片儿那里偷来的老大形象，而且还是那种烂泥扶不上墙、傻气逼人的混混老大；茶馆的场景根本就是别有用心的选择，当前不管是重庆城还是外围的小村镇，主流的茶馆都不是这样，电影中的茶馆也还有，但已经是罕见的古董；黑煤窑的确是中国的沉痛现实，但就当前的煤业架构和舆论热点来说，这已经是一个“过气”的话题，导演将此段落作为重心，就因为它乃社会的“黑中之黑”，最容易击中国门外的人。

影片由于宣告放弃追凶的猎奇性，从而将这条线索几乎完全消解掉了，甚至可有可无，殊不知这条线索才是串联现实场景，并让这些场景的展示趋于自然、合理、得体的唯一载体。在社会写真素材的选取出现问题，主线故事方面又毫无建树的情况下，人物塑造可能是让一部电影成为“电影”，让现实基调得到认同的最后一根稻草。但是影片基本全是远景和中景，人物的脸基本是看不清的，行事的动机模糊，没有任何的挣扎取舍，人物还都得了自闭症，寡言少语。让人物少说话，这或许被误认为是一种让电影冷静克制的手段。但现实中的底层人并非如此“憨态”，在同一群体中他们基本都是活泼健谈的，对社会的了解虽不深刻但肯定到位。这样，人物部分也宣告失败，演员的表演可以忽略不计。

影片中唯一让人觉得这是一部“电影”的只有三个镜头。第一处是陈建斌在窗前喝啤酒，玻璃上出现高楼大厦和江上缆车的倒影，繁华对底层人群来说不过是虚幻；另外是一个空镜头和一个俯视的定点长镜头组成的煤矿爆炸，静谧的氛围烘托爆炸发生的震惊，仿佛黎明之前的黑夜。

所以，《人山人海》就像是一个还没入门的新闻记者出去旅游时无意间拍到了几组底层画面，然后做成 PPT，还是不带讲解的 PPT，并堂而皇之地宣称这就是中国的现实。《人山人海》不但不成为一部电影，其平庸的现实主义策略也无非是导演不知道用什么手法来讲述故事，不知道从什么角度来展演现实，不知道用什么手法来统筹猎奇和底层基调的结果。这是被逼迫的现实主义，是在艺术追求上急功近利的现实主义，是捡剩饭的现实主义。蔡尚君的银狮奖也不过是对其勇气的一种回报，他的底层视角最大的作用在于刷新国产电影的审查底线，而不在于涤荡公众的心灵。

图书在版编目(CIP)数据

缺“骨”少“血”的中国文学批评/《文学报》编. --上海：上海书店出版社,2015.4

(文学报·新批评文丛. 第2卷)

ISBN 978-7-5458-1041-7

Ⅰ. ①缺… Ⅱ. ①文… Ⅲ. ①中国文学—当代文学—文学评论—文集 Ⅳ. ①I206.7-53

中国版本图书馆CIP数据核字(2015)第063432号